MORD AUF BRAY MANOR

EIN 1920ER-JAHRE COSY-KRIMI

LEE STRAUSS

Übersetzung
USCH PILZ

Lektorat
JUDITH ZIMMER

Cover by Steven Novak, Illustrations by Tasia Strauss

Library and Archives Canada Cataloguing in Publication

Title: Mord auf Bray Manor / Lee Strauss.

Other titles: Murder at Bray Manor. German

Names: Strauss, Lee (Novelist), author.

Description: Series statement: Ein fall für Ginger Gold ; 3 |

Translation of: Murder at Bray Manor.| Text in German.

Identifiers: Canadiana (print) 20230520308 | Canadiana (ebook)

20230520316 | ISBN 9781774093450 (hardcover) | ISBN 9781774093467 (softcover) | ISBN 9781774093436 (IngramSpark softcover) | ISBN 9781774093443 (EPUB) | ISBN 9781774093474 (Kindle) | ISBN: 978-1-77409-482-2 (bookvault) | ISBN: 978-1-77409-494-5 (d2d) Subjects: LCGFT: Detective and mystery fiction. | LCGFT: Novels.

Classification: LCC PS8637.T739 M7715 2023 | DDC C813/.6—dc23

1

Ginger Gold faltete den Brief zusammen, den sie gerade gelesen hatte, und ließ ihn auf den Beistelltisch fallen. »Haley, glaubst du an Geister?«

Ihre amerikanische Freundin Haley Higgins, die an der London School of Medicine for Women studierte, hatte es sich auf dem Sofa im Wohnzimmer von Hartigan House bequem gemacht und nippte an einem Verdauungssherry. Sie zog eine dunkle Braue hoch. »Warum? Hast du Post aus dem Jenseits bekommen?«

Ginger legte seufzend ihre Füße auf die Ottomane. Ihre Riemchenpumps hatte sie ausgezogen, widerstand aber dem Drang, die Strumpfhalter zu öffnen und die Strümpfe ebenfalls abzustreifen. Der Spitzensaum ihrer türkisfarbenen Chiffontunika fiel lässig über ihre Knie. Das erst kürzlich in einem bekannten Pariser Modehaus erstandene Stück hatte eine breite Zierstickerei am Saum und vorn Pailletten, die im Licht des Kaminfeuers funkelten.

Boss, ihr Boston Terrier, hatte sich auf ihrem Schoß zusammengerollt. Sie streichelte sein seidiges schwarzes Fell. »Der Brief kommt von Bray Manor. Von meiner Schwägerin Felicia.«

»Ist ihr das Landleben immer noch ein Graus?«, fragte Haley.

»Oh, absolut. Und ich kann mir nicht vorstellen, dass Ambrosia je den Familiensitz verlässt. Selbst wenn Felicia eine standesgemäße Verbindung einginge, würde Großmutter darauf bestehen, dass die Jungvermählten dort einziehen.«

Haley schnalzte mit der Zunge. »Arme Felicia. Wie geht es denn der verwitweten Baronin, der guten Dowager Lady Gold?«

Ginger schob sich die Strähnen ihres roten Bobs hinter die Ohren und las vor.

Liebste Ginger,

ich hoffe, dieser Brief findet dich in bester Gesundheit. Wie aufregend, dass du einen Modesalon eröffnet hast. Ich freue mich schon sehr darauf, ihn zu besuchen – hoffentlich bald!

Heute schreibe ich dir, weil ich mir Sorgen um Großmama mache.

Seit unserem letzten Besuch bei dir haben sich ihre Nerven noch verschlechtert. Jetzt glaubt sie sogar, dass es hier auf Bray Manor spukt. Ich habe noch keine übernatürlichen Erschei-

nungen bemerkt, aber Großmama besteht darauf, dass ein Poltergeist am Werk ist.

Oh Ginger, du hast versprochen, uns zu besuchen, und das liegt nun schon Wochen zurück! Könnte ich dich überreden, schnell zu kommen? Ich weiß nicht, wie ich Großmama beruhigen soll. Aber du bist so klug und löst die schwierigsten Rätsel. Vielleicht kannst du ja auch dieses lösen.

In aufrichtiger Zuneigung,

Felicia

»Ein Poltergeist?«, fragte Haley. Aus ihrem falschen Bob hatte sich eine dunkle Locke gelöst, und sie blies sie sich von der Wange. »Das klingt, als ob die ältere Lady Gold langsam vergesslich wird. Vermutlich verlegt sie selbst irgendwelche Gegenstände und kann sich dann an nichts erinnern. Und hinterher glaubt sie, es wären arglistige Gespenster am Werk.«

Ginger gähnte und bedeckte den Mund mit dem Handrücken. Seit der Eröffnung ihres Modesalons – *Feathers & Flair* – waren ihre Tage lang, arbeitsreich und anstrengend.

»Vermutlich hast du recht. Aber von Felicia zu erwarten, dass sie die Last, sich um Ambrosia zu kümmern, ganz alleine schultert, ist ein bisschen unfair von mir. Felicia ist jung. Sie sollte frei sein und ihr Leben genießen können.«

»Gut gesprochen, Lady Gold.«

Ginger hatte ihren Titel durch die Heirat mit dem bereits verstorbenen Lord Gold erworben. Daniel, Felicias

Bruder und Ambrosias Enkel, lag auf dem Familienfriedhof auf Bray Manor begraben. Obwohl Ginger schon eine Weile zurück in London war, hatte sie sein Grab noch nicht besucht. Schon bei dem Gedanken daran verknotete sich etwas in ihrer Brust. Noch war sie nicht bereit, sich der Vergangenheit zu stellen.

Davon einmal abgesehen, war eine Reise nach Hertfordshire das Letzte, was sie im Augenblick brauchte. Diese zusätzliche Verpflichtung passte ihr nicht, aber sie kämpfte gegen ihren inneren Widerstand an.

»Ich weiß schlicht nicht, wie ich mich im Augenblick vom *Feathers & Flair* loseisen sollte. Das Geschäft steckt noch in den Kinderschuhen und benötigt meine volle Aufmerksamkeit.«

»Dann fahr nicht.« Haley streckte sich und strich ihren wadenlangen Tweedrock glatt. Sie stand auf, trat an den offenen Kamin und schürte die Flammen. »Könntest du nicht jemanden einstellen, der öfter einmal nach Ambrosia schaut?«

»Ja, vielleicht. Aber das schiene doch recht herzlos. Außerdem habe ich tatsächlich versprochen, sie zu besuchen, bevor der Winter kommt.«

»Dann fahr hin.«

Ginger warf ihrer Freundin einen ungeduldigen Blick zu. »Für dich gibt es nur schwarz oder weiß.«

Haley zuckte mit den Schultern. »Ich bin nun mal eine Naturwissenschaftlerin.«

Ihr Gespräch wurde vom Klingeln des Telefons unterbrochen.

»Wer ruft denn um diese Zeit noch an?«, fragte Ginger.

Haley warf einen Blick auf ihre Armbanduhr. »Es ist erst neun.«

»Wirklich?« Ginger gähnte erneut. »Es fühlt sich viel später an.«

Pippins klopfte an die Wohnzimmertür und trat ein. »Telefon für Sie, Madam.« Er war groß, schlank und kahlköpfig und hatte die schlaffe Haut, die sich mit Mitte siebzig unweigerlich einstellte. Der Butler war schon in Gingers Kindertagen ein loyaler Diener der Familie Hartigan gewesen, und sie schätzte und mochte ihn sehr.

Sie setzte Boss auf den Boden. Der Hund streckte die Hinterbeine, dann ließ er sich auf dem runden türkischen Teppich vor dem Kamin nieder und schlief sofort wieder ein.

»Wer ist es denn, Pips?« Wie so oft benutzte Ginger seinen Spitznamen.

»Miss Felicia Gold, Madam.«

Gingers Brust zog sich vor Sorge zusammen. Erst ein Brief und jetzt ein Anruf? Sie eilte in den Flur, drückte den Hörer des Telefons ans Ohr und hob den Ständer mit der Sprechmuschel an den Mund. »Felicia?«

»Oh, Ginger.« Felicias Stimme klang dünn und besorgt. »Ich habe Angst.«

»Warum? Was ist passiert?«

»Ich habe gedacht, Großmama würde langsam wunderlich, weil sie ständig von Gegenständen spricht, die verschwinden und woanders wieder auftauchen. Aber jetzt habe ich es mit eigenen Augen gesehen. Der Garderobenständer wurde an einen anderen Platz gerückt. Und ich weiß, das war nicht Großmama. Für sie ist er viel zu schwer. Aber vom Personal will es auch niemand gewesen sein.«

»Ach herrje«, murmelte Ginger. »Keine Panik, Felicia. Sicher gibt es dafür eine plausible Erklärung.«

»Ich möchte dir wirklich keine Umstände bereiten. Aber könntest du bitte herkommen? Am besten noch heute Abend?«

»Heute Abend? Das ist wirklich sehr kurzfristig.«

»Dann vielleicht morgen? Bitte, Ginger. Ich weiß nicht, was ich tun soll. Und Großmama ist völlig außer sich.«

»Na schön.« Ginger seufzte. »Dann morgen.«

»Danke, Ginger! Ich glaube, bis du hier bist, werde ich kein Auge zutun.«

Als Ginger ins Wohnzimmer zurückkehrte, saß Haley aufrecht da. »Ist alles in Ordnung?«

»Ich nehme an, du hättest keine Lust, mich auf eine kurze Reise nach Hertfordshire zu begleiten?«

»Wann denn?«

»Morgen.«

»Oh je.«

»Felicia ist dabei, den Kopf zu verlieren, und ich habe ihr versprochen, auf dem schnellsten Weg zu kommen.«

»Das Wochenende steht vor der Tür«, sagte Haley. »Und zufällig habe ich morgen keine Vorlesungen.«

»Dann kommst du also mit?«

»Nur wenn wir die Eisenbahn nehmen.«

»So schlecht fahre ich nun auch wieder nicht!«

»Tut mir leid, Ginger. Du weißt, mir wird übel, wenn du am Steuer sitzt. Und an den Linksverkehr werde ich mich sicher niemals gewöhnen.«

»Na schön.« Ginger schnaubte. Dass Haley so wenig Vertrauen in ihre Fahrkünste hatte, ärgerte sie. »Wir nehmen die Eisenbahn.« Für eine längere Autofahrt war sie sowieso zu erschlagen. Vielleicht konnte sie im Zug ja eine Weile schlafen. Das rhythmische Rattern der Räder auf den Schienen, wenn die Dampflok die Waggons durch die Lande zog, konnte einen tatsächlich einlullen.

Ginger klopfte auf ihren Oberschenkel und rief nach ihrem Hund. »Hey, Bossy.« Sie kraulte ihn hinter den spitzen Ohren. »Hast du Lust, auf Gespensterjagd zu gehen?«

2

Ginger eilte die breite Treppe hinunter, die sich vom ersten Stock, wo sich die Schlafzimmer befanden, in die Eingangshalle mit ihrem Marmorboden hinabschwang.

Ihre frisch lackierten Fingernägel strichen über das Treppengeländer. Sie hätte Lizzie, ihr Dienstmädchen, bitten sollen, sie früher zu wecken. So aber hatte sie sich schnell eine weiße Habutai-Seidenbluse mit einem modischen flachen Kragen angezogen und sie in einen tiefsitzenden Veloursrock gesteckt, dessen Saum ihr bis zur Mitte der Waden reichte. Für ihren Modesalon kleidete sie sich normalerweise mit etwas mehr Flair, aber diese Kombination war praktisch für die geplante Eisenbahnfahrt später am Vormittag. Dazu hatte sie einen Glockenhut mit schwarzen Pompons aus Kunstfedern und schwarze Riemchenschuhe gewählt.

Beinahe verlor sie auf dem smaragdgrünen Treppenläufer den Halt und musste sich ans Geländer klammern, um nicht umzuknicken.

Lizzie, die mit Boss an den Fersen in die Halle trat, sah, wie sie sich gerade noch fing.

»Ist alles in Ordnung, Madam?«

»Ja, keine Sorge.« Unten angekommen untersuchte Ginger ihre Nägel und war erleichtert, dass sie ihr Werk nicht beschädigt hatte. Normalerweise lackierte Lizzie ihr die Nägel, aber das Dienstmädchen war mit Boss spazieren gegangen – ein neues Morgenritual.

Ginger strich ihren Rock glatt und drehte sich auf einem Absatz, um hinter sich schauen zu können. »Sitzen meine Nähte gerade?«

Lizzie kam näher und zog die Nase in ihrem jugendlichen Elfengesicht kraus, während sie die Hinterseite von Gingers Beinen betrachtete.

»Die rechte ist ein bisschen schief.«

Mit einem Nicken gab Ginger Lizzie die Erlaubnis, den verrutschten Strumpf zurechtzurücken. Sie hoffte, dass sie in ihrer Eile nicht vergessen hatte, einen der Clips an ihrem Strumpfhalter zu schließen. Prüfend drückte sie die Handfläche gegen ihren Oberschenkel und stellte fest, dass alles in Ordnung war.

Schon eine Sekunde später spürte sie, wie Lizzies geschickte Finger den Strumpf so hinschoben, dass die Naht genau an der Mitte ihrer Wade verlief.

»Bitte schön, Madam.«

»Danke, Lizzie. Sie sind ein Goldstück. Könnten Sie jetzt bitte für mich packen?«

»Sie verreisen?«

»Nur nach Hertfordshire. Ich möchte mit dem letzten Zug morgen Abend wieder zurückkommen. Aber packen Sie vorsichtshalber ein bisschen was von allem ein. Mein Schiaparelli-Abendkleid, das silberne Vionnet und das neue Kate Reily.«

»Sehr wohl, Madam.«

»Und legen Sie ein paar Stirnbänder dazu. Meine Hüte habe ich schon verpackt. Die Schachteln sind neben dem Frisiertisch aufgestapelt.« Für eine so kurze Reise würde sie nur ein paar wenige Hüte mitnehmen, denn mit Hutschachteln unterwegs zu sein, war umständlich. Ganz besonders wenn man nicht im eigenen Automobil reiste. Stirnbänder waren da viel praktischer.

»Ja, Madam.« Lizzies Blick wanderte zu dem Hund, der artig neben ihr saß. »Fährt Boss auch mit?«

Wie eng die Verbindung zwischen Lizzie und Boss in den letzten Monaten geworden war, war Ginger bereits aufgefallen. »Es tut mir leid, euch trennen zu müssen«, sagte sie mit aufrichtigem Bedauern. »Aber es ist ja nicht für lang.«

Sie rief Boss, und er folgte ihr in die Küche. Ein Ausflug aufs Land würde dem Hund guttun. Und obwohl sie Lizzie dankbar war, dass sie sich um Boss kümmerte, würde die Trennung ihn vielleicht daran erinnern, wer wirklich sein Frauchen war.

Wie üblich bereitete Madame Roux, die Ginger als ihre rechte Hand für das *Feathers & Flair* eingestellt hatte, in der Regent Street bereits alles für die nächsten Stunden vor. Sie kam immer als Erste, machte die Lichter an und ging die Belege vom Vortag durch.

»Hallo, Madame Roux«, begrüßte Ginger sie freundlich.

»Guten Morgen, Lady Gold.« Yvette Roux war eine schmale Frau Mitte fünfzig. Sie hielt sich perfekt aufrecht und bewegte sich mit Anmut und Eleganz. Heute trug sie ein marineblaues Kleid aus französischem Krepp. Ein dazu passender Samthut bedeckte einen Teil ihres schwarzen, silbergrau durchzogenen Haars.

Mit den hohen Fenstern, die viel Tageslicht hereinließen, wirkte das *Feathers & Flair* hell und einladend. Die Fußböden bestanden aus poliertem weißem Marmor. Die Wände waren in Cremeweiß gehalten. Von den hohen Decken mit ihren aufwendigen goldfarbenen Stuckverzierungen hingen elektrische Kristallleuchter. Auch alle anderen Verzierungen in den Räumlichkeiten waren goldfarben. Das hatte Ginger so gewählt, um den Familiennamen zu ehren.

Die Helligkeit von Boden und Wänden bildete den perfekten Hintergrund für die neueste Damenmode. Für Kundinnen, die unbedingt sofort etwas haben wollten, hielt Ginger ausgesuchte Kleider aus Fabrikherstellung bereit. Wer es weniger eilig hatte und bereit war, mehr Geld auszugeben, konnte bei ihr auch handgeschneiderte Einzelstücke erwerben.

Madame Roux war von der Idee, neben exquisiten Designerstücken auch Fabrikware zu verkaufen, nicht sehr angetan gewesen. Sie fand, das könnte die Kundinnen verwirren. »Wer kauft denn bei uns?«, hatte sie gefragt. »Damen der Gesellschaft oder aus dem Mittelstand?«

Doch Ginger hatte sie überzeugt, dass sich seit dem Krieg viel weniger Frauen Einzelstücke leisten konnten, die hervorragende Qualitätsarbeit der Fabriken, die mit bekannten Designern zusammenarbeiteten, jedoch sehr schätzten. Vor allem die jüngeren Kundinnen waren ganz versessen auf Mode von der Stange. Sie wollten sich binnen einer Stunde etwas aussuchen und damit aus dem Geschäft spazieren können.

Ginger begutachtete die Kleider an den Schaufensterpuppen. Das jadegrüne Molyneux gefiel ihr ausnehmend gut, und sie beschloss, sich auch eines zu bestellen.

»Ist alles zu Ihrer Zufriedenheit?«, fragte Madame Roux. Mit ihren dunkelbraunen Augen sah sie Ginger aufmerksam an.

»Oh ja. Aber ich fürchte, ich werde dieses Wochenende in Hertfordshire gebraucht. Ich weiß, das kommt etwas plötzlich, und wir haben den Salon ja erst kürzlich eröffnet …«

Madame Roux legte Ginger eine Hand auf den Arm. »Keine Sorge, Lady Gold. Ich verfüge über jahrelange Erfahrung mit der Leitung von Modesalons wie Ihrem. Deshalb haben Sie mich doch eingestellt, nicht wahr?«

Ein wenig beruhigter lächelte Ginger die tüchtige Frau an. »Ja, ganz recht, Madame Roux. Und es ist ja nur für ein paar Tage. Am Montag bin ich zurück, und zwar hoffentlich bevor die Bestellung aus Paris ankommt.«

»Darum kümmere ich mich gerne, Lady Gold. Für den Fall, dass Sie aufgehalten werden.«

Normalerweise nahm Ginger neue Ware selbst entgegen. Sie unterdrückte einen Seufzer. Es stimmte, genau für solche Fälle hatte sie Madame Roux. Sie sollte darauf vertrauen, dass die Frau wusste, was sie tat.

»Vielleicht können Sie ein paar der älteren Kleider aus dem Fenster nehmen. Es ist wichtig, immer etwas Neues zu präsentieren.«

»Ja, Madam.«

»Und wenn ich zurück bin, könnten wir einen speziellen Weihnachtsverkauf planen.«

»Das ist eine ausgezeichnete Idee, Madam.«

Ginger warf einen prüfenden Blick in die Kassenschublade, zählte das Wechselgeld, glättete Tücher und Schals in der Auslage und strich mit dem Finger über die Samthüte, um sich zu vergewissern, dass sie absolut staubfrei waren. Dann schaute sie in den Lagerraum, wo sie weitere Kleider, Hüte und Accessoires aufbewahrten. Eine Ecke des Raumes war für Schneiderarbeiten reserviert. Dort wartete eine brandneue Singer-Nähmaschine auf ihren Einsatz.

Noch einmal ging Ginger über die weißen Marmorfliesen und ließ den Blick durch den Verkaufsraum schweifen. Stolz schwellte ihre Brust. Sie liebte ihren Modesalon, und so mir nichts, dir nichts wegzufahren, machte sie beklommen.

»Gehen Sie ruhig«, sagte Madame Roux. »Die Mädchen werden bald hier sein. Machen Sie sich keine Sorgen.«

»Die Mädchen« waren drei weitere Angestellte: eine Schneiderin, eine Studentin vom Royal College of Art und eine Verkäuferin.

»Ich lasse Ihnen die Telefonnummer meiner Gastgeberin da.« Ginger nahm einen Bleistift aus der Kassenschublade und schrieb die Nummer auf einen kleinen Notizblock. Sie schob ihn Madame Roux hin. »Nur für den Fall, dass Sie mich brauchen.«

3

Ginger kaufte Fahrkarten für ein privates Abteil in der ersten Klasse. Die Innenausstattung bestand aus poliertem Mahagoni, für Licht sorgten glänzende Messingleuchter. Die olivgrünen Sitzpolster hätten für Gingers Geschmack ein wenig dicker sein dürfen.

Die Nase in ein medizinisches Lehrbuch gesteckt, saß Haley ihr in ihrem üblichen bequemen Hosenanzug aus Tweed gegenüber. Boss hatte sich auf Gingers Schoß zusammengerollt und schnarchte leise. Das sanfte Schaukeln des Waggons hatte den kleinen Hund binnen Minuten in den Schlaf gewiegt.

Haley knabberte am Ende einer Strähne, die sich aus ihrem falschen Bob gelöst hatte – eine schlechte Angewohnheit, für die Ginger sie immer wieder tadelte.

»Warum lässt du dir das Haar nicht ordentlich schneiden?«, fragte sie.

Haley schnaubte. »Mit meinen Locken? Sie zu bändigen, wäre ein absoluter Albtraum. Ich würde aussehen wie ein Kaminbesen.«

Gingers Blick schweifte wieder hinaus zu der Landschaft vor den Fenstern, zu den ländlichen Szenen mit weiten Feldern, hier und da einem Farmhaus und kleinen Dörfern mit roten Ziegelgebäuden.

Die gellende Zugpfeife stieß grauen Rauch in den bedeckten Herbsthimmel. Sie würden bald da sein. Die Anspannung rollte durch Ginger wie eine Welle, und sie drückte ihre perfekt manikürten Finger auf ihre Brust. Ähnlich wie vor ihrer Ankunft auf Hartigan House wappnete sie sich für die Erinnerungen an ihren verstorbenen Ehemann Daniel. Den letzten Besuch auf Bray Manor hatten sie gemeinsam gemacht.

Minuten später fuhren sie in den Bahnhof ein.

»Bossy.« Ginger befestigte die Leine an seinem Lederhalsband. »Wir sind da.«

Der Zug hielt, Haley klappte ihr Buch zu und steckte es in ihre Handtasche.

»Interessante Lektüre?«, fragte Ginger.

»ABo-Blutgruppen. Die Wissenschaft macht bei der Blutanalyse große Fortschritte.«

»Das ist tatsächlich interessant.« Ginger stand auf, strich ihre Herbstjacke glatt, rückte ihren Hut zurecht und schob sich eine Seite ihres kurzen Bobs hinters Ohr.

Koffer und Hutschachteln ließ sie von einem Gepäckträger aus der Ablage über den Sitzen holen. Die Türen zum Bahnsteig öffneten sich, und sie traten hinaus in die kleine Ansammlung von Reisenden, von denen manche ankamen, andere abfuhren.

»Ich besorge uns ein Taxi.« Haley streckte den Arm aus. Ein klappriges schwarzes Automobil, mindestens zehn Jahre älter als die Taxis in London und kaum mehr als eine motorisierte Pferdekutsche, hielt schlingernd neben ihnen an.

Die kleine Staubwolke legte sich, und der Gepäckträger und der Fahrer öffneten jeweils eine der hinteren Türen. Während Ginger und Haley einstiegen, verschnallten die Männer hinten das Gepäck. Als alles festgezurrt war, beugte sich Ginger zum Fahrer. »Bray Manor, bitte.«

Die Stoßdämpfer des alten Taxis mussten dringend überholt werden. Entsprechend holprig war die Fahrt. Ginger bezweifelte, dass das betagte Ding überhaupt auf luftbefüllten Reifen fuhr.

Die Flanken der niedrigen Hügel in der Ferne waren mit Kühen und Schafherden getupft. Unverhofft öffneten sich die schweren grauen Wolken und sorgten für eine nasse Straße. Abgenutzte Scheibenwischer kratzten über die Windschutzscheibe.

Endlich bogen sie um eine Kurve, und Bray Manor kam in Sicht. Das gewaltige Steingebäude erstreckte sich entlang grüner Gartenanlagen. Der Regen färbte das rote Dach dunkel. Aus einigen der Schornsteine quoll Rauch. Unter kleinen Giebeln lagen die Dachfenster wie wachsame, düstere Augen.

Haley erschauerte. »Womöglich glaube ich Ambrosia jetzt sogar, dass es hier spukt.«

»Im Sommer sieht das Haus längst nicht so unheimlich aus«, sagte Ginger.

Der Taxifahrer hielt vor dem Eingang. Ginger bezahlte ihn, dann eilte sie mit Boss in den Armen durch den Regen zur Haustür und klingelte. Innen erklangen fünf Glockentöne, und bald öffnete sich die hölzerne Tür.

Ein ernst blickender Unbekannter stand ihr gegenüber. Diesen kahlköpfigen Butler kannte sie noch nicht. Offenbar war er erst nach ihrem letzten Besuch hier eingestellt worden.

»Guten Tag. Ich bin Lady Gold und werde erwartet.«

»Sehr wohl, Madam.« Der Butler nickte. »Treten Sie ein.«

Haley folgte ihr ins Haus. Sie war ziemlich durchnässt und von ihrer Hutkrempe fielen dicke Tropfen. Die Lippen des Butlers zuckten in kaum verhohlener Missbilligung.

Bray Manor war so riesenhaft, dass sich Hartigan House dagegen wie ein Puppenhaus anfühlte. Felicia bog um die Ecke und ihre Stimme hallte ihnen entgegen.

»Oh, Ginger. Da bist du ja! Ich bin so froh, dass du hier bist!«

Felicia Gold war, was die Klatschblätter ein »Bright Young Thing« nannten. Aufgeweckt und voller Tatendrang, gerade einundzwanzig und mit einer Haut wie aus Porzellan. In ihrem gerade geschnittenen schimmernden Chiffonkleid strahlte sie die Art von jugendlicher Energie aus, die Ginger vermisste. Die Augen in Felicias herzförmigem Gesicht erinnerten Ginger an Daniels. Natürlich ohne den dramatischen Lidschatten und die Wimperntusche, die ihre Schwägerin trug.

Sie umarmte die junge Frau. »Es ist schön, wieder hier zu sein.«

»Und den süßen Boss hast du auch mitgebracht.« Felicia tätschelte den Kopf des kleinen Hundes. »Vielleicht kannst *du* ja unseren Poltergeist aufspüren.« Boss stieß ein freundliches Winseln aus und leckte ihr den Handrücken.

Felicia lächelte nun Haley an. »Schön, Sie wiederzusehen, Miss Higgins. Wie nett, dass Sie mitgekommen sind.«

»Es ist mir ein Vergnügen«, antwortete Haley.

Felicia wandte sich an den Butler. »Wilson, bitte bringen Sie Lady Golds und Miss Higgins' Sachen hinauf.«

Der Mann machte sich daran, Haleys Koffer und Gingers Taschen nach oben zu tragen. Sicher würde er zweimal laufen müssen, vermutlich sogar dreimal.

»Großmama ist im Salon«, sagte Felicia und ging voran. »Sie kann es kaum erwarten, die Geschichte über den Poltergeist loszuwerden.«

»Glaubst du etwa auch, dass es hier auf Bray Manor spukt, Felicia?«, fragte Ginger.

»Logisch betrachtet kann das natürlich nicht sein. Aber dieses alte Haus ist so düster, besonders bei schlechtem Wetter. Wenn der Wind durch die Ritzen pfeift, kann die Fantasie schon einmal mit einem durchgehen.«

Der Salon war ein Relikt aus viktorianischen Zeiten. Schwere Vorhänge umrahmten hohe Fenster, vor dem imposanten Kamin lag ein üppiger türkischer Teppich, auf dem Boss sich sofort niederließ. Sitzmöbel mit dicken Polstern und schnörkeligen hölzernen Verzierungen standen um einen ovalen Teetisch. An den Wänden hingen Tapeten mit üppigen Mustern in Grün und Gold. Sie waren über und über mit gerahmten Gemälden in verschiedenen Größen behängt. In diesem Raum hatte sich in den letzten zehn Jahren rein gar nichts verändert.

Als wäre Ginger durch eine Tür in die Vergangenheit getreten, war plötzlich Daniel da. Er saß auf einem Sessel mit gepolsterter Lehne, hatte die Beine in dem akkurat gebügelten Smoking lässig übereinandergeschlagen und hielt eine Pfeife in seiner starken Hand. Ginger wusste noch, dass sie sich für eine vornehme Veranstaltung mit dem Duke und der Duchess von Berkhamstead herausgeputzt hatten, und sah noch einmal vor sich, wie Daniel buchstäblich die Kinnlade herunterklappte, als sie eintrat. Auch an den freudigen Schimmer in seinen Augen erinnerte sie sich noch gut.

»Mrs Georgia Gold, die schönste aller Frauen.«

Ginger hatte gelächelt, weil er ihren vollen neuen Namen benutzte. Seit ihrer Hochzeit in diesem Sommer 1913 war sie nicht mehr Georgia Hartigan.

»Oh, Georgia. Dem Himmel sei Dank.«

Ginger landete wieder in der Gegenwart. Auf der Kante eines veloursbezogenen Ohrensessels saß eine ältere weißhaarige Dame in einer Bluse mit hohem Kragen und einem braunen, bodenlangen Samtrock. Neben ihr lehnte ein Gehstock mit einem Messinggriff. In den faltigen Händen voller Altersflecken knetete sie ein weißes Spitzentaschentuch. Wenn sie angespannt war, benutzte Ambrosia gerne Gingers Taufnamen.

»Hallo, Großmutter«, sagte sie.

Die verwitwete Baronin verlor keine Zeit mit dem Austausch von Höflichkeiten. »Ich kann es einfach nicht mehr ertragen. Nicht nur dass man hier auf Schritt und Tritt über fremde Leute stolpert. Jetzt auch noch das! Ein Poltergeist! Ich bin kaum noch die Herrin in meinem eigenen Haus!«

Ginger und Haley ließen sich auf dem Sofa nieder.

»Ach, hallo, Miss Higgins«, sagte Ambrosia ein wenig verspätet. Sie teilte Gingers Begeisterung für Freundschaften mit Vertretern der unteren Schichten nicht. Noch viel weniger, wenn sie nicht einmal Engländerinnen waren.

»Hallo, Lady Gold.«

Felicia läutete und bestellte Tee.

»Du stolperst über Fremde?«, fragte Ginger. »Wie soll ich das verstehen?«

»Ich erkläre es dir.« Felicia setzte sich in den freien Sessel neben ihrer Großmutter. »Wie du weißt, kämpfen wir auf Bray Manor mit beachtlichen finanziellen Herausforderungen.« Bei diesen Worten schaute Felicia beiseite. Jeder hier im Raum wusste, dass seit Gingers und Daniels Heirat der Unterhalt des Anwesens aus dem Vermögen der Hartigans bestritten wurde. Und dass Ginger zögerte, noch mehr von ihrem Erbe in dieses Fass ohne Boden zu werfen.

»Nun«, fuhr Felicia lächelnd fort. Diesmal schaute sie Ginger fest an. »Ich hatte eine Idee. Bray Manor ist ein großes Haus mit vielen ungenutzten Räumen. Warum nicht ein paar davon vermieten? Eine kleine Anzeige in der Lokalzeitung hat genügt. Jetzt treffen sich hier regelmäßig drei Gruppen: der Strickzirkel, die Briefmarkensammler und die Gartenfreunde.«

Ginger war beeindruckt von Felicias Geschäftstüchtigkeit. »Was für ein fabelhafter Einfall.«

Ambrosia klopfte mit ihrem Gehstock auf den Boden. »Ein fabelhafter Einfall? Ich muss doch sehr bitten. Es ist schäbig und furchtbar demütigend. Wenn wir so gewaltige Geldsorgen haben, sollten wir lieber gleich das ganze Anwesen verpachten und woanders hinziehen.«

»Großmama«, sagte Felicia mit einem ungeduldigen Unterton. Ginger konnte sich vorstellen, dass die beiden das Thema bereits erschöpfend diskutiert hatten. »Das haben wir doch versucht. Aber so ein riesiges Haus möchte niemand haben.«

Ambrosia schnaubte und starrte aus dem Fenster. »Trotzdem. Ich kann mich ja schon gar nicht mehr erhobenen Hauptes in der Öffentlichkeit zeigen. Es ist, als würden wir in einem Museum leben, in dem Fremde umherspazieren, gaffen und Kommentare abgeben. Über *meinen* Besitz.«

»Wir leben nicht mehr in viktorianischen Zeiten, Großmama«, sagte Felicia ein bisschen hochmütig. »Wir leben jetzt in einer modernen Welt. Skandale sind der neueste Schrei.«

Wieder ein Schnauben von Ambrosia. Ginger staunte, dass sie Felicia erlaubt hatte, ihren Plan in die Tat umzusetzen. Wenn sie tatsächlich gewollt hätte, hätte sie das als

Herrin dieses Haushalts verbieten können. Ginger konnte sich ein Grinsen nicht verkneifen. Die gute Ambrosia machte immer gerne viel Getöse.

»Als Nächstes verpachten wir noch unseren Livingston Lake«, schimpfte sie. »Und dann wird es auf unserem Steg zugehen wie auf einem Jahrmarkt.«

Haley folgte ihrem Blick. »Auf Ihrem Steg? Es gibt hier einen See mit einem Bootsanleger?«

Ginger deutete auf die schmalen hohen Fenster. »Hinter dem Haus liegt ein ziemlich großer Teich.«

»Ein kleiner *See*«, widersprach Ambrosia. »Einen *Teich* hatten wir hier auf Bray Manor nie.«

Ginger zwinkerte Haley zu. »Entschuldigung. Hinter dem Haus liegt ein ziemlich *kleiner See*.«

Haley trat ans nächstgelegene Fenster und schaute hinaus. »Ach dort. Wie schön.«

»Den See zu verpachten, ist eine famose Idee, Großmama«, sagte Felicia mit einem verschmitzten Blitzen in den Augen. »Das würde vielleicht ein paar Männer herlocken, und ich könnte meine unverheirateten Freundinnen einladen, damit wir uns Ehemänner angeln können.«

»Wie unverfroren!«, japste Ambrosia. »Siehst du nun, was ich hier erdulde, Georgia? Ein aufmüpfiges Kind *und* Fremde in meinem Haus.«

»Ich bitte dich, Großmama«, sagte Felicia. »Du siehst die Vorteile doch auch.« An Ginger und Haley gerichtet erklärte sie: »Großmama gehört mit zum Strickzirkel. Und der trifft sich ja nun hier.«

Ambrosia stieß die Luft aus. »Man muss sich ja irgendwie beschäftigen. Außerdem ist das Gemeindehaus grauenhaft feucht und zugig. Dort spüre ich alle meine Knochen, und, offen gesagt, auch der Geruch behagt mir nicht.«

Das Dienstmädchen kam mit dem Teetablett und stellte es auf eine Anrichte mit eleganten Intarsien. Beginnend mit Ambrosia reichte sie jedem eine Tasse Tee. Dann stellte sie einen Teller mit Keksen auf den niedrigen Tisch, um den die Frauen saßen, und zog sich wieder zurück.

Nach einem Schluck Tee stellte Ginger die Tasse auf die Untertasse zurück. »Erzähl mir von dem Geist, Großmutter.«

»Es ist zum Verzweifeln.« Ambrosias Tasse klirrte gegen die Untertasse. »Meine Nerven sind bereits völlig überreizt.«

»Dinge ...« Felicia zögerte. »Kleine Dinge fingen an zu verschwinden.«

»Diebstahl?«, fragte Haley.

»Anfangs habe ich das vermutet. Aber dann sind die Sachen wieder aufgetaucht. Nur an Orten, an die sie nicht gehören. Zum Beispiel Blumengestecke in der Garderobe und gerahmte Gemälde auf dem Fußboden. Die Angestellten sind auch schon ganz aus der Fassung.«

Ginger legte die Stirn in Falten. »Für mich klingt das, als würde sich jemand vom Personal auf eure Kosten einen Spaß erlauben.«

»Das ist völlig undenkbar!«, protestierte Ambrosia. »Meine Bediensteten sind absolut verlässlich.«

Felicia nickte. »Da möchte ich Großmama zustimmen.

Ich kann mir keinen vorstellen, der sich zu derart ärgerlichen Streichen herablassen würde.«

»Ist, seit ihr Räumlichkeiten vermietet, weiteres Personal eingestellt worden?«, fragte Ginger.

»Das würde der Absicht, Einnahmen zu erzielen, doch sehr zuwiderlaufen«, erklärte Ambrosia steif. »Meine Angestellten sind durchaus in der Lage, ein oder zwei weitere Räume sauber zu halten.«

»Was ist mit Wilson?«, hakte Ginger nach. »Wie lange ist er schon bei euch?«

»Er ist seit sechs Jahren unser Butler«, antwortete Felicia. »Sein Vorgänger war krank geworden.«

»Und wann hat sich der ›Poltergeist‹ zum ersten Mal bemerkbar gemacht?«, fragte Haley. »Etwa zu dem Zeitpunkt, seitdem sich hier die verschiedenen Clubs und Zirkel treffen?«

»Ja, da gibt es tatsächlich eine Übereinstimmung«, antwortete Felicia.

»Schlägt der Geist immer am selben Wochentag zu?«, fragte Ginger.

»Nein. Das ist ja das Seltsame«, sagte Felicia. »Darauf habe ich bereits geachtet, weil ich mich gefragt habe, ob vielleicht einer der Teilnehmer dahintersteckt. Doch es passiert an völlig beliebigen Tagen.«

»Ich würde gerne eine Liste aller Clubmitglieder sehen«, sagte Ginger.

»Das habe ich mir schon gedacht.« Felicia ging zur Anrichte, öffnete die obere mittlere Schublade und nahm einen flachen Ordner heraus. »Hier drin stehen die Namen und Adressen aller Teilnehmer an den Treffen auf

Bray Manor. Wenn jemand ein Telefon besitzt, steht auch die Nummer dabei.«

Ginger nahm den Ordner an sich. »Das schaue ich mir später genauer an. Wann findet denn das nächste Treffen statt?«

»Heute Abend«, antwortete Felicia. »Der Strickzirkel trifft sich jeden Freitag.«

»Und die anderen Gruppen?«, fragte Ginger.

»Die Briefmarkensammler sind dienstags hier, die Gartenfreunde mittwochs. Ach, und dann gibt es noch eine ganz besondere Veranstaltung!« Felicia schüttelte die Schultern und strahlte. »Morgen findet hier ein Tanzabend statt. Ihr bleibt doch so lange, oder?«

»Ein Tanzabend?«

»Ja, um Geld für das *Croft Convalescent Home* zu sammeln, ein Erholungsheim für Kriegsversehrte«, erklärte Felicia. »Wir wollen die armen Männer unterstützen, die mit schweren Kriegsverletzungen nach Hertfordshire zurückgekehrt sind. Damit sie wieder auf die Beine kommen, wenn man das so sagen kann.«

»Eigentlich wollten wir morgen mit dem letzten Abendzug zurück nach London fahren«, sagte Ginger. »Ich bin sehr mit meinem Modesalon beschäftigt und Haley mit ihrem Studium.«

»Das ist jammerschade.« Felicia lächelte listig. »In letzter Zeit hatte ich bei meinen Spaziergängen nämlich öfter Begleitung. Ich hätte euch einander zu gerne vorgestellt.«

»Du gehst spazieren?«, fragte Ginger. »Mit einem Gentleman?«

»Ja, allerdings.«

»Vielleicht können wir ihn ja schon vor dem Tanzabend kennenlernen«, schlug Ginger vor.

»Leider nein.« Felicias Augen blitzten. »Dafür müsst ihr schon zum Tanzen bleiben.«

»Großmutter«, sagte Ginger. »Weißt du, von wem deine Enkelin spricht?«

»Nein«, antwortete Ambrosia verkniffen. »Das Kind will es mir nicht sagen. Unerhört, was die jungen Leute sich heutzutage erlauben. Zu meiner Zeit hätte man nicht im Traum daran gedacht, sich derart respektlos zu benehmen.«

»Nun«, begann Ginger. Ihre Neugier war geweckt. »Ich tanze sehr gerne, und offenbar ist es ja für einen guten Zweck. Findest du nicht auch, Haley?«

4

Phyllis, das Hausmädchen, führte Ginger und Haley die breite Treppe zu den Schlafzimmern im ersten Stock hinauf. Ginger nahm Daniels früheres Zimmer am Ende des Flurs, Haley das Zimmer zwei Türen weiter vorn neben der Toilette.

Hier oben gab es noch kein elektrisches Licht, und Phyllis zündete eine Kerze an, bevor sie Ginger alleine ließ. Normalerweise fand Ginger Kerzenlicht behaglich, aber draußen war es noch nicht ganz dunkel, und der Kampf der flackernden Flamme gegen die Dämmerung, die durchs Fenster kroch, sorgte für eine düstere Atmosphäre.

Dass Daniel noch gelebt hatte, als sie das letzte Mal in dem riesenhaften Bett mit seinen vier hohen, dekorativen Pfosten aus Mahagoni geschlafen hatte, machte ihre Beklommenheit noch größer. Bei der Vorstellung, allein in diesem gigantischen Bett zu liegen, schlang sie die Arme um ihre Mitte.

Ein lauter Knall ließ sie heftig zusammenzucken. Eines der Fenster war zugeschlagen, und der Luftzug löschte die Kerze.

Ein abstruser Gedanke schoss ihr durch den Kopf. War das Ambrosias Poltergeist gewesen?

Sie tastete sich durchs Halbdunkel zum Frisiertisch, wo die Kerze stand. Ihre Finger suchten auf der glatten Oberfläche nach der Streichholzschachtel. Rasch zündete sie ein Streichholz an und dann den Docht. Im selben Moment erschien der Schatten eines Mannes mit einem Gewehr an der Wand. Ginger warf sich zu Boden, ging instinktiv in Deckung. Sie wollte schon laut rufen, da bemerkte sie den Spielzeugsoldaten auf dem Tisch neben der Kerze. Das leblose kleine Ding warf den Schatten und hatte dafür gesorgt, dass ihr das Herz in die Hose gerutscht war.

Nur gut, dass niemand das peinliche Manöver und den angstvollen Moment mit angesehen hatte.

Ein wenig zittrig suchte sie nach einer zweiten Kerze und atmete erleichtert auf, als sie auf dem Nachttisch einen Stummel fand. Rasch zündete sie ihn an und schaute sich gründlich um, um sich zu vergewissern, dass sie tatsächlich alleine war.

Dann überprüfte sie die anderen Fenster, doch alle waren fest geschlossen. Vermutlich hatte das Hausmädchen nur eines zum Lüften geöffnet, und ein Windstoß hatte es zugeworfen. Kein Wunder, dass Ambrosia sich fürchtete und ihre Fantasie mit ihr durchging. Dieses alte Haus konnte selbst ein Gespenst das Gruseln lehren.

Nur der Strickzirkel traf sich im Wohnzimmer. Die anderen Versammlungen fanden in einem wenig genutzten und recht schlichten Raum in einem abgelegenen Flügel des Gebäudes statt. Auf Gingers Nachfrage erklärte Ambrosia: »Wenn ich schon einem Treffen in meinem eigenen Haus beiwohne, möchte ich es wenigstens gemütlich haben.«

Die Wohnzimmerwände waren in kräftigen dunklen Brauntönen gehalten. Auf dem Parkett vor dem gemauerten offenen Kamin, in dem jetzt orangefarbene Flammen züngelten, lag ein dicker weinroter Teppich. Boss ließ sich sofort darauf nieder.

Die Mitglieder des Strickzirkels saßen in einem Halbkreis um das wärmende Feuer. Zusammen mit Felicia, Ginger und Haley waren sie heute Abend zu acht.

»Meine Damen«, begann Ambrosia. »Ich möchte Ihnen Lady Gold vorstellen, die Frau meines verstorbenen Enkels Daniel, und ihre Freundin Miss Higgins. Meine Enkeltochter, Miss Gold, kennen Sie ja.« An Felicia gerichtet fügte sie hinzu: »Wie schön von dir, mein Kind, dich heute einmal zu uns zu setzen.«

Begrüßungen machten die Runde. »Zu deiner Rechten, Ginger, sitzt Mrs Richards. Sie hat ihren Mann im Krieg verloren.« Mrs Richards war eine füllige Frau, deren kurze Löckchen unter einem flachen Hut hervorlugten.

Ihre auffallend kleinen Augen spähten durch eine goldgerahmte Brille. Sie nickte Ginger mit einem knappen Lächeln zu.

»Neben ihr sitzt Miss Smith. Sie arbeitet ehrenamtlich in der Dorfbücherei.« Ginger schätzte sie auf Ende dreißig. In diesem Alter war es schwer, sich im Wettbewerb um die wenigen Männer gegen so viele und oft deutlich jüngere Frauen zu behaupten. Miss Smith zuckte grinsend mit den Schultern und winkte mit den Fingern. »Schön, Sie kennenzulernen.« Sie hatte eine leise Stimme, und ihre Brille balancierte auf der Spitze ihrer Stupsnase.

»Miss Whitton«, fuhr Ambrosia fort, »arbeitet als Krankenschwester im *Croft Convalescent Home*. Und, last but not least …« Sie wedelte nachlässig mit ihrer üppig beringten Hand. »… Honourable Mrs Croft.« An Haley gerichtet erklärte sie: »Baron Julius Croft ist ihr Schwiegervater, daher der Titel.«

Miss Whitton erinnerte Ginger an eine jüngere Version von Haley. Auch sie hatte eine dunkle Lockenmähne, trug aber einen echten kurzen Bob. Beide Frauen hatten eine ähnlich geradlinige Ausstrahlung. Honourable Mrs Croft wirkte mit ihren breiten Schultern, der schmalen Hüfte und den großen Händen recht maskulin. Ihr üppiger Busen wollte nicht so recht dazu passen.

Phyllis servierte den Tee in der schwarzen Hausmädchenuniform mit weißer Schürze und weißer Haube. Dann wurden die Stricknadeln gezückt.

»Mrs Saxons Tochter bekommt Zwillinge.« Miss Smith hob ihre Nadeln und zeigte einen halbfertigen Babyschuh.

»Stricken wir alle Babysachen?«, fragte Ginger.

»Nein, ganz und gar nicht«, antwortete Ambrosia. »Wir stricken auch Decken für das *Convalescent Home* und Wintersocken, Mützen und Schals für die Armen und Obdachlosen. Manche stricken auch etwas für sich selbst.«

Ginger bemerkte den missbilligenden Blick, den Ambrosia Mrs Richards zuwarf.

Auch Mrs Richards fiel er offenbar auf. »Ich muss doch sehr bitten. Meine Strickarbeit ist nicht für mich, sondern für meine Tochter.« Sie schwenkte eine zitronengelbe Jacke. »Der Krieg hat uns so viele junge Männer genommen. Ein wenig Unterstützung bei der Suche nach einem Ehemann kann da nicht schaden.«

»Wolldecken kann man nie genug haben.« Miss Whitton breitete ihr graues Strickwerk über ihre Knie. »Der Winter steht vor der Tür, und unsere Veteranen sollen nicht auch noch frieren müssen.«

»Den hier stricke ich für meinen Patrick«, erklärte Honourable Mrs Croft. Sie zeigte auf einen halbfertigen tannengrünen Pullover. »Er bringt das Grün in …«

»Oh gütiger Himmel!«, fiel ihr Ambrosia ins Wort. »Sagen Sie jetzt bloß nicht, in *seinem Auge* zur Geltung. Dass er das andere im Krieg verloren hat, wissen wir doch.«

Mrs Croft warf Ambrosia einen düsteren Blick zu. Felicia konnte sich ein Kichern nicht verkneifen, und Ginger fand, die Zeit sei reif für eine Ablenkung. »Ich glaube, ich versuche es am besten mit einem Schal für die

Armen.« Sie hatte viele Begabungen, aber Stricken gehörte nicht dazu. Selbst ein simples rechteckiges Maschengebilde war eine Herausforderung. Immer wurde es an Stellen schmaler, an denen es nicht schmal werden sollte. Wenn man sich das fertige Stück um den Hals schlang, fiel das zum Glück nicht weiter auf, und wer ansonsten frieren musste, den würden die Fehler sicher nicht stören. »Und was wollen Sie heute stricken, Miss Higgins?«, fragte sie, um die höfliche Konversation aufrechtzuerhalten.

Haley zeigte schmunzelnd auf die bereits weit fortgeschrittene Mütze zwischen ihren Händen. »Man kann gleichzeitig reden und stricken«, sagte sie, und fing sich dafür einen grimmigen Blick von ihrer Freundin ein.

Ginger ließ nun ebenfalls die Stricknadeln klappern. *Links, rechts, links, rechts.* Nach ein paar Reihen brach sie erneut das konzentrierte Schweigen. »Das Convalescent Home für kriegsversehrte Soldaten wurde von Ihrer Familie gegründet, nicht wahr, Mrs Croft?«

»Oh ja.« In den Augen der Frau flackerte Stolz auf. »Als mein Sohn so schrecklich entstellt nach Hause kam, musste ich an die vielen anderen verletzten Soldaten denken, deren Familien sich vielleicht nicht so gut um ihr körperliches und seelisches Wohl kümmern können wie wir bei unserem Patrick.« Mit gekünstelter Bescheidenheit setzte sie hinzu: »Uns schien die Gründung eines Erholungsheims nur gut und richtig.«

»Das war sehr großzügig von Ihnen«, sagte Ginger.

»Lobeshymnen werden gerne entgegengenommen«, murmelte Ambrosia, die Augen fest auf ihr Strickzeug gerichtet. Mrs Croft fixierte sie mit einem stechenden Blick.

Busenfreundinnen sind diese beiden nicht, dachte Ginger.

»Wie ich höre, findet morgen Abend hier auf Bray Manor eine Tanzveranstaltung zugunsten der Soldaten statt«, plauderte sie weiter, um die Wogen zwischen den beiden Frauen zu glätten.

Mrs Crofts Miene hellte sich auf. »Oh ja, allerdings. Sie beehren uns doch sicher auch mit Ihrer Anwesenheit.«

»Ja, in der Tat, Miss Higgins und ich werden beide kommen.«

Felicia kreischte glücklich auf. Die Freude war ihr deutlich anzusehen.

Mrs Croft nickte. »Wunderbar. Ich freue mich schon darauf, Ihnen meinen Patrick vorzustellen.«

Ginger sprach nun die ganze Gruppe an. »Werden Sie alle morgen teilnehmen?«

»Ich komme nur, weil es für eine gute Sache ist«, sagte Mrs Richards.

»Ich komme«, murmelte Miss Smith. »Auch wenn ich wohl kaum tanzen werde.«

»Warum denn nicht?«, fragte Ginger.

Miss Smith schaute sie über ihre Brille hinweg an. »Mich fordert selten jemand auf.«

»Mich auch«, tröstete sie Haley. »Wir können gemeinsam als Mauerblümchen herumsitzen.«

»Ach, papperlapapp«, blaffte Ambrosia. »Die Männer

sind Krüppel. Sehr wählerisch werden sie wohl nicht sein.«

Der ganze übrige Strickzirkel schnappte gleichzeitig nach Luft. Felicias Hand flog zu ihrem Mund. Sie starrte ihre Großmutter fassungslos an.

Angesichts der Missbilligung durch ihre Strickschwestern, beeilte sich Ambrosia hinzuzufügen: »Ich wollte nicht gefühllos klingen, aber das sind nun mal die Tatsachen.«

»Beste Lady Gold, macht der Geist Ihnen immer noch Ärger?« Mrs Richards wechselte kurzerhand mit einem Augenzwinkern das Thema.

»Sie mögen lachen«, antwortete Ambrosia ungewöhnlich verhalten. »Aber hier auf Bray Manor treibt tatsächlich ein Poltergeist sein Unwesen. Erst vorgestern habe ich ein Buch auf dem Beistelltisch dort drüben liegen lassen. Und heute Morgen hat das Hausmädchen es im Waschraum im Erdgeschoss gefunden.«

»Könnte es sein, dass Sie es selbst dorthin mitgenommen und es dann einfach vergessen haben?«, fragte Miss Whitton.

Ambrosia ließ ihr Strickzeug sinken. »Das ist völlig ausgeschlossen! Den Waschraum im Erdgeschoss würde ich niemals aufsuchen.«

Miss Smith kicherte.

»Dürfte ich erfahren, was Sie so amüsiert, Miss Smith?«, fragte Ambrosia.

»Ach nichts, Lady Gold.« Auf Miss Smiths Wangen trat ein rosiger Schimmer. »Ich habe nur gerade gemerkt, dass ich dem Waschraum im Erdgeschoss gleich selbst einen Besuch abstatten sollte.«

Ginger und Haley schauten zu, wie die zierliche Bibliothekarin den Raum verließ, dann tauschten sie einen Blick. Hatte der Poltergeist sich gerade verraten?

Felicia schaute zum wiederholten Mal auf ihre Armbanduhr.

»Hast du noch eine Verabredung?«, scherzte Ginger augenzwinkernd.

Felicia ließ die Schultern hängen. »Ich fürchte, ich finde Stricken ziemlich eintönig.«

»Was ist denn das an deinen Nadeln?«, fragte Ginger. Felicias Nadeln waren fast so dick wie ihr kleiner Finger. Dicke Nadeln, große Maschen. Damit ließen sich Schals und Decken viel schneller stricken. Ginger kannte den Trick nur zu gut. Sie zeigte auf die glänzenden, zartrosa gefärbten Enden der Stricknadeln.

Felicia hielt die Hände still und bewunderte ihr Strickwerkzeug. »Mit schlichten Holznadeln zu arbeiten, macht das Stricken noch öder. Ich dachte, ein bisschen Farbe von meinem neuen Nagellack würde wenigstens mein Werkzeug etwas interessanter machen.«

Ginger lachte über ihre verspielte Schwägerin.

Dann wandte sie sich wieder der allgemeinen Unterhaltung zu und hörte den letzten Teil einer Frage, die die zurückgekehrte Miss Smith Ambrosia gestellt hatte.

»... Bogenschützen suchen ein neues Übungsgelände. Die Rasenfläche vor Bray ...«

Ambrosia hob eine faltige Hand. »Hier darf ich Sie gleich unterbrechen, Miss Smith. Völlig ausgeschlossen.

In meinem trauten Heim laufen schon mehr als genug fremde Leute herum.«

Um Punkt neun Uhr löste sich der Strickzirkel auf. Felicia sprang geradezu von ihrem Platz auf, ließ ihren Strickkorb zurück und eilte davon. Nach dem obligatorischen Austausch von Höflichkeiten zum Abschied begleitete Wilson die Gäste in die Eingangshalle. Ambrosia rief nach Langley, ihrer Zofe, und ließ sich von ihr hinauf zu ihrem Zimmer bringen. Ginger und Haley konnten die Wärme der letzten glühenden Scheite im Kamin ungestört genießen.

»Miss Smith ist ein seltsames kleines Ding. Findest du nicht?«, fragte Haley.

»Großmutter war ziemlich ruppig zu ihr«, sagte Ginger. »Ich nehme an, Miss Smith schätzt es nicht, wenn man so herablassend mit ihr umspringt.«

»Wem würde das schon gefallen?«

»Glaubst du, sie rächt sich mit kleinen Streichen? Großmutter kann ziemlich herrisch und hochmütig sein, besonders wenn sie glaubt, jemand stünde gesellschaftlich unter ihr.«

Haley schnaubte. »Das ist mir nicht neu. Dass sie sich herablässt, am Strickzirkel teilzunehmen, wundert mich.«

»Der Krieg hat die Klassenunterschiede ein wenig kleiner gemacht«, sagte Ginger. »Aber dass Honourable Mrs Croft ebenfalls mit von der Partie ist, hat sicherlich auch damit zu tun.«

»Wie meinst du das?«

»Wenn die Schwiegertochter von Baron Croft nichts

dabei findet, mit dem gemeinen Volk zu stricken, muss die Dowager Lady Gold es auch tun.«

»Ziemlich kompliziert, euer Klassensystem.«

»Was du nicht sagst.«

Ginger zog drei Bögen Notizpapier aus ihrer Handtasche. »Auf dieser Liste stehen die Namen aller Mitglieder der Clubs, die sich hier treffen. Miss Smith gehört auch zu den Briefmarkensammlern. Genau wie Mrs Richards.«

»Dann kommen wohl beide als Poltergeist infrage.«

»Was allerdings nicht den wanderlustigen Kandelaber aus dem Speisezimmer erklärt, der sich hier auf dem Stockwerk hinter dem Globus versteckt hat. Das ist am Mittwoch passiert.«

»Und wer trifft sich mittwochs?«

»Die Gartenfreunde. Samt Miss Whitton und Mrs Croft.«

Haley schüttelte den Kopf. »Sehr rätselhaft.«

Ginger sammelte ihr Schultertuch und ihren Strickkorb zusammen. »Es war nett von Felicia, uns die Sachen zu besorgen.« Ihr Blick fiel auf Felicias Strickkorb auf dem Boden. »Oh je.«

»Was ist denn?«, fragte Haley.

Ginger zeigte auf das Wollknäuel und die Strickdecke, an der ihre Schwägerin arbeitete. »Sieht aus, als hätte der Poltergeist schon wieder zugeschlagen. Eine von Felicias Stricknadeln fehlt.«

5

»Langsam wird es lächerlich«, schimpfte Ginger. »Erinnerst du dich, wer vom Personal in der letzten Stunde hier im Raum war?«

»Phyllis hat das benutzte Geschirr abgeholt«, antwortete Haley.

»Wilson hat die Damen hinausbegleitet«, fügte Ginger hinzu. »Da haben wir beide schon hier am Feuer gesessen. Er hätte die Nadel also in seinem Ärmel verschwinden lassen können.«

»Ambrosia hat nach ihrer Zofe geläutet.«

»Ja, richtig. Langley hat sie zu ihrem Zimmer hinaufgebracht. Großmutter gibt es ungern zu, aber das Treppensteigen macht ihr zu schaffen. Vor allem nachts bei schlechter Beleuchtung.«

»Langley hat Ambrosias Strickkorb getragen. Sie hätte sich also leicht Felicias Nadel nehmen und sie in Ambrosias Korb verstecken können.«

Ginger summte nachdenklich. »Ziemlich mysteriös.«

Zwar hielt sich Ginger gerne aus allem heraus, was unten im Haus, wo die Dienstboten arbeiteten, vor sich ging, doch sie musste schnellstmöglich herausfinden, was hier gespielt wurde. Ambrosia würde sie sicher nicht gehen lassen, bevor das Rätsel gelöst war. Dabei wurde sie in London gebraucht. »Ich glaube, morgen früh muss ich mit den Angestellten reden.«

Ein paar Minuten später traf sie oben im Flur auf Felicia und berichtete ihr, was der Poltergeist diesmal angestellt hatte.

»Wirklich zu albern, diese Spielchen«, stöhnte Felicia.

Ginger nickte. »Allerdings. Erzähl mir etwas über das Personal.«

»Phyllis ist eigentlich unser Hausmädchen, hilft aber auch in der Küche.«

»Haben die anderen auch mehrere Aufgaben?«

»Wilson ist gleichzeitig Butler und Chauffeur, Langley geht nicht nur Großmama zur Hand, sondern auch mir. Wenn wir beide sie gerade nicht brauchen, hilft sie unserer Köchin Mrs Beasly und Phyllis.«

Seit dem Krieg war es nicht unüblich, dass auf den großen herrschaftlichen Anwesen Personal eingespart wurde und das vorhandene zusätzliche Aufgaben übernehmen musste. Das war auch bei Ginger auf Hartigan House so.

Glücklich waren die Angestellten darüber sicher nicht. Vielleicht verleitete das manche zu scheinbar harmlosen Streichen, um sich ein kleines bisschen zu rächen. Vielleicht hatten sich die Bediensteten hier im Haus sogar miteinander verbündet.

Am nächsten Morgen trat Ginger durch die grün bespannte Tür in den Personalbereich. Anders als die Zimmer für die Familie und die Gäste waren diese Räumlichkeiten recht dunkel. Einige Öllampen und Kerzen schafften etwas Abhilfe. Ginger ging weiter zur Küche, wo bereits hektische Betriebsamkeit herrschte.

Ein gewaltiger gusseiserner Herd mit einem gemauerten Holzofen beherrschte den riesigen Raum. Die Fenster hoch an den Wänden gingen auf ein kleines Gehölz hinaus. Sie ließen Tageslicht herein, und hier gab es auch bereits elektrisches Licht. In der Mitte des mit Steinplatten ausgelegten Bodens stand ein großer Holztisch.

Mrs Beasley, die Köchin, war eine kleine kräftige Frau mit einem runden Gesicht und kurzen Armen. Sie stopfte gerade die Füllung in den Bauch einer kopflosen Gans. Unter ihrer weißen Haube lugte kurzes dunkles Haar hervor, ihre vollen Wangen waren vor Anstrengung gerötet.

»Langley, schieben Sie die Lemon Tarts in den Ofen«, kommandierte sie. »Wilson, wir brauchen mehr Holz. Phyllis, du kannst schon mal den Teig für die Gänsepasteten ausrollen. Er steht im kalten Vorratsraum.«

»Ich wünschte, ich könnte heute auch zu dem Tanz gehen«, seufzte Phyllis. »Endlich mal ein bisschen Abwechslung.«

»Hör auf zu träumen«, schimpfte Mrs Beasley. »Du

wirst gebraucht, um hinterher aufzuräumen und zu putzen.«

Phyllis zog eine Schnute, wandte sich abrupt von der Köchin ab, blieb dann wie angewurzelt stehen und ließ fast ihre Schüssel voller Kartoffeln fallen. Sie hatte Ginger in der Tür entdeckt. »Mylady.« Ihre Stimme hatte sich eine Oktave höhergeschraubt. Wilson, Langley und Mrs Beasley wandten sich zu Ginger um. Die Frauen knicksten, Wilson machte eine Verbeugung.

»Es tut mir leid, Sie zu stören, gerade heute, wo Sie so viel zu tun haben. Ich bin auch gleich wieder weg. Leider ist ein persönlicher Gegenstand von Miss Gold verschwunden. Wie Sie wissen, gab es hier auf Bray Manor in letzter Zeit einige kleinere Gaunereien. Jemand hat unrechtmäßig Gegenstände an sich genommen, die Miss Gold und der Dowager Lady Gold gehören.«

»Ja, wirklich sehr ärgerlich«, sagte Mrs Beasley. »Wir werden die Augen offenhalten.«

Alle starrten zu Boden und nickten.

Die Köchin konnte Felicias Stricknadel unmöglich entwendet haben. Doch der Rest des Personals hätte die Gelegenheit dazu gehabt. Ohne Beweise wollte Ginger niemanden beschuldigen, aber womöglich konnte sie den lästigen Schabernack ja mit ihrer kleinen Ansprache beenden.

»Ich hoffe sehr, Sie tragen dazu bei, den Übeltäter zur Vernunft zu bringen«, sagte sie. »Falls Sie etwas auf dem Herzen haben, dürfen Sie sich gerne an mich wenden.«

Beim Verlassen der Küche hatte sie das Gefühl, einen

Fehler gemacht zu haben. Hausangestellte hatten so wenig, was sie wirklich ihr eigen nennen konnten. Einfach in ihr Reich einzudringen, erschien ihr nun doch ziemlich dreist.

Dabei hatte sie genau genommen jedes Recht, die Arbeitsräume zu betreten. Bray Manor war zwar nicht ihr Haus, hatte aber ihrem verstorbenen Mann gehört und war das Heim ihrer Familie.

Sie fand Haley und Ambrosia zusammen im Wohnzimmer.

Ambrosia war so aufgebracht wie ein Huhn, dem man die Eier unter den Federn weggestohlen hatte.

»Ich fühle mich geradezu überrollt.« Schnaufend griff sie sich an den Kragen ihrer hochgeschlossenen Bluse. »Fremde im Garten! Dahergelaufene Leute spazieren über den Rasen und durchs ganze Haus. Sie tun, was sie wollen, ohne auch nur das Wort an mich zu richten. Ich kann gar nicht glauben, wozu ich mich von Felicia habe überreden lassen. Die Clubs sind schon schlimm genug. Aber jetzt auch noch ein Ball?«

Ginger schenkte sich aus der Kanne auf der Anrichte eine Tasse Tee ein. »Es ist für einen guten Zweck, Großmutter. Morgen steht alles wieder an seinem Platz, und nichts wird mehr an die Veranstaltung erinnern.«

»Ich kann nur hoffen, dass du recht hast. Vielleicht lenkt diese gute Tat wenigstens die Klatschmäuler von den anderen Demütigungen ab, die wir hier ertragen müssen.«

»Du meinst davon, dass ihr Räume vermietet?«

»Ja, was denn sonst?« Auf ihren Gehstock gestützt,

beugte sich Ambrosia vor und wandte sich an Haley. »Würden Sie mir bitte einen Tee einschenken?«

Haley lächelte. Auf dem Weg zur Anrichte raunte sie Ginger zu: »Im Moment würde ich für eine Tasse Kaffee sterben.«

»Ich fürchte, Ambrosia hält das Gebräu für Teufelszeug. Aber vielleicht kann ich dir ja trotzdem eine Kanne organisieren.«

»Für heute komme ich zurecht. Aber morgen früh wäre ich sehr dankbar dafür.«

Ginger ließ sich am Feuer nieder und strich ihr schlichtes Kleid aus Kunstseide glatt. Es hatte die Farbe reifer Pflaumen. Ihr Blick fiel auf Felicias Strickkorb mit der einzelnen Nadel, und sie runzelte die Stirn. Ambrosia folgte ihrem Blick und schnappte nach Luft.

»Felicias Stricknadel? Hat der Poltergeist die jetzt etwa auch genommen? Wo wird die nun wieder auftauchen? In der Küche? Im Arbeitszimmer? In meinem Rosengarten? Ich halte das nicht mehr aus, Ginger. Du musst etwas unternehmen!«

Ginger fürchtete, die alte Dame könnte in Schnappatmung verfallen. Haley eilte mit dem erbetenen Tee zu ihr.

»Werden die vermissten Gegenstände immer im Erdgeschoss aufgefunden?«, fragte Ginger.

Einen Moment lang dachte Ambrosia nach. »Ja. Soweit ich mich erinnere.«

»Ein Poltergeist, der seinen Platz kennt«, murmelte Haley.

Im selben Moment wirbelte Felicia durch die Tür und strahlte über ihr ganzes jugendliches Gesicht. »Ist es nicht einfach fabelhaft? Dass es hier auf Bray Manor so lebendig zuging, ist Ewigkeiten her. Ich habe alle meine besten Freundinnen eingeladen, und wir können es kaum erwarten, heute Abend mit den tapferen Soldaten zu tanzen.« Sie lächelte Ginger sanft an. »Auch ein paar Kindheitsfreunde von Daniel werden kommen.«

Gingers Lippen fühlten sich plötzlich trocken an, und sie unterdrückte den Drang, sie mit der Zunge zu befeuchten. Sie schluckte und hätte gerne gewusst, weshalb die Erwähnung von Daniels Namen derart komplizierte Gefühle in ihr aufwühlte. Im Lauf der Jahre hatte sie oft über ihn gesprochen. Haley wusste so gut wie alles über ihn. Aber hier auf Bray Manor zu sein, riss alte Wunden wieder auf.

»Ich freue mich darauf, sie kennenzulernen«, antwortete sie.

Ambrosia stützte sich auf den Messingknauf ihres Gehstocks und erhob sich. Ginger wollte ihr aufhelfen, doch sie winkte ab. »Aus meinem Sessel komme ich gerade noch alleine.«

Sie stapfte aus dem Zimmer und nahm die geladene Atmosphäre mit. Haley atmete lange und hörbar aus, und Ginger lachte. Felicia setzte sich, schlug die Beine übereinander und schwang das obere auf und ab wie eine Wasserpumpe.

»Du bist das reinste Nervenbündel«, stellte Ginger fest.

»Ich bin einfach nur aufgeregt.«

»Ihr *Begleiter* kommt heute«, sagte Haley augenzwinkernd.

»Ach ja, richtig.« Ginger tat, als hätte sie es vergessen. »Jetzt, wo du uns für den Tanzabend geködert hast, könntest du uns ja etwas über ihn erzählen.«

Einen Moment lang wippte Felicias Bein noch heftiger. Dann saß sie plötzlich still. Sie drehte sich und beugte sich vor. »Seinen Namen verrate ich nicht. Nur so viel: Er ist Captain in der Army.«

Haley stieß einen Pfiff aus. »Ein Captain. Nicht schlecht.«

»Er ist sehr gut aussehend«, schwärmte Felicia. »Ich kann gar nicht glauben, dass er sich für jemanden wie mich interessiert.«

»Was soll das heißen?«, fragte Ginger. »Du bist in jeder Hinsicht eine gute Partie. Schön, intelligent …«

»Aber ohne Titel und ohne Geld.« Felicia klang plötzlich ernüchtert. »Es scheint nur so.«

»Spielt das denn eine Rolle?«, fragte Haley unwirsch.

»Geld spielt immer eine Rolle«, erklärte Felicia nüchtern. Dann sprang sie auf. »Ich mache mich jetzt fertig. Auf diesen Abend warte ich seit Ewigkeiten.«

»Ich nehme an, wir sollten uns auch langsam zurechtmachen.« Ginger hatte plötzlich keine Lust mehr auf eine Tanzveranstaltung.

»Hast du denn ein entsprechendes Kleid dabei?«, fragte Haley. »Für einen Ball habe ich nichts eingepackt. Wobei mir für so etwas sowieso die Garderobe fehlt. Vielleicht bleibe ich besser auf meinem Zimmer und lese.«

»Das kannst du nicht machen. Du hast Miss Smith versprochen, mit ihr gemeinsam das Mauerblümchen zu spielen!«

»Stimmt, das habe ich.«

»Ich habe zwei Abendkleider dabei und leihe dir gerne eins.«

»Ich dachte, du wusstest nichts von dem Tanz.«

»Das stimmt auch. Aber ich packe immer für jeden Anlass. Für alle Fälle.« *Für jeden Anlass.* Eine Bewegung draußen vor dem Fenster ließ Ginger aufblicken. Sie schaute hinüber zum anderen Seeufer, wo der Friedhof lag. Ein schwarzes Kleid hatte sie auch dabei.

Haley folgte ihrem Blick. »Gehst du heute hin?«

»Nein.« Ginger schüttelte den Kopf. »Vielleicht morgen.« Mit klopfendem Herzen dachte sie an den Grabstein ihres Mannes. Ihn vor sich zu sehen, würde alles viel zu real machen.

Daniels Tod. Ihre Schuld.

6

Der Ballsaal von Bray Manor war kaum wiederzuerkennen. Die Kristallkronleuchter funkelten wie Sterne und tauchten den Raum in ein warmes Licht. An den Enden des Tisches mit den Erfrischungen, es gab Wasser und Punsch, flackerten Kerzen in Kandelabern. Sicher würden die Tanzpaare bald sehr durstig sein. Wer gerne etwas Stärkeres wollte, fand es auf einem Servierwagen. Gelbe Bänder schmückten die Wände, und auf einem großen Banner stand zu lesen: *Unseren Veteranen!*

Eine sechsköpfige Kapelle lockte mit den lieblichen Klängen der Streicher und den warmen Stimmen der Bläser bei *Dreamy Melody* im Dreivierteltakt die Tänzer zu einem Walzer aufs Parkett.

Ginger und Haley betraten gemeinsam den Saal, stellten sich neben den Getränkewagen und nahmen Champagnerflöten entgegen. Ginger trug ihr Kate-Reily-

Abendkleid aus blassgrünem Seidensatin mit einem Brokatmuster aus Blumen und Ranken. Ihr gefiel, wie die Farbe ihre grünen Augen zur Geltung brachte. Der Ausschnitt und die Ärmelbündchen waren mit zarter Spitze besetzt, die metallisch glänzenden Quasten an der breiten Satinschärpe fungierten als zusätzlicher Blickfang.

Haley zupfte an ihrem geborgten Madeleine Vionnet herum, einem hübschen, silbrig schimmernden Kleid ohne Ärmel mit aufwendiger Perlenverzierung am Oberteil und einem üppigen mehrlagigen Rock mit Taschentuchsaum. Mit seinem raffinierten Diagonalschnitt schmiegte es sich weich und anmutig an Haleys schlanke Figur.

Beide trugen ellbogenlange weiße Handschuhe, und Ginger hakte sich bei ihrer Freundin unter.

»Ich fühle mich ganz seltsam«, raunte Haley. »So als würde ich mich als jemand anderes ausgeben.«

Ginger knuffte sie lächelnd in die Seite. »Dann sei jemand, der Spaß hat.«

Die vielen kriegsversehrten Männer im Saal waren nicht zu übersehen. Doch auch Zivilisten waren gekommen, um mit diesem Tanzabend die gute Sache zu unterstützen und hoffentlich ihre Taschen zu leeren. Die Soldaten hier hatten das Glück – manche würden auch sagen das Unglück – gehabt, wieder nach Hause zu kommen. Sie saßen oder standen ein wenig unbeholfen an den Wänden, manche starrten unverwandt in das Zwielicht draußen vor den Fenstern. Hätte ihr Daniel überlebt, wäre er einer von ihnen gewesen.

Am auffallendsten waren die Männer in Rollstühlen oder an Krücken. Es gab auch welche, denen ein Arm fehlte, andere trugen Augenklappen und einige sogar Masken, die Teile ihres Gesichts verdeckten. Darunter versteckten sie Narben von Verbrennungen oder andere Entstellungen. Zu diesen Männern gehörte der Soldat, der sich angespannt mit Honourable Mrs Croft unterhielt. Sehr wahrscheinlich ihr Sohn, Private Patrick Croft.

Selbst jetzt, fünf Jahre nach Kriegsende, brannte der Anblick der Kriegsveteranen und das Wissen darum, was sie geopfert hatten, ein schmerzhaftes Loch in Gingers Magengrube.

»Ist es nicht ein bisschen merkwürdig, diese Männer ausgerechnet zu einem Tanzabend einzuladen?«, fragte Haley.

»Tanzen ist doch gut für die Seele. Warum sollte ihnen das vorenthalten bleiben?«

»Auch wieder wahr. Wie sind die Regeln in dieser Situation, wer fordert hier wen auf?«

Diese Frage wurde schnell beantwortet, denn schon näherten sich zwei Soldaten. Ein Mann auf Krücken bat Haley um einen Tanz, der andere, dem der linke Unterarm fehlte, streckte Ginger die rechte Hand hin.

»Ich hoffe, es macht Ihnen nichts aus«, sagte er. »Leider kann ich die Hand nicht in Ihre Taille legen. Wirklich verdammt schade, glauben Sie mir.«

Ginger lachte. »Nein, ganz und gar nicht.« Sie legte eine behandschuhte Hand auf die Schulter des Mannes und ergriff mit der anderen seine Handfläche. Aus dem Augenwinkel sah sie, wie Haleys Tanzpartner sich auf sie statt auf seine Krücke stützte, dann wiegten sich die beiden ein wenig unbeholfen zur Musik und tauschten ein amüsiertes Grinsen.

Gingers Partner plauderte nervös drauflos. Er nannte ihr den Namen seines Regiments, erzählte, wo er im Einsatz gewesen und verwundet worden war.

»Haben Sie Lord Gold gekannt?«, fragte sie.

»Oh ja. Famoser Kerl. Als Kinder waren wir dicke Freunde. Hat sich nie für etwas Besseres gehalten und uns alle behandelt, als wären wir gleich. Er hat darauf bestanden, dass wir ihn Danny nennen, und immer gesagt, Titel seien etwas für protzige alte Männer.« Bei dieser Erinnerung lachte der Soldat. »Haben Sie ihn auch gekannt?«

Ginger starrte den jungen Mann völlig perplex an. Sie war davon ausgegangen, dass er wusste, wer sie war. Aber warum sollte er? Bei diesem Tanzabend hatte es keine förmliche Vorstellung gegeben. Schließlich war dies keine Veranstaltung der High Society.

»Er ist mein verstorbener Mann«, antwortete sie leise.

Der Soldat erstarrte. »Sie sind Lady Gold?«

»Ja.«

»Ich ... ich bitte vielmals um Entschuldigung«, stotterte er. Jetzt, wo ihm bewusst wurde, dass er mit einer Frau weit über seinem Stand tanzte, färbte sich sein rötliches Gesicht noch dunkler. »Wenn ich geahnt hätte ...«

»Dann hätten Sie mich nicht um einen Tanz gebeten?«

»Ja, Madam. Ich meine, nein, Mylady ...«

»Dann bin ich froh, dass Sie es nicht gewusst haben.«

Das Lied endete, und Ginger bedankte sich für den Tanz. »Bitte verraten Sie Ihren Kameraden nicht, wer ich bin. Ich wäre furchtbar enttäuscht, wenn mich heute Abend keiner mehr zum Tanzen auffordert.«

Ginger entdeckte Felicia am Tisch mit den Erfrischungen und rief nach ihr. Weil sie nicht antwortete, nahm Ginger an, dass die Musik ihre Stimme übertönt hatte. Sie tippte ihrer Schwägerin auf die Schulter, nur um dann überrascht festzustellen, dass es sich bei der Frau gar nicht um Felicia handelte.

»Entschuldigen Sie bitte«, sagte Ginger. »Ich habe Sie verwechselt.«

»Wie amüsant«, antwortete die junge Frau. »Mit wem denn?«

»Mit meiner Schwägerin, Felicia Gold. Von der Seite sehen sie sich sehr ähnlich.«

»Oh, dann müssen sie Lady Gold sein, von der Felicia so viel spricht!« Sie streckte ihre Hand aus. »Ich bin Angela Ashton, eine Freundin von Felicia. Schön, Sie kennenzulernen.«

»Es ist mir ein Vergnügen.«

»Ginger!« Zusammen mit einer anderen jungen Frau trat Felicia zu ihnen. Beide trugen gerade geschnittene zweilagige Kleider, Seide über Viskose, mit schmalen Trägern und welligem Saum. Sie hatten fast identische Kurzhaarfrisuren mit glänzenden Wasserwellen. Als Kopfschmuck trugen sie perlenbesetzte Stirnbänder mit großen Federn.

»Miss Ashton hast du offenbar schon kennengelernt, und das ist Miss Webb.« Felicia deutete auf ihre unscheinbare brünette Begleiterin.

»Wir sollten die Rollstuhlfahrer zum Tanzen auffordern!«, schlug Miss Ashton vor. »Wäre das nicht ein Spaß?«

»Und wie soll das gehen?«, fragte Miss Webb. »Mit den Rollstühlen?«

Miss Ashton kicherte ausgelassen. »Na, wir setzen uns auf ihren Schoß, Dummerchen!«

Miss Webbs behandschuhte Hand fuhr zu ihren rubinroten Lippen. »Wie unaussprechlich skandalös!« Das Blitzen in ihren Augen verriet, wie gerne sie das Spiel mitspielen wollte. »Also los!«

Felicia lachte und warf Ginger einen halb entschuldigenden Blick zu. Ginger lachte zurück.

Ambrosia stapfte an ihre Seite. *Tack, tack, tack.* Ihr Gehstock klopfte auf den Holzfußboden. Ungläubig riss sie die runden Augen auf, als die forschen jungen Frauen drei Soldaten in Rollstühlen mitten auf die Tanzfläche schoben und ihnen auf den Schoß sprangen. Die Männer schienen sie nur allzu gerne herumzuwirbeln.

»Gütiger Himmel!«, japste Ambrosia. »Was in aller Welt denken sich diese Mädchen dabei?«

»Sie möchten, dass alle Soldaten sich eingeschlossen fühlen, Großmutter. Schließlich findet der Tanzabend ihretwegen statt.«

»Aber das ist so ungebührlich! Schau dir nur diese schamlose Miss Ashton an. Sie ist verlobt, stell dir vor. Mit Mr Croft.«

Ginger war überrascht. »Wirklich?«

»Eine dieser impulsiven Entscheidungen, wie sie bei jungen Leuten vor dem Krieg so häufig waren«, erklärte Ambrosia. »Aber als der arme Mr Croft schwer entstellt nach Hause gekommen ist, war Miss Ashtons Begeisterung nicht mehr so groß.«

»Wie traurig für Mr Croft«, sagte Ginger. »Aber weshalb lösen sie die Verlobung nicht, wenn das so ist?«

»Er sagt, das sei eine Frage der Ehre. Sehr zum Leidwesen von Honourable Mrs Croft. Miss Ashton ist auf einen Titel aus, nicht mehr und nicht weniger. Und nach dem Tod seines Großvaters wird Mr Croft Baron. Mr Crofts Vater hat uns leider bereits verlassen, und der arme Sir Julius Croft wird es nicht mehr lange machen.«

»Es tut mir leid, das zu hören.« Ginger senkte den Blick. »Aber sicher wird nach all der Zeit doch keiner erwarten, dass Mr Croft bei dem Arrangement bleibt. Sicher würde niemand den beiden einen Vorwurf machen.«

»Da kennst du Miss Ashton schlecht. Sie besteht darauf, dass er Wort hält. Und jetzt schau dir an, wie albern sie kichert und mit diesem Soldaten flirtet wie ein billiges Flittchen!« Die weichen Hautfalten in Ambrosias Gesicht färbten sich vor Empörung rot. »Mrs Croft tut, was sie kann, um die Hochzeit hinauszuzögern. Sie hofft, dass ihr Sohn es sich doch noch anders überlegt und sich aus Miss Ashtons Umklammerung löst.«

Ginger studierte Patrick Croft, der seine Verlobte nicht aus den Augen ließ. Angela hatte die nackten Arme um den Hals ihres kriegsversehrten Tanzpartners geschlungen und ließ sich von ihm auf seinem Rollstuhl im Kreis drehen. Dabei warf sie übermütig lachend den Kopf in den Nacken. Die Mundwinkel weit heruntergezogen, kniff Patrick sein verbliebenes Auge zusammen und starrte mit stechendem Blick auf die Tanzfläche.

»Womöglich tut Miss Ashton Honourable Mrs Croft gerade einen Gefallen«, stellte Ginger fest.

Das Lied endete, und die Rollstuhlfahrer, die jetzt um einiges heiterer wirkten als zuvor, wurden von ihren Tanzpartnerinnen zu ihren Freunden zurückgeschoben. Sofort forderten andere Soldaten die Frauen zum Tanzen auf.

Nur Felicia lehnte ab. Ihr Blick hing am Eingang des Saals. Dort sah Ginger einen Mann in Uniform stehen. Er hatte seine Mütze in der Hand und wirkte überaus selbstgefällig. Ihr Atem stockte.

»Oh, bitte nicht.«

7

Felicia eilte durch den Saal und warf sich dem Mann regelrecht in die Arme. Er schob sie mit einem strengen Blick ein Stück von sich weg. Einen Moment lang wirkte sie verletzt, dann fing sie sich, und die beiden begrüßten einander mit braven Wangenküsschen.

Felicias Fröhlichkeit kehrte zurück, und sie zog den Soldaten zu Ginger. »Ginger«, begann sie stolz. »Das ist Captain Smithwick. Captain, meine Schwägerin, Lady Gold.«

Captain Smithwick stand kerzengerade mit zurückgenommenen Schultern. Er musterte Ginger mit einem langen Blick. »Wir sind uns bereits bekannt«, erklärte er. »Schön, Sie wiederzusehen«, fügte er feixend hinzu, »*Lady* Gold.«

Sein Anblick verwandelte Gingers Blut in Eiswasser. Sie hatte immer gehofft, ihm nicht noch einmal begegnen zu müssen. Jetzt zog sich ihr Herz in einer Mischung aus Wut und Verachtung zusammen. »Captain Smithwick«, sagte sie kühl.

In ihrer Verliebtheit schien Felicia die Spannung zwischen ihrer Schwägerin und dem Captain nicht aufzufallen.

»Ich bin so froh, dass du es einrichten konntest, Liebster«, sagte sie. »Ich habe mir schon Sorgen gemacht.«

»Ich habe doch gesagt, ich komme. Und ich stehe zu meinem Wort.«

Ginger schnaubte, verdeckte das Geräusch aber rasch hinter einem höflichen Hüsteln und legte eine behandschuhte Hand über ihren Mund.

»Ist alles in Ordnung?«, fragte Felicia.

»Oh ja. Aber ich glaube, ich muss einen Schluck trinken. Entschuldigt mich bitte.«

Ginger ging schnurstracks zu einem der Kellner und nahm sich ein Glas Champagner von seinem Tablett. Smithwicks Arroganz! Seine Abgebrühtheit! Ganz sicher hatte er gewusst, dass sie hier sein würde. Was wollte er diesmal von ihr? Und wie konnte er es wagen, Felicia und ihre zarten Gefühle zu benutzen, um sich an sie heranzumachen!

An der langen Seite des Saales führten gläserne Flügeltüren hinaus ins Freie. Einige Gäste nutzten diese Möglichkeit, frische Luft zu schnappen oder zu rauchen. Auf dem Weg dorthin ging Ginger an Angela Ashton vorbei, die gerade mit Miss Webb sprach.

»Nun stell dich nicht an wie ein feuchtes Handtuch, Muriel. Ganz ehrlich, ich weiß nicht, weshalb Felicia dich eingeladen hat. Kannst du nicht einmal für dich selber denken?«

Muriel zog beleidigt ab.

Ginger legte die Stirn in Falten. Miss Ashton zeigte sich nicht gerade von ihrer besten Seite.

Der frische Wind draußen linderte den glühenden Zorn, den Smithwick in Ginger entfacht hatte. Sie zog sich ihr Tuch um die Schultern und atmete tief durch. Auf keinen Fall würde sie sich von diesem Mann aus der Fassung bringen lassen.

Auf die Terrasse fiel Licht aus dem Saal, doch dahinter lag die Düsternis der schwarzen, mondlosen Nacht. Nur ein leises Plätschern verriet den nahen Livingston Lake.

Gerade als Ginger ihre Gefühle wieder einigermaßen unter Kontrolle hatte, spürte sie, wie jemand hinter sie trat. Sie wandte sich um und sah Patrick Croft dort stehen.

»Lady Gold.« Er nickte ihr zu. Als er die Hand zum Mund führte, beschrieb die glutrote Spitze seiner Zigarette einen Bogen durchs Halbdunkel.

»Mr Croft«, sagte Ginger. »Amüsieren Sie sich gut?«

Der Mann ließ den Zigarettenstummel fallen und trat ihn mit der Fußspitze aus. »Noch besser wäre es, wenn Sie mir die Ehre eines Tanzes erweisen würden.«

Ginger griff lächelnd nach seiner ausgestreckten Hand. »Es wäre mir ein Vergnügen.« Gemeinsam betraten sie den Saal gerade in dem Augenblick, in dem die Kapelle die ersten Töne des schwungvollen Stücks *Who's Sorry Now* von Isham Jones spielte.

Ginger konzentrierte sich auf Crofts unverletztes Auge. Seine linke Gesichtshälfte war zwar schrecklich vernarbt, die unverletzte rechte jedoch sehr gefällig. Bevor er die Verbrennungen erlitten hatte, war Mr Croft ein gut aussehender Mann gewesen. Offenbar zogen sich die Brandnarben über seine linke Körperseite bis zu seinem Arm und seiner Hand, denn er trug einen einzelnen Handschuh, um etwas zu verdecken.

Croft erwies sich als guter Tänzer, der sie gekonnt durch den Quickstep führte.

»Gefällt Ihnen der Abend?«, fragte er höflich.

»Oh ja. Es ist wirklich schön, und ich hoffe, das *Croft Convalescent Home* wird heute großzügig bedacht.«

»Wir sind der Familie Gold sehr dankbar für ihre Unterstützung.«

Über die Schulter des Mannes hinweg sah Ginger Miss Smith, die zierliche Bibliothekarin aus dem Strickzirkel, mit dem einarmigen Mann tanzen, mit dem auch sie zuvor getanzt hatte. Das vermeintliche Mauerblümchen hatte Spaß.

Sehr gesprächig war Croft zwar nicht, aber weil er so gut tanzte, konnte sich Ginger in der Musik verlieren. Irgendwann sang sie sogar ein paar Takte mit. *»Who's sad and blue? Who's crying too? Just like I cried over you. Right to the end …«*

»Sie haben eine schöne Stimme«, sagte Croft.

»Ach herrje. Ich war ganz in Gedanken!«

»Kein Grund, verlegen zu werden. Mir hat es gefallen.«

Ginger hob den Kopf und lächelte. Sie konnte nicht anders, sie ärgerte sich über Angela Ashtons Oberflächlichkeit. Mr Croft war ein Gentleman.

Leichtfüßig bewegten sie sich über die Tanzfläche, bis Croft plötzlich stolperte. Den Grund für seine Unaufmerksamkeit entdeckte Ginger, als sie sich umschaute. Miss Ashton und Captain Smithwick stritten sich. Zwar nicht laut genug, um die Musik zu übertönen, doch ihre Gesichter sprachen Bände.

Miss Ashton konnte es einfach nicht lassen.

Plötzlich packte Smithwick das Handgelenk der jungen Frau. Ginger registrierte es mit einer düsteren Grimasse. Der Captain spielte gerne seine Macht aus, wenn er jemanden für schwach hielt.

»Entschuldigen Sie mich.« Croft ließ Ginger los. Eilig überquerte er die Tanzfläche, um sich in die Auseinandersetzung einzumischen. Einen Moment lang fürchtete Ginger, es könnte zu Handgreiflichkeiten kommen. Doch das Auftauchen des zukünftigen Barons Croft genügte, und Smithwick nahm die Hand weg. Croft zog Angela auf die Tanzfläche, bevor ihr lädierter Ruf noch weiteren Schaden nehmen konnte.

Ginger setzte sich erleichtert zu Haley. »Vom Tanzen bekommt man müde Füße.«

»Nur wenn man nie eine Pause macht, liebste Freundin.«

Inzwischen drehte sich Felicia mit Smithwick über die Tanzfläche, und Ginger folgte den beiden mit finsterer Miene.

Haley folgte ihrem Blick und betrachtete das tanzende Paar. »Du magst den Captain nicht, stimmt's?«

»Stimmt.«

»Ach. Nicht einmal der kleinste Versuch, diese

Tatsache höflich zu verschleiern? Möchtest du darüber sprechen?«

Ginger hatte geschworen, über das, was im Krieg geschehen war, Stillschweigen zu bewahren. Dazu gehörte auch alles, was mit Captain Smithwick zu tun hatte.

»Ich traue ihm einfach nicht über den Weg.«

»Das ist kaum zu übersehen.« Haley hakte nicht nach. An Gingers Verschwiegenheit, was die Jahre anging, bevor sie sich kennengelernt hatten, war sie gewöhnt.

Nach ihrem Tanz gesellten sich Felicia und Smithwick zu ihnen. Ginger rang sich ein Lächeln ab und gab sich höflich.

»Sind Sie länger hier in der Gegend, Captain?«, fragte sie.

»Ich bin in St. Albans stationiert«, antwortete er.

»Dort haben wir uns in einem Tanzclub kennengelernt«, erklärte Felicia. »Miss Ashton, Miss Webb und ich flüchten manchmal vor der Eintönigkeit in Chesterton dorthin.«

»Ah ja.«

»Ginger.« Felicia legte die Stirn in Falten. »Stimmt irgendetwas nicht?«

»Nein, alles in Ordnung, Darling«, log Ginger. »Ich bin nur etwas müde. Ich glaube, ich gehe bald zu Bett.«

»Bitte erweisen Sie mir zuvor noch die Ehre und tanzen Sie mit mir«, sagte Smithwick. Sein durchdringender Blick legte nahe, dass sie besser Ja sagen sollte. Ginger wollte Felicia nicht noch misstrauischer machen, und außerdem war sie neugierig.

»Selbstverständlich, Captain.«

Zu den ersten Takten von *God be with our Boys Tonight,* einem Hit aus dem letzten Kriegsjahr, traten sie auf die Tanzfläche. Die Gefühle, die bei der Erinnerung an diese dunkle Zeit in den Gesichtern der Soldaten zu lesen waren – Trauer, Reue, Erschütterung –, schnürten Ginger die Kehle zu. Um die drohenden Tränen in Schach zu halten, kniff sie die Augen zusammen. Dieser Moment mit Captain Smithwick beschwor Bilder von einem Abend in Frankreich herauf, an dem sie zum selben Lied getanzt hatten. Sie hatte sich alle Mühe gegeben, diese Erinnerungen zu begraben, und nahm es dem Captain übel, dass er sie jetzt gnadenlos wieder ans Licht zerrte.

»Was wollen Sie von mir?«, fragte sie schließlich.

»Ich will, dass Sie zurückkommen.«

»Ich soll wieder in den Dienst eintreten? Aber wozu? Der Krieg ist vorbei.«

»So naiv können Sie doch nicht ernsthaft sein.«

»Warum? Sehen Sie das etwa anders?«

»Ich fürchte, der Frieden, für den wir gekämpft haben, wird nicht von Dauer sein.«

»Oh bitte, sagen Sie das nicht.«

»Aber es ist wahr, Lady Gold. Stresemanns Regierung steht auf mehr als wackeligen Beinen. Für ein englisches Pfund zahlt man dieser Tage zehn Milliarden Deutsche Mark. *Zehn Milliarden.* Im Augenblick kann ich nicht offen sprechen, aber ich darf Ihnen verraten, Premierminister Baldwin ist sehr besorgt.«

Das bezweifelte Ginger keineswegs. Und in einem anderen Leben, in dem Daniel noch da gewesen wäre und sie sich als Soldatin betrachtet hätte, hätte sie sich nur zu gern in den Kampf geworfen. Doch in ihrem jetzigen Leben hielt sie sich nicht für wichtig genug, zu glauben, dass das Wohl und Wehe des Landes davon abhing, ob sie Teil von Smithwicks Mannschaft war. Jetzt musste sie sich um ihre Familie kümmern. Ambrosia und Felicia hatten nur noch sie.

»Es tut mir leid. Sie müssen sich jemand anderen suchen.«

Captain Smithwick war kein Mann, der ohne Weiteres aufgab.

»Nach den Jahren voller großer Abenteuer muss Ihnen doch sterbenslangweilig sein.« Es hatte tatsächlich Zeiten gegeben, in denen Ginger die Gefahren des Reisens und heimlicher Umtriebe gesucht hatte. Doch Daniels Tod hatte dieser Sehnsucht ein Ende gesetzt. An jenem kalten Septembertag hatte sich alles für sie geändert.

»Ich habe vor Kurzem einen Modesalon eröffnet.«

Smithwick lachte auf. »Einen Modesalon? Das ist ein schlechter Witz.«

Ginger empfand den herablassenden Ton des Captains als beleidigend. »Ich habe meine Pflicht für König und Vaterland erfüllt. Und jetzt werde ich mein Leben nach meinen Vorstellungen leben. Ich stehe nicht zur Verfügung.«

Sie wollte den Captain stehenlassen, doch er hielt sie fest und zog sie zurück an seine Brust.

»Weshalb verachten Sie mich so sehr?«

»Sie kennen die Antwort.«

»Wegen *La Plume?*«

»Sie mussten das nicht tun.«

»Das lag allein in meiner Verantwortung, nicht in Ihrer.«

»Unschuldige Menschen sind gestorben.«

»So ist das nun mal in einem Krieg.«

Ginger starrte ihn grimmig an. Der Widerwillen gegen diesen Mann lag wie ein bitterer Geschmack auf ihrer Zunge. »Jetzt, wo Sie mich gefunden und meine Antwort gehört haben, können Sie Felicia in Ruhe lassen.«

Smithwick grinste spöttisch. »Weshalb sollte ich das tun?«

»Weil Sie in Wahrheit nichts für sie empfinden. Sie zu umgarnen, war nur eine List, um an mich heranzukommen.«

»Dass Sie so wenig von mir halten, schmerzt mich. Ich hätte Sie auch auf andere Weise finden können.«

»Und warum haben Sie es nicht getan?«

»Weil ich dachte, Ihre Sorge um Felicia hätte Einfluss auf Ihre Antwort.«

»Ich lasse mich nicht erpressen! Und falls Sie Felicia auch nur ein Haar ...«

»Beruhigen Sie sich. Felicia ist sicher. Aber ich bin überzeugt, sie wird Sie hassen, weil Sie mich zurückweisen und ich ihr deshalb das Herz brechen muss. Ganz besonders, nachdem ich um ihre Hand angehalten habe und dann die Schuld für die Auflösung der Verlobung Ihnen gebe.«

»Sie sind unsagbar niederträchtig.«

»Man hat mich schon Schlimmeres genannt. Wollen Sie vielleicht noch eine Nacht darüber schlafen?«

»Nicht nötig. Gute Nacht, Captain.«

Felicia hielt Ginger an der Tür zurück. Ihre Augen sprühten Funken. »Ist da etwas zwischen euch beiden?«

»Natürlich nicht. Wie meinst du das?«

»Ihr habt ausgesehen wie zwei Liebende, die sich zanken. Wusste Daniel davon?«

»Wovon? Warte, nein! Zwischen Smithwick und mir gibt es keine Beziehung.« Zumindest keine intime.

»Du kannst jeden Mann haben, Ginger. Mit deinem Geld, deinem Aussehen und deinem Titel. Also lass meinen in Ruhe!«

Wütend rauschte Felicia davon. Ginger lief ihr nach, doch in dem schlecht beleuchteten Flur sah sie nicht, wohin ihre Schwägerin verschwand. Sie suchte das ganze Haus nach ihr ab, Felicias Zimmer, die Bibliothek, das Telefonzimmer, das Wohnzimmer und sogar die Terrasse. Doch offenbar wollte sie nicht gefunden werden.

8

Dicht gefolgt von Boss gesellte sich Ginger früh am nächsten Morgen zu Haley ins Frühstückszimmer. Mrs Beasly hatte ein üppiges Morgenmahl mit Eiern und Speck, Bücklingen und Tomaten, gebratenen Würstchen und gebuttertem Toast zubereitet. Und das trotz der vielen zusätzlichen Arbeit wegen des Tanzabends.

»Ist Felicia noch nicht heruntergekommen?«, fragte Ginger.

»Bisher nicht. Aber du weißt ja, dieses Mädchen kann schlafen wie ein Murmeltier«, sagte Haley.

Ginger schenkte sich aus einer Thermoskanne Kaffee ein. »Wie schmeckt er denn?«

Haley zuckte mit den Schultern. »Dünne Brühe. Aber wir sind in England, also kein Wunder. Ich weiß die Mühe zu schätzen.«

Ginger setzte sich und seufzte.

»Harte Nacht?«, fragte Haley. »Du siehst müde aus.«

»Ich habe nicht gut geschlafen. Felicia und ich hatten gestern einen dummen Streit.«

Haley fixierte sie über den Rand ihrer Tasse hinweg. »Ich kann mir nicht vorstellen, worüber.«

»Captain Smithwick.«

»Oh. Ja. Das *kann* ich mir vorstellen. Aber sprich weiter.«

»Sie glaubt, sie sei verliebt in den Mann, und sieht mich als Bedrohung.«

Haley zog eine dunkle Braue hoch. »Und? Bist du das?«

»Wohl kaum. Ich kann Smithwick nicht ausstehen.«

»Hass und Liebe sind zwei Seiten derselben Medaille.«

Ginger schnitt ein kleines Stückchen Wurst ab und hielt es unter den Tisch, sodass Boss es sich schnappen konnte.

»In diesem Fall hat die Medaille auf beiden Seiten Hass.«

»Ich bin schrecklich neugierig, womit der Captain deinen Zorn auf sich gezogen hat.«

»Das ist jetzt nicht mehr wichtig. Ich wünschte nur, er würde Felicia in Ruhe lassen.«

»Vielleicht hat er ja tatsächlich sein Herz an sie verloren.«

Ginger spuckte beinahe ihren Kaffee aus. »Ausgeschlossen. Dieser Mann interessiert sich nur für sich selbst. Er benutzt sie nur, um an mich heranzukommen.«

»Und was will er von dir?«

Zu den vielen Dingen, die Ginger am Geheimdienst

missfielen, gehörten die Geheimnisse. Ständig musste man Lügen oder Halbwahrheiten erzählen. Im Lauf der Zeit wurde es immer schwieriger, Realität und Rolle zu trennen. Dabei lief Unehrlichkeit ihrem Charakter zuwider.

»Wie gesagt, das ist jetzt nicht mehr wichtig. Ich werde nicht tun, was er will, und er wird Felicia bald fallenlassen. Es tut mir nur leid, dass er ihr damit das Herz zerreißen wird.«

Haley knabberte an einem Stück Speck. »Welcher Frau ist das noch nicht passiert? Das gehört zum Erwachsenwerden.«

Boss rannte an die gläserne Flügeltür und bellte.

»Was ist denn, Boss?« Ginger schaute hinaus zum See, der im Morgendunst kaum zu erkennen war. Plötzlich erschien draußen ein Mann. Mit schreckensweiten Augen stolperte er über den Rasen.

»Das ist der Gärtner.« Ginger sprang auf. »Irgendetwas muss passiert sein!«

Haley stürzte hinter Ginger her durch die Flügeltür ins Freie.

»Clement?«, rief Ginger. »Was haben Sie denn?«

»Oh, Mylady! Es ist schrecklich!«

»Sind Sie verletzt?«, fragte Haley. »Ich bin Krankenschwester.«

»Ich nicht, Miss. Aber dort unten.«

Ginger starrte angestrengt in den Dunst. Worauf zeigte der Gärtner da? Auf ein dunkles Stück Pelz? Ein Tier? Irgendetwas lag am Rand des Sees. Boss hatte die

Ohren aufgestellt, sein Stummelschwanz vibrierte, und er stieß ein alarmiertes Bellen aus.

»Da liegt ein ... eine Frau, Madam«, stammelte Clement.

Eine Frau? Mit dunklem Haar? Eine schreckliche Vorahnung griff nach Gingers Herz, und sie rannte los Richtung See. »Felicia!«

Der Körper lag mit dem Gesicht nach unten, halb im Wasser. Der Saum des Abendkleides wogte um die Knie der Frau, von ihrem Stirnband hing eine schmutzige Feder. »Felicia!«

Ginger warf sich auf die Knie und griff nach dem Arm der Frau. Er war eiskalt und klamm. Sie drehte die reglose Gestalt auf den Rücken. Das einst hübsche Gesicht war aufgequollen, die makellose Haut wirkte geisterhaft durchsichtig und war bläulich angelaufen. Verwischte schwarze Schminke bildete dunkle Flecken um ihre leblosen Augen.

Ginger stockte der Atem.

Nicht Felicia.

Die Tote war Angela Ashton.

Einen Moment lang schloss Ginger erleichtert die Lider und schämte sich zugleich für ihre Dankbarkeit.

»Ginger«, sagte Haley sanft. »Du solltest sie nicht anfassen.« An den Gärtner gewandt fügte sie hinzu: »Laufen Sie zum Haus und bitten Sie Wilson, die Polizei zu rufen.«

Haley ging neben ihrer Freundin in die Hocke. »Du dachtest, es wäre Felicia.«

Ginger drehte die Tote zurück in die Position, in der

sie sie vorgefunden hatte, und rieb sich die angespannte Falte zwischen den Brauen. »Ja, im ersten Moment.«

»Glaubst du, Felicias Leben ist in Gefahr?«

Nach kurzem Nachdenken schüttelte Ginger den Kopf. »Nein. Ich habe mich nur geirrt.«

»Miss Ashton hat gestern Abend einiges getrunken«, sagte Haley. »Vielleicht ist sie zum See spaziert …« Sie schaute sich den Körper genauer an, dann runzelte sie die Stirn. »Augenblick mal. Sieh mal … hier.«

Links auf dem Rücken der Leiche hatte sich ein rosafarbener Fleck gebildet.

»Was ist das?«

Haley zog vorsichtig das Kleid zur Seite. »Sieht aus wie eine Wunde.«

»Aber wovon?«

»Keine Ahnung. Die Verletzung ist beinahe kreisrund. Schwer zu sagen, was sie verursacht hat.«

Mit einem todernsten Ausdruck auf dem langen Gesicht erschien Wilson und sagte, die Polizei sei informiert. »Soll ich Ihnen Ihre Mäntel holen? Vielleicht auch Schirme? Es fängt gerade an zu nieseln.«

Erst jetzt fiel Ginger die Gänsehaut auf ihren Armen auf. »Das wäre nett. Danke, Wilson. Und falls Sie Felicia sehen, versuchen Sie, sie im Haus festzuhalten.«

»Ja, Madam.«

»Glaubst du wirklich, der Butler könnte Felicia davon abhalten, etwas zu tun, was sie tun will?«, fragte Haley.

Ginger seufzte. »Du hast recht. Es war unfair, ihn darum zu bitten.«

Wilson kam mit den Mänteln und Schirmen zurück

und öffnete die Schirme für sie. »Die Polizei ist schon da, Madam.«

Zwei Beamte in schwarzen Uniformen marschierten über den Rasen. Ginger ging ihnen entgegen.

»Guten Morgen. Ich bin Lady Gold, die Witwe des Enkels der Hausherrin. Und das ist Miss Higgins. Wir sind dieses Wochenende auf Bray Manor zu Gast. Und das …« Sie deutete auf die Leiche. »… ist schlichtweg grauenhaft.«

»In der Tat, Madam.« Der ältere Polizist nickte. »Sergeant Maskell. Dies ist Kollege Constable Ryan.« Die beiden Männer gingen in die Hocke, um die Tote besser in Augenschein nehmen zu können.

»Wissen Sie, wer sie ist?«, fragte der Sergeant.

»Ihr Name ist Angela Ashton. Gestern Abend war sie als Gast hier bei dem Wohltätigkeitstanz. Sie war eine Freundin meiner Schwägerin.«

»Ach ja. Der Ball für das *Croft Convalescent Home*.« Constable Ryan hatte einen irischen Akzent. »Ich wäre auch gerne gekommen, musste aber dann doch Dienst schieben.« Er warf Sergeant Maskell einen missmutigen Blick zu.

»Wir konnten schließlich nicht alle tanzen gehen«, entgegnete der Sergeant, als wollte er sich verteidigen. »Sie mussten den Dienstälteren den Vortritt lassen. So ist das nun mal.« Er zuckte die Achseln und drehte sich zu Ginger. »Ich mache mir nicht viel aus tanzen.«

»Vertreter der örtlichen Polizeiwache waren auch bei der Veranstaltung?«, fragte Ginger.

»Wir sind nur zu viert«, erklärte der Sergeant. »Dicky

und Harry waren ganz wild darauf, mit den vielen hübschen Damen ein paar Runden zu drehen.«

»Dabei ist Dicky verheiratet und musste seine Frau mitnehmen«, hielt Constable Ryan erbost dagegen. »Ich bin wenigstens ledig.«

»Meine Herren.« Ginger zeigte auf die Tote.

»Ja. Richtig.« Sergeant Maskell nickte. »Offenbar ist die junge Dame nach ein paar Gläsern zu viel in den See gefallen. So etwas passiert, wenn junge Dinger, die nicht viel vertragen, feiern und trinken.«

»Ein Unfall also«, stellte Constable Ryan fest.

»Das möchte ich bezweifeln.« Haleys Gesichtsausdruck wechselte von Belustigung zu Geringschätzung. »Sie hat eine kleine runde Verletzung, da, auf der linken Seite.«

»Wahrscheinlich ist sie ins Schilf gefallen. Die Halme können sehr spitz und hart sein«, mutmaßte Sergeant Maskell.

»In dem Fall gäbe es wohl mehr als eine einzelne Wunde«, konterte Haley.

»Oder sie ist auf etwas gestürzt, was sie in der Hand hatte«, gab Sergeant Maskell zurück.

Haley wandte sich an Ginger. »Wir sollten einen Rechtsmediziner herbestellen.«

»Den Rechtsmediziner?« Sergeant Maskell hakte die fleischigen Daumen in seine Gürtelschlaufen und wippte auf Fersen und Ballen. »Dr. Guthrie schätzt es nicht, mit unverdächtigen Todesfällen belästigt zu werden. Da ist er sehr eigen. Er wird sich die Tote ansehen, wenn sie bei ihm auf dem Tisch liegt.«

»Das hier ist womöglich kein *zufälliger* Todesfall, Sergeant«, gab Ginger zu bedenken.

Die Augen des Polizisten weiteten sich. »Wollen Sie damit andeuten, es könnte sich um … einen Mord handeln?«

»Ausschließen können wir das im Augenblick nicht«, antwortete Haley.

»A… aber«, stammelte Constable Ryan. »Einen Mord haben wir hier noch nie gehabt. Nicht, dass ich wüsste.«

Sergeant Maskell blies die wulstigen Lippen auf und schüttelte den Kopf. »Hol's der Teufel.«

Haley bat Wilson, einen weiteren Anruf zu machen, und zwanzig Minuten später war der Rechtsmediziner da.

»Dr. Guthrie!« Sergeant Maskell warf sich in die Brust. »Allem Anschein nach hat es hier einen Mord gegeben.«

9

Der Rechtsmediziner, ein hochgewachsener Mann mit gebeugten Schultern und einem wilden weißen Haarschopf, der lange keinen Kamm gesehen hatte, marschierte mit eiligen Schritten an den Polizisten vorbei. »Platz da!«, blaffte er.

Als er in die Hocke ging, stachen seine spitzen Knie in die Luft, und Ginger musste unwillkürlich an einen gigantischen Grashüpfer denken.

Höflich stellte sie ihm sich und Haley vor, was Dr. Guthrie mit einem undefinierbaren Laut quittierte. »Miss Higgins studiert an der London School of Medicine for Women«, fügte sie hinzu.

Jetzt zeigte Dr. Guthrie tatsächlich ein gewisses Interesse und musterte Haley, die neben ihm kauerte, abschätzend. Summend saugte er die Lippen in den Mund. Ob er beeindruckt oder befremdet war, war schwer zu sagen.

»Es gibt eine Eintrittswunde, aber keine Austrittswunde.« Der Doktor hatte die Tote auf den Rücken gedreht. »Wie eine typische Schusswunde sieht das nicht aus.« Mit knirschenden Gelenken richtete er sich auf. »Nur um ganz sicher zu gehen, werde ich bei der Autopsie trotzdem nach einer Kugel suchen.« Er fixierte den Sergeant. »Machen Sie Fotos aus allen Blickwinkeln. Und zwar nicht zu knapp. Anschließend lassen Sie mir die Tote bringen«, sagte er, als würde er mit einem Kind oder einem Lehrburschen sprechen. Dann stapfte er über den Rasen zum Haus.

»Eine echte Frohnatur«, murmelte Haley und lief hinter ihm her. »Darf ich Ihnen assistieren, Doktor?«

Ohne sie auch nur anzusehen, stieß er wieder das undefinierbare Geräusch aus. »Wenn es sein muss.«

»Ich rufe an, wenn ich abgeholt werden möchte«, rief sie Ginger zu.

»Madam.« Constable Ryan trat mit verlegener Miene vor. »Lady Gold, dürften wir Sie um eine Kamera bitten? Auf der Wache in Chesterton gibt es leider keine.«

Ginger spürte, wie sie blinzelte. Dieser Ort schien wie in der Zeit erstarrt. »Sicher lässt sich eine auftreiben.« Sie rief Wilson zu sich, der inzwischen wieder herausgekommen war, und bat ihn, sich darum zu kümmern.

»Ginger?«

Die Wasserwellen von Felicias Bob waren auf einer Seite flachgedrückt. Offenbar hatte sie sich am Vorabend nicht abgeschminkt. Wimperntusche und Lidschatten waren wie dunkle Schatten um ihre Augen verwischt. Sie trug ein schlichtes Tageskleid aus Baumwolle, dazu eine Wolljacke und flache Schuhe. »Was in aller Welt geht hier vor?« Ihr Blick fiel auf die Tote am Ufer des Sees. Die Farbe wich aus ihrem Gesicht, und sie krallte die Hände in die Knopfleiste ihrer Jacke. »Du lieber Himmel.«

Sie hob den Saum ihres Kleides, rannte los und rutschte auf dem taunassen Gras beinahe aus. Ginger konnte sie gerade noch am Arm festhalten und einen bösen Sturz verhindern.

»Vorsicht, Felicia.«

»Wer ist das?«, fragte sie atemlos.

»Miss Ashton.«

»Oh nein!« Felicia riss sich los. »Angela!«

Constable Ryan stellte sich ihr eilig in den Weg. »Sie dürfen die Tote nicht anfassen, Miss.«

Felicia knickten die Beine weg, und sie sackte zusammen. Ihre wässrigen grauen Augen verlangten nach einer Erklärung. »Was ist mit ihr passiert? Ist sie vom Steg gefallen? Ist sie ertrunken?«

Ginger legte behutsam einen Arm um sie und bemühte sich um einen ruhigen Tonfall. »Das wissen wir noch nicht. Der Rechtsmediziner wird sie untersuchen.«

Sanft strich sie Felicia eine dunkle Haarsträhne aus dem Gesicht. Die Verletzlichkeit in den Augen ihrer Schwägerin berührte sie. »Lass uns hineingehen«, sagte sie. »Du bist schon ganz durchnässt, und du zitterst.«

»Ja.« Felicias Stimme klang dünn und brüchig. Sie ließ sich von Ginger ins Wohnzimmer bringen und vor den Kamin begleiten. Dann klingelte Ginger und bestellte Tee.

Über der Rückenlehne des Sofas hing eine gestrickte Decke. Ginger legte sie um die blasse Felicia, dann setzte auch sie sich in einen Sessel am Feuer.

Nachdem der Tee gekommen war, murmelte Felicia: »Es ist meine Schuld.«

Ginger schaute sie über ihre Teetasse hinweg an. »Nein, ganz sicher nicht. Warum sagst du das?«

»Ich hätte dafür sorgen müssen, dass sie gut nach Hause kommt. Hätte sie in ein Taxi setzen sollen. Sie war meine Freundin. Ich hätte wissen müssen, dass sie zum See gegangen ist. Aber ich …« Sie warf Ginger einen gequälten Blick zu. »Ich habe wegen des albernen Streits mit dir geschmollt.«

Ginger beugte sich zu ihrer Schwägerin und tätschelte ihr die Hand. »Es ist *nicht* deine Schuld. Miss Ashton war eine erwachsene Frau, kein Kind, das dir anvertraut war. Miss Webb ist doch auch ohne deine Hilfe nach Hause gekommen.«

Laut aussprechen wollte Ginger es nicht, doch es waren noch andere da gewesen, die auf Angela hätten achtgeben können. Ihr Verlobter zum Beispiel, Mr Croft. Und die soeben erwähnte Miss Webb.

Oder Captain Smithwick.

Wilson trat durch die Tür und kündigte Sergeant Maskell und Constable Ryan an.

Kurz darauf standen die beiden Polizisten mit ihren Helmen in den Händen vor den Frauen und warfen einander aus dem Augenwinkel Blicke zu. Was sie zu tun hatten, war ihnen sichtlich unangenehm.

Unter Constable Ryans Arm klemmte die Brownie-Kamera, die Wilson aufgestöbert hatte. »Leider müssen wir die erst einmal behalten«, erklärte der Constable. »Bis die Negative entwickelt sind.«

Ginger nickte. »Selbstverständlich.«

»Scheußliche Sache«, sagte Sergeant Maskell. »Wirklich scheußlich.«

»Können wir noch etwas für Sie tun?«, fragte Ginger.

Sergeant Maskell räusperte sich kräftig. »Leider kommen wir um eine förmliche Ermittlung nicht herum und müssen Sie damit behelligen. Wir sind auf Ihre Mitwirkung angewiesen. Es ist unsere Pflicht, mit allen Mitgliedern des Haushalts zu sprechen, die gestern Abend hier waren.«

»Dafür haben wir vollstes Verständnis«, versicherte Ginger. »Möchten Sie vielleicht mit uns anfangen?«

Sergeant Maskell und Constable Ryan tauschten erneut einen Blick. »Wenn Sie so freundlich wären, Madam«, sagte der Sergeant. »Wir werden uns kurzfassen.«

»Tun Sie Ihre Arbeit«, antwortete Ginger. »Aber vergessen Sie bitte nicht, dass Miss Gold gerade einen schweren Schock erlitten hat. Miss Ashton war eine ihrer engsten Freundinnen.«

»Wir machen es so schmerzlos wie möglich«, versicherte der Sergeant. »Miss Gold, wie lange kennen Sie Miss Ashton schon?«

»Gegen Ende des Krieges waren wir zusammen als Landarbeiterinnen im Einsatz. Weil sie aus bürgerlichen Familien stammen und ein wenig älter waren als ich, hatten Angela, Muriel und Jean schon eine Weile zusammengearbeitet, als ich dazugekommen bin. Ich war minderjährig, muss aber wohl alt genug ausgesehen haben, weil die Verantwortlichen mir die Lüge wegen meines Alters geglaubt haben. Vermutlich waren sie zu der Zeit auch nicht mehr allzu wählerisch. Aber ich konnte einfach nicht mehr tatenlos herumsitzen, während mein Bruder Daniel jeden Tag sein Leben riskiert hat. Sie können sich vielleicht vorstellen, wie ungehalten meine Großmama war. Aber ich wollte unbedingt auch einen Beitrag leisten. Weil sie weiß, dass ich genauso stur sein kann wie sie, hat Großmama schließlich nachgegeben. Aber sie hat darauf bestanden, dass ich jeden Abend nach Hause komme.«

Felicia nahm einen Schluck Tee. Dann stellte sie die Tasse mit zittriger Hand auf die Untertasse zurück. »Wir haben uns auf einer Farm um die Schafe gekümmert. Die Mädchen waren froh über ein weiteres Paar helfende Hände, und meine gesellschaftliche Stellung war ihnen egal. Für solchen Unsinn waren wir alle zu erschöpft.« Sie wischte sich eine Träne von der Wange. »Angela war immer so mutig. Hat die großen Schafe zum Scheren zusammengetrieben, als wäre das nichts. Ich muss gestehen, ich fürchte mich vor diesen Tieren. Aber ich bin ehrgeizig und habe trotzdem mit angepackt.«

»Wer ist Jean?«, fragte Ginger. Den Namen hörte sie zum ersten Mal.

»Jean Smith.« Felicia schaute auf ihre Hände, die sie im Schoß ineinandergeschlungen hatte. »Sie ... lebt nicht mehr.«

War das arme Mädchen der Grippepandemie von 1918 zum Opfer gefallen? Als hätte der Krieg nicht schon genug Opfer gefordert, hatte die Krankheit noch Tausende weiterer armer Seelen dahingerafft. Bevor Ginger nachhaken konnte, stellte der Sergeant schon die nächste Frage.

»Hatte Miss Ashton … ähm … hatte sie … Männerbekanntschaften?«

Ginger hob ruckartig das Kinn. »Sie war mit Mr Croft verlobt. Das dürfte hier in der Gegend doch allgemein bekannt sein. Nicht wahr, Felicia?«

»Ich denke schon. Die Verlobung bestand ja schon ziemlich lange.«

Sergeant Maskell schluckte. »Mit dem Enkel von Baron Croft?«

Felicia nickte. »Ja, genau.«

Aus dem Mundwinkel raunte Sergeant Maskell seinem Kollegen zu: »Wir müssen die Crofts befragen.«

»Ja, Sir.«

»Notieren Sie sich das.«

Constable Ryan zog ein kleines Notizbuch aus der Tasche. »Ja, Sir.«

»Wo finden wir bitte die Dowager Lady Gold?«, fragte Sergeant Maskell.

»Sie ist in der Kirche, wie immer sonntagmorgens«, antwortete Felicia. »Normalerweise begleite ich sie. Aber heute hat sie mich ausnahmsweise entschuldigt. Weil es wegen der Tanzveranstaltung gestern spät geworden ist.«

Ginger hatte sich schon gefragt, weshalb Ambrosia nicht längst zu ihnen gestoßen war. Die alte Dame schätzte es nicht, wenn sie etwas verpasste. Und als hätte der Poltergeist persönlich sie gerufen, kündigte schon einen Augenblick später das Geräusch von Ambrosias Gehstock in der Eingangshalle ihre Rückkehr an.

Aufgebracht platzte sie ins Wohnzimmer. »Dieses Automobil! Alt wie die Hügel und langsamer als schwarzer Rübensirup!«

Hier auf Bray Manor gab es einen einzigen Wagen, einen 1904er Coventry Humber. Ginger nahm an, dass Ambrosia mit der Einschätzung seiner Leistungsfähigkeit richtig lag. Rübensirup bewegte sich vermutlich sogar schneller. Vielleicht sollte sie dem Anwesen ihren Daimler zur Verfügung stellen. Er war etliche Jahre jünger, und der technische Fortschritt im Automobilbau ging rasant voran. Außerdem wollte sie sich sowieso irgendwann einen neuen Wagen zulegen.

Ambrosia plumpste schnaufend in ihren Sessel. »Ständig diese Aussetzer und Fehlzündungen! Ein paarmal wäre mir beinahe das Herz stehengeblieben, weil ich dachte, jemand wollte mir in den Rücken schießen.«

Felicia warf Ginger einen betretenen Blick zu. Schließlich war womöglich tatsächlich jemand in den Rücken geschossen worden.

Ambrosia klingelte so ungehalten nach Tee, als wollte sie so ihrem Ärger Luft machen. »Manchmal vermisse ich die Pferde«, sagte sie. »Trotz ihres strengen Geruchs. Wenigstens sind die auf dem Weg zur Kirche nie liegengeblieben.«

Sie atmete tief durch und schien erst jetzt die Polizisten zu bemerken. Ihr Blick flog zu Ginger. »Was machen die hier?«

Der Sergeant räusperte sich. »Ich bin Sergeant Maskell, Madam. Und das ist Constable Ryan.«

»Großmutter«, sagte Ginger. »Es gab eine schreckliche Entdeckung, unten am See.«

Sie zögerte, doch Ambrosia schnaubte ungeduldig. »Ja und weiter?«

»Man hat dort eine Tote gefunden.«

Der alten Dame traten fast die Augen aus dem Kopf. »Das kann nur ein schlechter Scherz sein.«

»Leider nicht, Großmutter. Die Tote ist Felicias Freundin Miss Ashton. Clement hat sie heute Morgen entdeckt. Es ist überaus schockierend.«

»Ich fürchte, Madam«, fuhr Sergeant Maskell fort, »wir müssen Sie mit ein paar Fragen behelligen.«

Ambrosia ließ sich gegen die Lehne des Sessels sinken, als wäre sie einer Ohnmacht nahe. »Was denn noch alles? Schlägt als Nächstes womöglich ein Zirkus auf Bray Manor seine Zelte auf?«

»Großmama!«, japste Felicia vorwurfsvoll. »Wie kannst du nur so gefühllos sein?«

»Gefühllos? Ich? *Ich* bin nicht auf anderer Leute Grund und Boden gestorben.«

Felicia zog die Wolldecke um ihre Schultern zusammen und eilte wortlos aus dem Zimmer.

»Verstehe einer die Gefühlsschwankungen dieses Kindes«, seufzte Ambrosia. »Wir sollten alle nicht so dramatisch sein.«

Sergeant Maskell und Constable Ryan hatten den

Austausch zwischen den drei Frauen der Familie Gold gebannt beobachtet.

Phyllis kam mit frischem Tee und Ginger schenkte Ambrosia eine Tasse ein. »Trink das, Großmutter. Das wird deinen Nerven guttun.«

Ambrosia schüttelte einen gekrümmten Finger. »Hier auf Bray Manor spukt es! Habe ich es nicht gesagt, Ginger? Diesmal ist der Poltergeist zu weit gegangen!«

Sergeant Maskell zog eine buschige Braue hoch. »Der Poltergeist?«

»In letzter Zeit sind öfter Gegenstände verschwunden«, erklärte Ginger eilig.

»Nicht verschwunden«, korrigierte Ambrosia ungehalten. »Sie wurden weggenommen und sind an Stellen wieder aufgetaucht, wo sie nicht hingehören!«

Der Sergeant und der Constable tauschten einen langen Blick. Ginger nahm an, dass sie, wie fast jeder, den Poltergeist für ein Hirngespinst der alten Dame hielten.

Doch sie glaubte der Großmutter ihres verstorbenen Mannes. Den Poltergeist gab es tatsächlich. Während Ambrosia ihn für ein Gespenst hielt, war sich Ginger allerdings absolut sicher, dass hinter dem vermeintlichen Spuk ein Wesen aus Fleisch und Blut steckte.

Wilson trat ins Zimmer. »Ein Anruf für Sie, Lady Gold. Miss Higgins ist am Apparat.«

»Officers.« Ginger vermutete, dass sie gleich etwas erfahren würde, was die örtliche Polizei eigentlich zuerst hören sollte, wollte das aber nicht verraten. »Bitte nehmen Sie Platz. Ich bin gleich wieder da.«

Mit Fremden allein in einem Raum zu sitzen, selbst

wenn es sich dabei um Gesetzeshüter handelte, war Ambrosia zuwider. Sie klingelte nach ihrer Kammerzofe.

Ginger eilte ins Telefonzimmer und nahm das Gespräch an. Haley fasste die Neuigkeiten kurz zusammen. »Kann mich jemand abholen? Oder soll ich lieber ein Taxi nehmen?«, endete sie.

»Ich komme, so schnell ich kann.«

»Ginger ...«

»Auf der Fahrt können wir uns in Ruhe unterhalten.« Um weitere Proteste im Keim zu ersticken, legte Ginger auf.

Als sie ins Wohnzimmer zurückkehrte, erhoben sich die Polizisten mit den Helmen in den Händen. Langley trat hinter Ambrosia von einem Fuß auf den anderen, und Ginger entschuldigte sie, obwohl die Ärmste gerade erst gekommen war.

Ginger wartete mit ihrem Bericht, bis Langley gegangen war. »Sicherlich hat Dr. Guthrie bereits auf der Polizeiwache angerufen, Sergeant Maskell. Das war meine Freundin Miss Higgins. Sie ist Medizinstudentin und hat Dr. Guthrie bei der Autopsie assistiert. Miss Ashton ist nicht durch eine Kugel gestorben.«

»Das ist gut, oder?« Constable Ryan sah erleichtert aus. »Dann war es wohl doch ein Unfall, und sie ist ertrunken.«

»Ich fürchte, nein. Miss Ashton war schon tot, als sie ins Wasser gefallen ist. Leider haben wir es ziemlich sicher mit einem Mord zu tun.«

Beide Männer setzten sich wie benommen wieder hin. Aus ihren betretenen Mienen sprach Ratlosigkeit.

»Darf ich einen Vorschlag machen?«, fragte Ginger.

»Selbstverständlich«, antwortete Sergeant Maskell.

»Bitten Sie Scotland Yard um Unterstützung. Fragen Sie dort nach Chief Inspector Basil Reed. Und sagen Sie, es wäre meine Idee gewesen.«

10

Die Schlüssel für den Humber händigte Wilson Ginger nur äußerst zögerlich aus. »Soll ich Sie nicht lieber fahren, Madam?«

»Und wohin würden wir Miss Higgins setzen? Auf der Bank ist nur Platz für zwei.«

»Miss Gold sitzt immer hinten auf dem Notsitz.«

Ginger stieß ein leises Schnauben aus. Autofahrten in England machten Haley schon nervös genug. Wie ein Gepäckstück hinten am Fahrzeug zu klemmen, kam für sie sicher nicht infrage.

»Ich fahre lieber selbst.«

Bei der Übergabe der Schlüssel hob der Butler seine lange Nase noch ein wenig höher. »Dieser Wagen ist nicht so leicht zu fahren wie die neueren Modelle. Allein ihn in Bewegung zu setzen, ist … aufwendig.«

Ginger schloss die Faust um die Schlüssel. Während des Krieges hatte sie oft Gelegenheit gehabt, ältere Fahrzeuge zu steuern. Aber Ambrosias Butler gegenüber musste sie sich nicht rechtfertigen. »Danke, Wilson.«

Der Humber war in einem eigens für ihn gebauten Unterstand geparkt. Einen Moment lang bewunderte Ginger das alte Ding. Es war ein wenig rostig, aber offenbar viel und schonend gefahren worden. Sie verstand, dass es dem Butler lieb und teuer war.

Die beiden Türen des olivgrünen Wagens öffneten sich zu einer einzelnen braunen Lederbank. Über den schmalen Reifen wölbten sich flache schwarze Kotflügel. Große Scheinwerfer flankierten den rautenförmigen Kühlergrill wie zwei hervortretende Insektenaugen.

Ginger rief sich die Schritte ins Gedächtnis, die nötig waren, um so ein altes Gefährt anzulassen, und fragte sich prompt, ob sie das Angebot des Butlers nicht zu vorschnell abgelehnt hatte.

Zunächst zog sie den Choke rechts vorn am Wagen. Dann bewegte sie die Kurbel unter dem Kühler eine Viertelumdrehung im Uhrzeigersinn, damit der Vergaser Treibstoff ansaugte. Anschließend schwang sie sich auf die Sitzbank, steckte den Schlüssel ins Zündschloss und drehte ihn. Um den Motor erst einmal im Leerlauf zu halten, bewegte sie die Zündvoreinstellung nach oben und den Gashebel etwas nach unten. Zusätzlich brachte sie den Hebel für Handbremse und Gangwechsel in die Leerlaufstellung. Dann stieg sie wieder aus, drehte die Handkurbel eine halbe Umdrehung weiter und hoffte, dass der Motor ansprang.

Als er stotternd zum Leben erwachte, stieß sie erleichtert den Atem aus. Sie klopfte sich den Staub von ihrem knöchellangen Wollmantel in einem kräftigen Weinrot. Er hatte einen breiten, pelzgesäumten Kragen und wurde mit einem einzelnen großen Knopf an der Hüfte geschlossen. Jetzt wünschte sie, sie hätte sich die Zeit genommen, sich für die Autofahrt umzuziehen.

Doch draußen auf der Straße tuckerte das kleine Automobil tapfer dahin. Die erste Fehlzündung gab es erst am Ortsrand von Chesterton. Bei dem Knall, der einem Gewehrschuss ähnelte, trat Ginger heftig auf die Bremse und duckte sich unters Armaturenbrett. Ein Reflex, der noch aus dem Krieg stammte. Mit wild pochendem Herzen tauchte sie wieder auf und spähte durch die Windschutzscheibe. Neben ihr hielt ein brandneuer Bentley.

»Ist alles in Ordnung, Madam?«, rief der Fahrer.

Ginger rückte ihren breitkrempigen Hut zurecht und setzte ein Lächeln auf. »Entschuldigen Sie bitte«, sagte sie. »Mein Fahrzeug ist ein launisches altes Ding. Aber es geht schon wieder weiter.« Sie winkte mit der behandschuhten Hand. Der Mann tippte an seinen Hut und fuhr davon.

CHESTERTON WAR ein malerisches englisches Dorf mit hübschen verschlungenen Gassen und von Efeu und Blauregen überwucherten Häusern aus roten Ziegelsteinen. Entlang der Hauptstraße standen zweigeschossige Geschäftsgebäude, einige rot geklinkert, einige aus Naturstein. Hier fand man fast alles, was man brauchte – ein Postamt, einen Lebensmittelladen, ein Eisenwarengeschäft, eine Apotheke, einen Tabakhändler und ein oder zwei Pubs. Am Ende der Straße stand das Chesterton Inn. Mit seinen drei Geschossen überragte es alle anderen Gebäude und war auch doppelt so breit.

Dr. Guthries Praxis befand sich in einer gewundenen Gasse, die von der Hauptstraße abging. Glücklicherweise hatte Felicia den Weg gut beschrieben. Ginger hielt am Straßenrand, Haley sah sie von drinnen und kam heraus.

»Wo ist das Pferd?«, fragte sie spöttisch.

»Von einem Pferd ist diese Schönheit hier nur einen kleinen Schritt entfernt.« Ginger klopfte grinsend neben sich auf die Bank. »Los geht's.«

Die schweren Wolken über Chesterton wählten genau diesen Moment, um ihre nasse Ladung fallen zu lassen. Dicke Tropfen landeten auf Gingers Schultern. Sie sprang von ihrem Sitz, um das Verdeck zu schließen. »Pack du auf der anderen Seite an«, bat sie Haley.

Gemeinsam gelang es ihnen, das Verdeck über die Sitzbank zu ziehen. Dann stiegen sie eilig in den Wagen.

»Was für ein Abenteuer, und dabei sind wir noch nicht einmal losgefahren«, stellte Haley trocken fest.

Ginger hatte Angst, der Humber könnte womöglich gerade jetzt den Dienst quittieren. Doch glücklicherweise war ihre Sorge unbegründet. Trotz allem Stottern und ein paar Fehlzündungen.

Haley hatte weniger Vertrauen in das Fahrzeug und klammerte sich am Türgriff fest. »Wenigstens wird dieses Ding nicht bocken und uns abwerfen«, murmelte sie. »Oder vielleicht doch?«

»Keine Sorge.« Ginger bemühte sich um ein zuversichtliches Lächeln. »Wie war denn die Zusammenarbeit mit Dr. Griesgram?«

Haley gluckste. »Er ist wirklich ein missmutiger alter Knochen. Jetzt weiß ich Dr. Watts noch mehr zu schätzen.« Sie schaute zu ihrer Freundin hinüber. »Fährst du heute Abend mit mir nach London zurück?«

»Das geht leider nicht. Ich mache mir Sorgen um Felicia.« Ginger erzählte, wie ihre Schwägerin nach dem Anblick der toten Angela in eine Art Schockzustand verfallen war.

»Armes Mädchen«, sagte Haley. »Ich weiß noch, wie es war, als ich meinen ersten Toten gesehen habe. Ich hatte nächtelang Albträume, dabei habe ich die Person noch nicht einmal besonders gut gekannt.«

Unwillkürlich dachte Ginger an den ersten Toten, den sie gesehen hatte. Oder vielmehr *die* ersten Toten. Verdammter Krieg.

»Bislang hatten Sergeant Maskell und Constable Ryan es höchstens einmal mit einem Streit zwischen Farmern oder hin und wieder einem Verkehrsunfall zu tun. Sobald ich von Mord gesprochen habe, sind sie beide ganz blass geworden und hatten Mühe mit dem Stehen.«

»Oh je.«

»Zum Glück haben sie meinen Vorschlag gerne angenommen, Scotland Yard um Unterstützung zu bitten.«

Haleys Augenbraue zuckte, und Ginger gab vor, es nicht zu bemerken.

»Bedeutet das, wir dürfen mit einem Besuch eines ganz bestimmten charmanten Chief Inspectors rechnen?«

Ginger hob eine Schulter. »Woher soll ich das wissen? Sie könnten jeden schicken.«

Haleys vielsagendes Summen fand Ginger irritierend.

»Und selbst wenn es sich um Chief Inspector Reed handeln sollte, heißt das noch lange nicht …« Der Wagen rumpelte heftig durch ein Schlagloch.

»Pass auf, wo du hinfährst!«, rief Haley erschrocken.

»Ich passe ja auf!«

In der Ferne tauchte Bray Manor auf, und Ginger ließ das Thema auf sich beruhen. Sie fragte sich, weshalb Haleys kleine Neckerei ihr so sehr unter die Haut ging.

Basil Reed war für sie nicht mehr als ein Freund. Vielleicht noch nicht einmal das.

Wirklich nicht.

11

Sie fanden Mrs Beasley im Speiseraum des Personals, einem schlichten rechteckigen Zimmer mit weißen Wänden. Um den großen Holztisch in der Mitte standen einfache hölzerne Stühle. Die Köchin hatte die Füße hochgelegt und ruhte sich aus. Doch sobald Ginger in der Tür erschien, rappelte sie sich hoch und knickste.

»Guten Tag, Madam.« Die Frau wurde vor Verlegenheit rot. »Ich habe nach dem Mittagessen für die Baronin nur gerade eine kleine Pause gemacht.«

»Ja, natürlich. Das dürfen Sie ruhig tun. Ich wollte nur fragen, ob für Miss Higgins und mich noch etwas übrig ist.«

»Aber ja, Madam. Ich mache Ihnen etwas zurecht. Das geht im Handumdrehen. Phyllis bringt es dann gleich ins Frühstückszimmer.«

»Das wäre fabelhaft! Besten Dank.«

Als Ginger und Haley wenig später ins Frühstückszimmer traten, warteten dort bereits zwei Rindfleischpasteten mit Pilzen auf sie.

»Oh, Bossy«, sagte Ginger zu ihrem kleinen Hund, der ihr in den freundlichen Raum gefolgt war. »Das duftet köstlich. Findest du nicht auch?« Sie schnitt ihm ein Stückchen ab, legte es auf die Untertasse ihrer Teetasse und stellte sie auf den Boden. Boss wedelte freudig mit dem Stummelschwanz.

Die Pastete schmeckte himmlisch, die Rindfleischstückchen darin waren zart und saftig, die in Scheiben geschnittenen Pilze sorgten für eine besondere, herzhafte Note.

Ginger seufzte genüsslich auf. »Mrs Beasley kocht einfach meisterhaft.«

Haley nickte. »Daran könnte ich mich definitiv gewöhnen.« Sie hob ihre Gabel erneut an den Mund.

»Woran? Ans Essen?«

»Daran, von vorn bis hinten bedient zu werden«, antwortete sie. »Seit ich hier in England bin, habe ich mich noch kaum je darum kümmern müssen, etwas auf den Teller zu bekommen.« Sie hob ihr Wasserglas wie zu einem Toast. »Dank dir, Lady Gold. Ich fürchte, für mich ist das schon viel zu normal. Wenn ich wieder in Boston bin und selbst für mich sorgen muss, werde ich wahrscheinlich verhungern.«

»Dann lass es dir besser schmecken, solange es geht. Leg dir ein Fettpolster zu wie die Bären in Neuengland, bevor der Winter kommt.«

Haley schnitt noch ein Stück von ihrer Pastete ab. »Gute Idee.«

»Konntet ihr bei der Autopsie den Todeszeitpunkt feststellen?«, fragte Ginger unvermittelt.

Haley summte. »Das ist schwierig, weil das kalte Wasser die Körpertemperatur gesenkt hat. Die üblichen Anzeichen des einsetzenden Verfalls sind deshalb wenig verlässlich. Aber da Miss Ashton am Ende der Tanzveranstaltung um Mitternacht zum letzten Mal lebend gesehen wurde, dürfen wir wohl annehmen, dass sie im Verlauf der nächsten Stunde gestorben ist. Dass sie Bray Manor erst verlassen hat und später noch einmal zurückgekommen ist, möchte ich bezweifeln.«

Ginger legte den Kopf schief. »Und es ist sicher, dass Miss Ashton nicht an einer Schussverletzung gestorben ist?«

»Absolut. Eine Kugel verschwindet nicht einfach. Entweder es gibt eine Austrittswunde, oder sie steckt irgendwo im Körper.«

»Wenn sie nicht erschossen wurde, was ist dann passiert?«

»Sie wurde erstochen.«

»Erstochen?« Ginger zog eine Braue hoch. »Also ein Verbrechen aus Leidenschaft, ohne Vorsatz?«

Haley hob die Schultern. »Die Stichverletzung ist kreisförmig, wurde also von etwas Rundem verursacht. Eine ganz normale Messerklinge war das nicht.«

»Seltsam.«

Gingers Blick wanderte hinaus zu dem See, dessen

Oberfläche sich sanft kräuselte. »Lass uns nachsehen, ob der Fundort der Leiche uns vielleicht mehr verrät.«

Als hätte sie Ginger gehört, klopfte Phyllis an die Tür. »Kann ich irgendwie behilflich sein?«

»Ja. Bitte holen Sie unsere Sachen aus der Eingangshalle. Miss Higgins und ich werden einen kleinen Spaziergang unternehmen.«

Jetzt peitschte der Wind heftiger über den Livingston Lake und wühlte das Wasser auf. Ginger hielt das Schultertuch, das sie sich um den Kopf geschlungen hatte, am Hals fest zusammen. Sie und Haley standen auf der Terrasse vor dem Ballsaal, während Boss schnüffelnd umherrannte.

»Gestern Abend konnte man den See von hier aus nicht sehen«, sagte Ginger. »Der Mond war hinter den Wolken versteckt.«

»Können wir annehmen, dass Miss Ashton von hier aus in den Garten gegangen ist?«

»Nur der Saal war für die Öffentlichkeit zugänglich. Der einzige andere Weg hinaus ging durch die Haustür zur Straße.«

Haley spähte hinunter zu der Stelle, an der die Tote gefunden worden war. Dort flatterte das Absperrband im Wind, das die Polizisten an Holzpflöcken befestigt hatten. »Im Dunkeln eine ziemlich lange Strecke.«

»Bis zum Steg wäre es kürzer. Der Mörder könnte sie dort ins Wasser gestoßen und die Wellen sie dann ans Ufer getrieben haben. Heute Nacht war es ziemlich windig.«

»Sie könnte auch woanders umgebracht worden sein.

Danach hat man die Leiche zum Steg getragen und in den See geworfen oder einfach dort abgelegt.«

Ginger folgte Haley über den Rasen und auf den verwitterten Steg. Bei diesem feuchten Wetter war sein Holz genauso rutschig wie das Gras, und Ginger war froh, dass sie die alles andere als modischen Gummistiefel mit den groben Sohlen trug, die Phyllis irgendwo aufgestöbert hatte. Boss kam angerannt, und Ginger fürchtete, er könnte vom Steg rutschen. Nur gut, dass Hunde schwimmen konnten, denn sie hatte wenig Lust in das kalte Wasser zu springen, um ihn zu retten. Zum Glück war er klug genug stehenzubleiben, bevor drastische Maßnahmen notwendig wurden.

Obwohl Ambrosia gerne etwas anderes behauptete, war der Livingston Lake doch eher ein Teich als ein See. Schilf säumte seine Ufer, seine harten Halme durchstachen die Wasseroberfläche. Viele Vögel fanden hier ideale Nistplätze. Etwa fünfzig Schritte vom Steg entfernt stand ein kleines Bootshaus. Ginger konnte die beiden Ruderboote sehen, die darin festgemacht waren.

Um den Steg herum ragte ebenfalls kräftiges Schilfrohr aus dem Wasser. »Könnte so ein Schilfhalm die Stichwunde verursacht haben?«, fragte Ginger.

»Rein technisch, ja. Aber das Opfer war schon tot, als es im Wasser gelandet ist. Und es gab keine weiteren Verletzungen, an denen Angela gestorben sein könnte.«

»Was ist mit Gift? Jemand könnte ihr heimlich etwas verabreicht und sie dann hinausgebracht und in den See geworfen haben. Und dabei ist die Stichwunde entstanden.«

»Das wäre möglich«, sagte Haley. »Ich werde Dr. Guthrie vorschlagen, den Mageninhalt zu untersuchen.«

Ginger ging in die Hocke und schaute sich den Rand des Stegs genauer an. Sie suchte nach Anzeichen für einen Kampf. Ein Stück Stoff vielleicht oder irgendeinen Gegenstand, den der Mörder verloren hatte. Doch sie konnte nichts entdecken, weder auf dem Steg noch im flachen Wasser, das ihn umgab. Nicht einmal einen abgebrochenen Halm.

»Ich glaube nicht, dass sie auf dem Steg war«, sagte sie schließlich. »Ich vermute, sie ist am Wasser entlanggegangen, jemand hat sich angeschlichen und zugestochen.«

Sie verließen den Steg und folgten dem Ufer.

»Du hast gesagt, es wäre zu dunkel gewesen, um vom Haus bis zum See zu sehen«, sagte Haley.

»So war es, als ich draußen auf der Terrasse war. Die Wolken hatten sich vor den Mond geschoben. Wir haben gerade Viertelmond, aber falls es zwischendurch eine Wolkenlücke gab, wäre es hell genug gewesen.«

»Heißt das, jemand hat schlicht eine günstige Gelegenheit genutzt, um diesen Mord zu begehen?«, überlegte Haley laut. »Der Mörder kann sie ja nicht gerade in dem Moment an den See bestellt haben, als die Wolken kurz aufgerissen sind.«

»Wir leben in modernen Zeiten«, entgegnete Ginger. »Er könnte einfach eine Taschenlampe benutzt haben.«

»Eine Taschenlampe?«

»Ja, so etwas haben wir selbst hier im altmodischen England, meine liebe amerikanische Freundin.«

12

Bald war es Zeit, Haley zum Bahnhof zu bringen.

Mit der Hand hielt sie ihren Hut fest, während sie über den Motorenlärm des Humbers hinweg rief: »Ich wünschte wirklich, ich könnte noch bleiben. Aber ich habe Dr. Watts versprochen, ihm am Montagmorgen mit den Leichen zu helfen, die dann frisch angeliefert werden. Außerdem muss ich zu den Vorlesungen.«

»Schon gut«, sagte Ginger. »Ich weiß, dass du zurückmusst. Außerdem wird sich von nun an Scotland Yard mit dem Fall beschäftigen. Hier kannst du also nicht mehr viel tun.«

Haley knuffte Ginger gegen den Arm. »Keine Sorge. Ich werde nicht noch einmal von Chief Inspector Reed anfangen.«

Ginger schüttelte nur den Kopf. Ihre Freundin vermutete, Reed würde nur vortäuschen, verheiratet zu sein. Denn bislang war seine Ehefrau noch nie in Erscheinung getreten. Haley meinte, er täte das, um unerwünschter weiblicher Aufmerksamkeit zu entkommen. Ginger hielt das für ein romantisches Hirngespinst, das so gar nicht zu einer Frau wie Haley passen wollte, für die sonst nur Zahlen und Fakten zählten.

»Anstatt dir Gedanken über mein Liebesleben zu machen, Miss Higgins, solltest du dir vielleicht ein eigenes zulegen.«

Haley schnaubte. »Ich bin mit meiner Arbeit verheiratet. Das weißt du. Damit könnte es kein Mann je aufnehmen.«

Aus dem Nichts rannte ein braunes Etwas vor den Humber. Ginger trat auf die Bremse und vollführte ein schnelles Ausweichmanöver. Um Haaresbreite vermied sie einen Zusammenstoß mit dem Hund.

»Ginger!«

Sie ignorierte Haleys Aufschrei und fuhr ungerührt weiter. »Ich muss auch bald wieder in London sein«, sagte sie, als wäre nichts geschehen. »Obwohl Madame Roux mir vorhin am Telefon versichert hat, im Modesalon sei alles bestens. Ich denke, in ein paar Tagen bin ich wieder dort.«

»Was hält dich denn hier?«, fragte Haley. »Jetzt, wo Scotland Yard die Ermittlungen übernimmt?«

»Meine Sorge um Felicia. Der Tod ihrer Freundin belastet sie sehr. Und weil die Tragödie auf Bray Manor passiert ist, wird meine arme Schwägerin sicher nie wieder den Blick auf den See genießen können, ohne die Tote vor sich zu sehen.«

»Manchmal erinnert mich Felicia an dich.«

»Ach wirklich?« Ginger war überrascht, denn Felicia und sie waren schließlich nicht blutsverwandt.

In Haleys Augen lag Wärme. »Ja. Seelische Schmerzen verbergt ihr beide hinter einer überschäumenden Persönlichkeit.«

Ginger wollte widersprechen, verzichtete aber darauf. Ihre Freundin war so klug wie einfühlsam. »Vermutlich hast du recht«, seufzte sie.

Vor dem Bahnhof brachte sie das alte Automobil mit einem Ruck zum Stehen. Auf dem Bahnsteig warteten bereits zahlreiche Reisende auf den Sonntagabendzug nach London. Die Dampflok schnaufte mit lautem Pfeifen in den Bahnhof. Beim Anhalten stieß das Ungetüm noch eine letzte dicke Rauchwolke aus. Haley strich ihren Rock zurecht und griff nach ihrem Koffer. Mehr Gepäck hatte sie nicht.

Ginger drückte sie kurz an sich. »Ich wünsche dir eine sichere Reise, liebste Freundin.«

»Und du sei vorsichtig.« Haley setzte einen Fuß auf die Treppe zum Waggon. »Es hat einen Mord gegeben, und der Täter oder die Täterin könnte sehr wohl unter dem Dach von Bray Manor schlafen.«

Dieser Gedanke war überaus beunruhigend, und auf dem Rückweg zum Anwesen bemerkte Ginger die Launen und Macken des Humber kaum. Wem unter den Angestellten war ein Mord zuzutrauen? Wilson schien zu glauben, dass ihm gewisse Vorrechte zustanden. Langley wirkte immer etwas nervös und so, als fühlte sie sich beobachtet. Dass Mrs Beasley die Übeltäterin war, konnte Ginger sich kaum vorstellen. Dabei erwies sich oft die Person, die man für die harmloseste hielt, am Ende als schuldig. Phyllis, die ständig überall im Haus zu tun hatte, hätte am ehesten die Gelegenheit gehabt, vor allem, um sich als Poltergeist zu betätigen. Als Dienstmädchen verbrachte sie viel Zeit im Erdgeschoss, wo auch die verschwundenen Dinge wieder aufgetaucht waren.

Das Brummen des Motors verwandelte sich plötzlich in einen bellenden Husten. Schlagartig war Ginger zurück im Hier und Jetzt. Dem Husten folgte ein Stottern, dann eine Art Ohnmachtsanfall, und das Automobil blieb einfach stehen.

»Auch das noch!«

Ginger stieg aus und öffnete die Motorhaube. Sie war froh, dass anstelle dicker Tropfen nur noch ein feiner Sprühregen vom Himmel fiel, sodass sie sich nicht auch noch den Wollmantel ruinierte.

Im Krieg waren Menschen gezwungen gewesen, Dinge zu lernen, an die sie zuvor nicht im Traum gedacht hatten. Und für Frauen galt das ganz besonders. Seit jenen Tagen wusste sie, wie man die Motoren französischer Fahrzeuge reparierte. In den britischen Automobilen waren allerdings alle Teile seitenverkehrt verbaut, weshalb sie sich beim Blick unter die Haube vorstellen musste, in einen Spiegel zu schauen.

Das Problem war leicht zu erkennen. Der Keilriemen war gerissen. Mit einem gründlichen Blick die Straße entlang vergewisserte sie sich, dass sie allein war, bevor sie die Hand unter ihr Kleid schob und rasch ihren Seidenstrumpf vom Strumpfhalter löste. Der Strumpf fiel ihr um die Knöchel. Schnell öffnete sie ihren Schuh und zog ihn aus.

Um den gerissenen Riemen durch den Seidenstrumpf ersetzen zu können, streifte sie die Handschuhe ab und machte sich an die Arbeit. Am Ende fixierte sie den Strumpf mit einem festen Knoten. Sie hoffte, dass das Gewebe halten würde, bis sie Bray Manor erreichte. Wilson würde sicher nicht erbaut sein, wenn er von der Panne hörte.

Motorengeräusche näherten sich, und sie klangen nach einem deutlich neueren Modell als das, mit dem sie hier kämpfte. Bald hielt ein Wagen neben ihr am Straßenrand. Das war nicht verwunderlich, denn gute Bürger boten einander bei einer Panne Hilfe an.

Was Ginger aber dann doch überraschte, war, Chief Inspector Basil Reed aus dem tannengrünen 1922er Austin 7 steigen zu sehen.

»Schöner Wagen«, sagte sie.

Reeds Wollmantel erinnerte mit seinem breiten Reverskragen und dem Gürtel in der Taille ein wenig an eine Militäruniform. Der Schnitt betonte seine breiten Schultern und seine männliche Statur.

Ihre letzte Begegnung war einige Wochen her. Seine blaugrünen Augen blitzten amüsiert. Die Fältchen in seinen Augenwinkeln lenkten den Blick auf das silberdurchzogene Haar an seinen Schläfen. Gingers Herzschlag beschleunigte sich, und ihre Hände wurden feucht. Sie ärgerte sich, dass sie zuließ, dass der gut aussehende Inspector eine solche Wirkung auf sie entfaltete.

Er tippte grüßend an seinen Hut.

»Ihrer ist ... noch ein echtes Original.« Er klang ein wenig spöttisch.

»Könnte man sagen.« Ginger bemerkte, dass sie mit der Haarsträhne spielte, die an ihrer Wange lag, und ließ schnell die Hand sinken. »Man hat also tatsächlich *Sie* geschickt.«

Seine Augen blitzten. »Offenbar wurde speziell darum gebeten.«

»Hm.« Ginger hob das Kinn. »So würde ich es nicht ausdrücken.«

Reeds Lippen zuckten, doch es gelang ihm, nicht zu grinsen. Er nickte in Richtung des Humbers. »Brauchen Sie eine Mitfahrgelegenheit?«

»Eigentlich wollte ich den Wagen gerade wieder starten.«

»Ach tatsächlich?« Er trat näher und warf einen Blick unter die offene Motorhaube. Ginger sah genau, in welchem Moment Reed erkannte, dass ihr ein Strumpf fehlen musste. Denn sein Blick flog vom Motorraum zu dem strumpflosen Fuß in ihrem Schuh, der unter dem Mantel hervorlugte. Sie tat, als würde sie es nicht bemerken, und streifte stattdessen ihre Handschuhe über.

Jetzt, wo jemand die Kurbel vorn am Humber für sie drehen konnte, musste Ginger nicht ein- und wieder aussteigen.

Der Motor sprang schnurrend an, und sie warf Reed ein triumphierendes Lächeln zu.

»Ich fahre hinter Ihnen her«, sagte er. »Nur für den Fall, dass das alte Mädchen Sie noch einmal im Stich lässt.«

»Danke«, sagte Ginger. »Und sicher wollen Sie sich auch gleich ein Bild vom Tatort machen.«

13

Gefolgt von Reed fuhr Ginger die lange, kreisförmige Einfahrt von Bray Manor hinauf bis vors Haus. Jedes Mal, wenn der alte Humber unterwegs wieder gestottert hatte, hatte sie einen weiteren peinlichen Zwischenfall befürchtet. Doch das Automobil kämpfte sich wacker voran, und ihre Angst erwies sich als unbegründet.

Inzwischen regnete es wieder, und sie eilte mit schnellen Schritten unter das schützende Vordach über der Haustür. Wilson hatte offenbar Ausschau gehalten, denn noch bevor sie die Hand auf die Klinke legen konnte, machte er auf.

»Hier, bitte schön, die Schlüssel, Wilson.« Der Butler schnappte sie sich hastig. »Ich fürchte, es gab unterwegs ein kleines Problem mit dem Humber.«

Sofort wurde die ernste Miene des Mannes noch verdrossener.

»Es ist nur ein gerissener Riemen. Leicht zu reparieren. Am besten, Sie fahren den Wagen in die Garage und rufen einen Mechaniker.«

Sie deutete auf Reed. »Das ist Chief Inspector Reed von Scotland Yard. Sicher wäre er froh über einen wettergeschützten Unterstand für sein Automobil.«

»Sehr wohl, Madam.«

Wilson wartete auf Reeds Schlüssel. Doch der Chief Inspector schüttelte den Kopf. »Ich bleibe nicht lange. Ich habe ein Zimmer im Chesterton Inn reserviert. Morgen früh bin ich zurück und beginne mit den Ermittlungen.«

»Das kommt gar nicht infrage«, widersprach Ginger. »Sie müssen hier übernachten. Platz gibt es genug, und sicher hat die Dowager Lady nichts dagegen.«

»Das kann ich unmöglich annehmen.«

»Warum denn nicht? Der Tatort ist hier. Die Hausbewohner haben mit großer Wahrscheinlichkeit in irgendeiner Form mit den Tatverdächtigen zu tun. Und ein Gesetzeshüter unter ihrem Dach würde die Dowager Lady sicher beruhigen.«

Reed gab nach und überließ dem Butler seine Schlüssel doch. »Also gut. Ich nehme Ihr Angebot an.«

Ginger wandte sich wieder an Wilson. »Sagen Sie Phyllis, sie soll für den Chief Inspector ein Zimmer zurechtmachen.«

Wilson nahm Reeds Mantel und seinen Hut entgegen und hängte beides an die Garderobe, bevor er sich auf den Weg machte.

Ginger brachte den Inspector ins Wohnzimmer. Sie freute sich über das knisternde Feuer und die angenehme

Wärme im Raum. »Ich schlage vor, wir nehmen einen Drink, und ich erzähle Ihnen alles, was ich bis jetzt weiß.« Sie nahm zwei Gläser aus dem Schrank über der Anrichte.

»Gin and Tonic, richtig?« Von einem früheren, ähnlich unschönen Vorfall her wusste sie, welchen Cocktail er gerne mochte.

»Ja. Vielen Dank.«

»Wie war die Fahrt nach Chesterton?«, fragte Ginger, während sie ihnen einschenkte.

»Recht angenehm. Das Wetter ist erst etwa auf halber Strecke schlechter geworden. Ich fahre viel zu selten über Land.«

Ginger reichte ihm sein Glas.

»Danke schön.«

Sie nickte ihm zu und nahm einen Schluck von ihrem Merlot. »Soll ich anfangen?«

Reed setzte sich und schlug die Beine übereinander. »Ich bitte darum.«

Weil sie nicht mit einem nackten Bein vor ihm sitzen wollte, streifte Ginger die Schuhe ab, ließ sich auf Ambrosias Sessel nieder und zog die Füße unter sich. Die alte Dame war sicherlich müde von all den Aufregungen und hatte sich zurückgezogen.

Boss hatte die Stimme seines Frauchens gehört, trabte ins Zimmer und ließ sich an seinem Lieblingsplatz am Feuer nieder, nachdem er sie freudig begrüßt hatte.

»Haley und ich sind auf die dringende Bitte von Miss Gold hierhergekommen. Offenbar treibt auf Bray Manor ein Poltergeist sein Unwesen, und meine Großmutter ist einem Nervenzusammenbruch nahe.«

Reeds Hand mit dem Glas blieb auf dem Weg zu seinem Mund mitten in der Luft hängen. »Ein Poltergeist?«

»Die Dowager Lady ist überzeugt, dass übersinnliche Kräfte am Werk sind. Ich habe einen anderen Verdacht.«

»Ich bin gespannt.«

»Weil der Unterhalt des Anwesens viel Geld verschlingt, vermietet Felicia seit Kurzem Räume für Versammlungen und Veranstaltungen. Für die Dowager Lady ist das wie der Anfang des Weltuntergangs. Aber ich bewundere den Unternehmergeist meiner Schwägerin, und unsere Großmutter findet die Demütigung offenbar nicht so unerträglich, dass sie auf das Geld verzichten möchte. Derzeit versammeln sich hier allwöchentlich drei verschiedene Gruppen. Ein Strickzirkel, die Gartenfreunde und die Briefmarkensammler.«

»Und Sie vermuten, einer der Teilnehmer könnte der Poltergeist sein.«

»Anfangs dachte ich, Großmutter wünscht sich einfach mehr Aufmerksamkeit. In dieser Hinsicht kann sie sehr anspruchsvoll sein. Ich habe geglaubt, sie will mich nur hier herauslocken.«

»Sie wollten lieber nicht kommen?«

Ginger schaute beiseite. Noch war sie nicht bereit, den wahren Grund preiszugeben, weshalb sie den Besuch auf Bray Manor vor sich hergeschoben hatte. »Ich war sehr mit meinem neu eröffneten Modesalon beschäftigt.«

»Aber jetzt?«

»Jetzt habe ich selbst erlebt, dass hier Dinge verschwinden. Jemand erlaubt sich alberne Scherze auf Kosten der Dowager Lady. Aber bevor ich richtig nachforschen konnte, ist diese Tragödie passiert.«

Reed beugte sich vor. »Was genau hat sich denn bei dem Ball zugetragen?«

»Vor allem wurde getanzt. Es hätte Ihnen gefallen.« Bei der Erinnerung an das Tanzen mit ihm auf der *SS Rosa,* wo sie sich auf der Überfahrt von Boston nach England zum ersten Mal begegnet waren, huschte ein Lächeln über Gingers Gesicht. »Ein heiterer Abend in einem sehr gemischten Kreis. Unglaublich, welch große Veränderungen der Krieg bewirkt hat. Vor 1914 wäre eine Veranstaltung mit Gästen aus so unterschiedlichen Schichten undenkbar gewesen.«

Reed zog ein Notizbuch aus seiner Anzugtasche und las etwas, was er dort festgehalten hatte. »Waren Sie mit dem Opfer, Miss Ashton, bekannt?«

»Sie wurde mir erst bei dem Ball vorgestellt. Sie war eine von Felicias Freundinnen, wie auch eine weitere junge Frau, eine Miss Muriel Webb.«

»Welchen Eindruck hatten Sie von Miss Webb?«

»Ich würde sagen, ihr fehlt das Selbstbewusstsein von Miss Ashton und Felicia. Meinem Gefühl nach bemüht sie sich ein wenig zu sehr dazuzugehören. Miss Ashton dagegen war ein waschechter Flapper.«

Reed schaute sie fragend an. »Und das heißt?«

»Sie wollte vor allem ausgelassen sein und Spaß haben.«

»Aha. Ist Ihnen irgendetwas Ungewöhnliches aufgefallen? Merkwürdiges Verhalten? Besondere Gespräche?«

»Jetzt, wo Sie danach fragen: Miss Ashton war Miss Webb gegenüber recht gehässig. Sie hatte mir den Rücken zugekehrt, merkte also nicht, dass ich den Wortwechsel mithören konnte.«

»Worum ging es dabei?«

»Miss Ashton hat Miss Webb vorgeworfen, nicht selbstständig denken zu können. Und sie hat es sehr unfreundlich formuliert.«

Reed veränderte seine Position und schlug nun das andere Bein über das erste. »Was wissen Sie sonst noch über das Opfer?«

»Miss Ashton war mit Mr Croft verlobt und wäre nach dem Tod des alten Lord Croft eine Baroness geworden.«

Reeds Augenbrauen zuckten. »Interessant.«

Ginger nippte an ihrem Wein. Dann kaute sie nachdenklich an ihrer Unterlippe. Etwas, oder vielmehr *jemand,* beschäftigte sie, und sie wünschte, sie könnte es für sich behalten. Einen Moment lang schaute sie ins Feuer und schob das Unvermeidliche vor sich her.

Reed war ein guter Beobachter und seine Frage kam prompt. »Gibt es noch etwas, Ginger?«

Sie hob seufzend den Kopf. »Offenbar wurde Felicia in letzter Zeit bei ihren Spaziergängen von einem gewissen Captain Smithwick begleitet.«

Reed runzelte die Stirn. »Francis Smithwick?«

»Sie kennen ihn?«

»Wir haben im selben Regiment gedient.« Er hob sein Glas an die Lippen. »Kurzzeitig.«

»Er war gestern Abend hier, und ich habe eine sehr angespannte Unterhaltung zwischen ihm und Angela Ashton mitbekommen. Dabei hat er sie sogar am Handgelenk gepackt.«

»Dann kannten sie einander wohl schon vorher.«

»Es sah ganz danach aus«, antwortete Ginger knapp.

»Sie denken, der Captain könnte sich noch für andere Frauen interessiert haben? Für Miss Ashton, womöglich?« Mit seiner Vermutung traf der Chief Inspector direkt ins Schwarze. In einem mitfühlenden Ton setzte er hinzu: »Sie befürchten, er könnte Felicias Herz brechen.«

»Nicht *könnte,* Basil. Er wird es tun. *Definitiv*.«

Er musterte sie kritisch. »Sie kennen Captain Smithwick näher?«

»Nein«, antwortete sie viel zu schnell. Dann seufzte sie wieder. Um diesen Fall lösen zu können, musste sie wohl etwas ehrlicher sein. »Ja. Wir sind uns in Frankreich begegnet.«

»Und zwischen Ihnen beiden …«

»… war selbstverständlich nichts! Ich bitte Sie, ich war verheiratet.«

»Ich wollte Ihnen nicht zu nahe treten. Aber das würde Ihre Sorge um Felicia erklären.«

»Oh. Ja. Ich entschuldige mich. Dass Sie nachgehakt haben, ist nur folgerichtig.«

»Ich nehme an, Mr Croft war ebenfalls bei dem Ball?«

»Ja. Er und ich haben gerade miteinander getanzt, als es zu der Szene zwischen seiner Verlobten und Smithwick gekommen ist. Croft ist dazwischengegangen.«

»Komplizierte Geschichte.«

»Allerdings. Seine Mutter, Honourable Mrs Croft, war auch bei der Veranstaltung. Ihr Ehemann ist bereits vor dem Krieg gestorben.«

»Ich nehme an, Mrs Croft war von der Verlobung nicht angetan?«

»Ganz offenbar. Mir ist mehr als nur ein giftiger Blick zwischen den Frauen aufgefallen.«

Der Krieg hatte die Welt viel kleiner gemacht. Was für ein Zufall, dass Reed und sie beide damals mit Captain Smithwick zu tun gehabt hatten. Und jetzt trafen sie alle drei hier in Chesterton aufeinander, und es hatte einen Mord gegeben.

Ginger fragte sich unwillkürlich, ob das wirklich ein Zufall sein konnte. Smithwick war ein Stratege. Sie musste mit ziemlicher Sicherheit davon ausgehen, dass er seit ihrer Rückkehr nach London Nachforschungen über sie angestellt und ihre Verbindung zu Reed entdeckt hatte. War es möglich, dass Felicia, Reed und sie allesamt Figuren in seinem ausgeklügelten Spiel waren?

Sie nahm Reed das leere Glas ab und stellte es neben ihres auf die Anrichte.

»Ich möchte gleich morgen früh mit den Befragungen beginnen und mit Miss Ashtons Familie anfangen.« Reed erhob sich.

»Macht es Ihnen etwas aus, wenn ich mitkomme?«

Er grinste ergeben. »Alles andere hätte mich zutiefst verwundert.«

14

Mit Hilfe der Karte, die die schlaftrunkene Felicia auf ein Blatt Papier gezeichnet hatte, fanden Ginger und Reed leicht zu dem Wohngebiet voller nah beieinanderstehender Häuser auf kleinen Parzellen. Reed hielt vor einem müde wirkenden Ziegelbau, dem etwas Pflege und Zuwendung sicher gutgetan hätten.

Ginger war erstaunt. »Hier soll Miss Ashton gewohnt haben?« Sie studierte noch einmal die Karte und fragte sich, ob sie vielleicht irgendwo falsch abgebogen waren. Doch Felicias Zeichnung war eindeutig.

»Sie sind überrascht, dass ein Mann aus dem Adel eine junge Frau aus völlig anderen Kreisen heiraten wollte?«

»Ja, in der Tat. Ich weiß, ich klinge wie ein Snob. Aber vor dem Krieg wäre so etwas hier auf dem Land ein echter

Skandal gewesen. Und viele Leute sehen das sicher immer noch so. Kein Wunder, dass Mrs Croft von der Verbindung so wenig begeistert war. Aber die eigentliche Frage ist doch, weshalb Patrick Croft sich überhaupt mit Angela Ashton verlobt hat.«

Jedenfalls nicht aus demselben Grund wie Daniel mit ihr – Geld. Gingers Vater, George Hartigan, war ein erfolgreicher Geschäftsmann und gewiefter Investor gewesen. Er hatte Daniels Eltern gekannt und auch nach deren Tod Kontakt zu der Familie gehalten. Daniel war auf George Hartigans Einladung hin nach Boston gekommen, um Ginger kennenzulernen. Vielleicht hatte ihr Vater damals schon gewusst, dass er schwer krank war, und dafür sorgen wollen, dass seine Tochter nach seinem Tod gut versorgt war. Seine Ansichten stammten noch aus dem viktorianischen Zeitalter, in dem Frauen einen Mann gebraucht hatten, der für ihren Unterhalt sorgte und sie beschützte, während sie die Kinder großzogen und sich für wohltätige Zwecke einsetzten. Das Geld hatte in ihrem Fall ihr Vater beigesteuert, Daniel die Sicherheit.

»Der Krieg hat allerlei rebellische Persönlichkeiten mit einem Hang zu impulsiven und drastischen Entscheidungen zu Liebenden gemacht«, sagte Reed. »Natürlich vorwiegend junge Leute.«

»Wie wahr«, antwortete Ginger. Dass sie und Daniel sich ineinander verlieben würden, hatte niemand ernsthaft erwartet.

Reed wedelte mit der Hand. »Aber seither ist viel Zeit vergangen. Weshalb wurde die Verlobung nicht längst wieder gelöst?«

»Für Croft war das eine Frage der Ehre, nehme ich an«, antwortete Ginger. »Für Miss Ashton war es vermutlich eher eine Frage von Geld und Prestige.«

Reed nickte. »Auf jeden Fall ein Aufstieg aus diesen Verhältnissen.« Er klopfte an die Haustür und eine Frau Mitte dreißig öffnete. Sie schaute sie aus geröteten Augen fragend an.

»Ich bin Chief Inspector Reed von Scotland Yard, und das ist Lady Gold. Es tut mir leid, Sie stören zu müssen, obwohl Sie in Trauer sind. Hätten Sie einen Moment Zeit?«

Die Lippen der Frau zuckten nervös, aber sie bat sie herein. »Ich bin Mrs Cecil Dunsbury, Angelas ältere Schwester. Wie Sie sich sicher vorstellen können, sind wir alle tief erschüttert, weil wir sie so plötzlich und auf so schreckliche Weise verloren haben.«

»Meine aufrichtige Anteilnahme im Namen des gesamten Haushalts von Bray Manor«, sagte Ginger. »Dass eine Veranstaltung dort zu Ihrem schmerzlichen Verlust geführt hat, tut uns unendlich leid.«

»Sie trifft nun wahrlich keine Schuld, aber vielen Dank.«

Mrs Dunsbury brachte ihnen Tee. »Meine Mutter hat sich hingelegt. Sie können sich sicher vorstellen, dass sie heute nicht gut geschlafen hat. Das hat niemand von uns.«

»Wohnen Sie in der Nähe?«, fragte Ginger. »Nur gut, dass Sie herkommen konnten, um Ihrer Mutter beizustehen.«

»Ja. Am anderen Ende von Chesterton. Meine Kinder

sind bei den Nachbarn. Als mein Vater gestorben ist, hat mein Mann die Metzgerei übernommen.«

Eine große Standuhr begann zur vollen Stunde zu schlagen, und sie warteten die elf Schläge ab. Durch die Unterbrechung entstand eine unangenehme Pause. Ginger blies in ihren Tee und trank einen Schluck.

Als der letzte Schlag verklungen war, räusperte sich Reed. »Hatte Ihre Schwester Feinde, Mrs Dunsbury?«

Zur Gingers Überraschung verneinte Mrs Dunsbury die Frage nicht sofort. Stattdessen sagte sie nach kurzer Überlegung: »Meine Schwester hatte eine dramatische Persönlichkeit. Viele fanden sie sehr anziehend, andere nicht.«

»Soweit ich gehört habe, wollte sie bald heiraten«, sagte Reed.

Die Zuckungen um Mrs Dunsburys Mund wurden heftiger. »Ja, im Frühling. Die Hochzeit wurde bereits dreimal verschoben, und meine Mutter war außer sich.«

»Weshalb denn?« Ginger gab sich alle Mühe, nicht auf Mrs Dunsburys Mund zu starren. Er schien ununterbrochen in Bewegung zu sein. Fiel das der Frau nicht auf?

Mrs Dunsburys Blick wanderte durch das schlichte Zimmer. »Ich will nicht berechnend klingen, aber wenn Angela in die Familie Croft eingeheiratet hätte, hätte sich für uns manches verändert. Und davon abgesehen sind Junggesellen rar.« Ihre Lippen schienen sich gegen sie verschworen zu haben, und Ginger staunte, dass die Frau überhaupt ein Wort hervorbrachte.

»Angela war schön, hätte aber wohl trotzdem kein

besseres Angebot bekommen. Mutter konnte ihr Zögern nicht verstehen. Und ich, ehrlich gesagt, auch nicht.«

»Und weshalb hat Ihre Schwester dann die Hochzeit vor sich hergeschoben?«, fragte Reed.

»Sie fand Mr Croft ... unattraktiv.« Mrs Dunsbury senkte verschämt den Blick. »Der Arme wurde im Krieg schwer verwundet! Immer wieder habe ich ihr gesagt, dass ein Mann mehr ist als sein Gesicht, und dass Mr Croft, trotz der Maske, noch immer sehr gut aussieht. Aber Angela fand ihn abstoßend. Sie wollte ihn erst heiraten, wenn der alte Baron stirbt, sodass sie nach dem Ja-Wort sofort zur Baroness wird. Bis dahin wollte sie vor allem feiern und Spaß haben. Ich fürchte, sie war sehr verwöhnt. Mein Vater hat ihr immer gesagt, wie hübsch sie ist. Und nie wurde sie wegen ihres oft ziemlich eigenwilligen Verhaltens zur Rechenschaft gezogen. Wenn Vater noch am Leben wäre, hätte er sie vielleicht zur Vernunft gebracht.«

Mrs Dunsbury schluchzte leise auf. Sie drückte sich ein Taschentuch ans Gesicht und versteckte die zuckenden Lippen dahinter. »Und jetzt ist sie tot. Ich kann gar nicht fassen, dass jemand ihr so etwas angetan hat. Es will mir nicht in den Kopf!«

Ginger wollte sich nicht ausmalen, wie es wäre, ihre jüngere Halbschwester Louisa zu verlieren, die bei ihrer Stiefmutter in Boston lebte. Oder Felicia, ihre junge Schwägerin. »Es ist eine so sinnlose Tragödie«, sagte sie mitfühlend.

Die Tränen der Frau schienen Reed nicht zu beeindrucken. »Für Mittwochnachmittag wurde ein amtlicher Untersuchungstermin angesetzt, Mrs Dunsbury. Sie werden als Zeugin geladen. Bitte bleiben Sie bis dahin in Chesterton.«

15

Zurück im Austin drehte sich Reed zu Ginger. »Was halten Sie davon?«

Ginger zog ihre Lederhandschuhe an den Aufschlägen zurecht. »Offenbar war Miss Ashton nicht allgemein beliebt. Ihre Schwester mochte sie wohl sehr, doch nicht einmal sie konnte ihre Enttäuschung völlig verbergen.«

»War Mrs Dunsbury auch bei dem Ball?«

»Aufgefallen ist sie mir nicht. Aber natürlich könnte sie trotzdem da gewesen sein.«

Die ältere Schwester hatte weder die Schönheit noch das Charisma der jüngeren. Während Angela mit ihrer Gegenwart einen ganzen Raum hatte füllen können, erinnerte Mrs Dunsbury Ginger eher an die Bibliothekarin Miss Smith. Beide konnte man nur allzu leicht übersehen. »Der Saal war ziemlich voll«, fügte sie zu ihrer Entschuldigung hinzu.

»Na dann«, sagte Reed. Er ließ den Austin an, und der Wagen erwachte schnurrend zum Leben. »Nächster Halt, Heather's End.«

Heather's End war der eindrucksvolle Familiensitz der Crofts. Anders als Bray Manor war er nicht so alt wie die von Heidekraut bewachsenen Flächen, die sich dahinter erstreckten. Mit seinen klaren Linien und den glänzenden schwarzen, schmiedeeisernen Geländern an den Balkonen im ersten Stock wirkte das weiße Gebäude recht modern. Es lag inmitten eines gepflegten parkartigen Gartens. Die Einfahrt schwang sich um einen Brunnen aus Marmor, der bereits für den Winter abgestellt war. Dass hier auf Heather's End deutlich mehr in die Instandhaltung investiert wurde als auf Bray Manor, war auf den ersten Blick ersichtlich.

Ein Butler mit einem länglichen Gesicht öffnete die schwere hölzerne Eingangstür. »Die Familie empfängt keine Besucher.«

Reed hielt ihm seinen Dienstausweis hin. »Ich bin Chief Inspector Reed von Scotland Yard. Ich ermittle in einem Mordfall. Erlauben Sie uns bitte einzutreten.«

Der Mann rückte beiseite, und obwohl er kleiner war als Reed, gelang es ihm, den Chief Inspector so zu mustern, als würde er auf ihn herabschauen. »Bitte warten Sie hier.«

Die riesenhafte Eingangshalle war sicher doppelt so groß wie die auf Bray Manor. Klanglich erinnerte sie jedenfalls an eine Höhle. Ginger und Reed sagten lieber nichts, um nicht im ganzen Haus gehört zu werden.

Der Butler kam zurück und führte sie zum Salon. »Ihr Name, Madam?«

»Lady Gold.«

Er öffnete die Tür des Salons und verkündete laut: »Chief Inspector Reed und Lady Gold.« Dann verbeugte er sich und verschwand im Flur.

Während Mrs Croft sehr überrascht schien, ging Patrick Croft so entspannt auf die Besucher zu, als hätte er sie erwartet, und schüttelte ihnen die Hände. »Chief Inspector Reed, Lady Gold, es ist mir ein Vergnügen.«

»Ich bedaure die Umstände sehr«, sagte Ginger.

»Das Bedauern liegt ganz bei uns, glauben Sie mir.«

Ginger ging zu Mrs Croft, die steif und wie in Schockstarre in ihrem Sessel saß. »Es muss ganz furchtbar für Sie alle sein.« Sie setzte sich in den freien Sessel neben der älteren Frau.

»Ich bin wie ... wie gelähmt, Lady Gold. Wer würde denn so etwas Grässliches tun?«

»Das möchten wir gerne herausfinden«, sagte Ginger freundlich. »Der Chief Inspector muss Ihnen ein paar Fragen stellen.«

»Ja. Ja, natürlich«, sagte Mrs Croft, als würde ihr der Grund des Besuchs nun langsam dämmern.

In seinem Pullover mit modischem Karomuster und sportlichen wadenlangen Tweedhosen, die Ginger Haley später als Knickerbocker beschreiben würde, die etwa eine Handbreit unterhalb des Knies endeten, machte Patrick Croft eine gute Figur. Lässig stand er am Kamin und zündete sich eine Pfeife an. Als der Tabak glühte, stieß er eine kleine Rauchwolke aus und sagte: »Ich nehme an, Sie wollen mich nach einem Alibi fragen. Ich war bei dem Ball. Lady Gold kann das bezeugen. Danach bin ich mit Mutter nach Hause gefahren. Unser Butler hat uns chauffiert.«

»Wann haben Sie Miss Ashton zuletzt lebend gesehen?«, fragte Reed.

»Etwa um Mitternacht, würde ich sagen. Sie hatte mir endlich einen Tanz reserviert. Ich glaube, sie hatte vor, mit wirklich jedem verfügbaren Mann im Saal eine Runde zu drehen.«

»Warum haben Sie sie nicht nach Hause gebracht?«, fragte Ginger.

»Das wollte ich. Aber Angela sagte, sie wäre für die Nacht Miss Golds Gast.«

»Bitte nehmen Sie es mir nicht übel«, sagte Reed. »Sie wirken nicht übermäßig traurig über Miss Ashtons Tod.«

»Oh doch. Ich *bin* traurig. Aber nur weil eine unschuldige junge Frau gewaltsam aus der Blüte ihres Lebens gerissen wurde. Zu behaupten, ich hätte sie geliebt, wäre gelogen.«

»Warum haben Sie Ihre Verlobung nicht gelöst?«, fragte der Chief Inspector.

»Das wollte ich. Ich dachte, das wäre in Angelas Sinne, nach ... nach dem hier.« Er zeigte auf die verletzte Seite seines Gesichts. »Aber davon wollte sie nichts wissen.«

»Ihr ging es um Geld und um einen Titel«, sagte Mrs Croft eisig.

»Mutter!«

»Man soll ja nicht schlecht über die Toten reden, aber das ist die Wahrheit!«

»Jedenfalls«, fuhr Mr Croft fort, »hat Angela weiterhin auf einer Heirat bestanden, und ich konnte damit leben. Eine andere Frau hätte ich wohl schwerlich gefunden, und immerhin gab es so eine gewisse Möglichkeit, zu einem Erben zu kommen.«

»Hat es Ihnen nichts ausgemacht, dass sie möglicherweise Kontakte zu anderen Männern pflegte?«, fragte Reed.

Mr Croft zog tief an seiner Pfeife und stieß dann eine lange Rauchwolke aus. »Welchen Mann würde das kaltlassen, Chief Inspector? Doch wenn Sie damit andeuten wollen, ich hätte sie getötet, sind Sie auf dem Holzweg.« Er setzte sich, schlug entspannt die Beine übereinander und zeigte dabei kniehohe gestrickte Strümpfe und braune Filzpantoffel. »An Ihrer Stelle ...« Wieder zog er an der Pfeife. »... würde ich mit Francis Smithwick sprechen.«

Bei der Nennung dieses Namens wurde Ginger starr. »Warum denn?«

»Er und Angela waren ... befreundet. Aber ich vermute, ihre *Freundschaft* war in letzter Zeit umgeschlagen.«

»Ach?«, sagte Reed.

»Sie hatten ... ein Wortgefecht. Bei dem Tanzabend.« Er schaute Ginger an. »Lady Gold kann das bezeugen.«

»Soweit ich gehört habe, haben Sie Miss Ashton aus dieser unangenehmen Situation gerettet«, sagte Reed.

»Ja, aber Angela konnte sehr stur sein und wollte mir nicht sagen, worum es ging.«

Patrick Croft klopfte seine Pfeife in einem Aschenbecher auf dem Beistelltisch neben ihm aus und erhob sich.

»Es tut mir leid, Chief Inspector. Mehr weiß ich nicht. Und jetzt, wenn es Ihnen nichts ausmacht … Sicher können Sie sich vorstellen, dass Mutter und ich etwas Ruhe brauchen.«

Reed und Ginger machten bei einem Tearoom Halt, und er schlug vor, einen Happen zu Mittag zu essen. Ginger gefiel der gemütliche Raum mit der niedrigen Decke und den unverputzten Ziegelwänden. Es gab einen Durchgang zu einer Buchhandlung, wo man sich etwas zu lesen besorgen und anschließend gleich bei einer Tasse Tee schmökern konnte. Das Gemäuer musste Jahrhunderte alt sein und war vom köstlichen Duft hausgemachter Suppen und frisch gebackener Brötchen erfüllt.

»In Boston gibt es auch heimelige alte Restaurants.« Sie ließ den Blick schweifen. »Aber nichts, was so urig und echt wirkt wie das hier. Und wegen der Prohibition findet man natürlich keine Pubs. Zumindest keine offiziellen.«

»Vermissen Sie Boston sehr?«, fragte Reed.

»Nicht so sehr, wie ich dachte. Ich bin überrascht, wie schnell ich mich an das Leben in London gewöhne.«

»Sie haben einen Modesalon eröffnet.«

Ginger lächelte mit dem Stolz einer jungen Mutter. »Oh ja, und er ist famos. Ich muss so bald wie möglich zurück. Das Geschäft steckt noch in den Kinderschuhen, und ich werde dort gebraucht.«

Reed senkte das Kinn. »Ich fürchte, bis zu dem gerichtlichen Untersuchungstermin können Sie hier nicht weg.«

Ginger seufzte. »Ich weiß. Das *Feathers & Flair* ist bei meiner Mitarbeiterin Madame Roux in guten Händen.«

Ihre Bestellung kam, und Ginger streifte die Handschuhe ab und verstaute sie in ihrer Handtasche.

Die Hühnersuppe schmeckte köstlich, sie löffelten sie mit Hingabe, und Ginger musste sich ein kindliches »Mhmm« verkneifen.

»Um zu unserem Fall zurückzukommen.« Reed wischte sich das Kinn mit seiner Serviette ab. »Mr Croft hatte ein Motiv und die Gelegenheit. Er fühlte sich verpflichtet, eine Frau zu heiraten, die sich in seiner Gegenwart anderen Männern an den Hals warf. Sie wollte ihn nicht freigeben, also hat er sie umgebracht.«

»Aber wie und womit?« Als Mörder konnte sich Ginger Croft nicht vorstellen. Allerdings war ihr bewusst, dass der Schein manchmal trog. Immerhin war der Mann Soldat gewesen und Töten war ihm nicht fremd.

»Es wäre hilfreich, wenn wir die Mordwaffe hätten«, sagte Reed. »Miss Ashton wurde erstochen, allerdings nicht mit einer normalen Klinge. Wenn wir in Frankreich wären, würde ich sagen, sie wurde von einem Bajonett aufgespießt.«

Ginger ließ ihren Löffel fallen.

»Ginger?«

»Captain Smithwick besitzt ein Armeegewehr mit einem Bajonett.«

»Woher wissen Sie das?«

»Er hat sich damit vor mir gebrüstet. Er ist ziemlich stolz auf seine Waffensammlung.«

Der Chief Inspector legte die Stirn in Falten. »Alle Waffen aus Armeebeständen mussten nach dem Krieg abgegeben werden.«

»Ja. Aber das ist nicht in jedem Fall passiert.«

In der Buchhandlung kam gerade eine neue Verkäuferin an und machte sich dort an die Arbeit. Ginger konnte von ihrem Platz aus in das Geschäft hinübersehen und schaute genauer hin.

»Stimmt etwas nicht?«

»Das ist Felicias Freundin Muriel Webb, die auch beim Ball war. In ihrer Alltagskleidung hätte ich sie beinahe nicht erkannt.«

Reed drehte den Kopf, um in die Buchhandlung sehen zu können. »Ihre Schwägerin pflegt interessante Kontakte.«

»Sie haben sich während des Kriegs kennengelernt«, erklärte Ginger. »Jede wollte einen Beitrag leisten, und die jungen Frauen von Chesterton bildeten da keine Ausnahme. Stand und Status waren nebensächlich. Der Krieg betraf alle, und jeder wollte etwas tun. Felicia hat mit drei anderen jungen Frauen auf einer Farm gearbeitet, obwohl sie etwas jünger war. Sie haben Botschaften übermittelt, haben Gemüse an Leute ausgeteilt, die selbst keines anpflanzen konnten. Sie haben von früh bis spät geschuftet, und die Arbeit war anstrengend und hart. Alle hatten fettiges Haar und schmutzige Fingernägel. Diese Erfahrung hat sie zusammengeschweißt. Gesellschaftliche Unterschiede konnten sie nicht trennen.«

Ginger trank einen Schluck Tee. Dabei regte sich ein Gedanke in ihrem Hinterkopf. »Felicia hat erwähnt, dass eine ihrer Kameradinnen von damals bereits gestorben ist. Ich dachte an eine Krankheit. Die Spanische Grippe hat hier in der Gegend heftig gewütet.« Sie beugte sich vor und senkte die Stimme. »Aber jetzt fällt mir wieder ein, dass die junge Frau Selbstmord begangen hat. Die Familie wollte kein öffentliches Aufsehen, und es wurde nicht viel darüber geredet. Deshalb hatte ich es vergessen.«

»Leider hat das Kriegsende denen, die geliebte Menschen verloren haben, wenig Freude gebracht«, sagte Reed. »Trotz all der schmerzlichen Verluste noch weiterzuleben, kann unerträglich sein.«

»Ja. Sicher hatten Sie es schon gelegentlich mit Selbstmorden zu tun«, murmelte Ginger.

Reed war nun so beklommen wie sie. »Viel zu oft, muss ich leider sagen.«

Muriel Webb kam herüber in den Tearoom und bestellte sich Tee. Ginger machte sich bemerkbar. »Miss Webb!« Sie winkte. »Hallo!«

Muriel kam zögernd näher. »Guten Tag, Lady Gold. Wie schön, Sie wiederzusehen.«

»Wir waren gerade in der Gegend und haben hier eine Kleinigkeit gegessen. Das ist Chief Inspector Reed von Scotland Yard.«

Muriel wurde blass. »Tut mir leid, aber ich muss zurück in die Buchhandlung …«

»Miss Webb«, sagte Reed. »Könnte ich vielleicht kurz mit Ihnen sprechen? Wenn Sie möchten, sage ich gerne der Geschäftsleitung Bescheid, damit Sie keinen Ärger bekommen.«

Bedächtig trat Muriel noch einen Schritt näher. »Sir?«

»Soweit ich gehört habe, waren Sie mit der jungen Frau befreundet, die nach dem Ball auf Bray Manor zu Tode gekommen ist.«

Muriel schloss einen Moment lang die Augen. »Ich kann nicht glauben, dass es wirklich wahr ist.« Sie schaute ihn fassungslos an. »Wer würde denn so etwas tun?«

»Offenbar war das Zusammensein mit Miss Ashton nicht immer ein Vergnügen.«

»Wie bitte? Das ist eine Lüge. Angela war ein wundervoller Mensch. Für mich war sie wie eine Schwester.« Miss Webb zog eine düstere Grimasse. »Der Krieg hat das Schlechte in den Menschen ans Licht gebracht.«

»Fällt Ihnen jemand ein, der Miss Ashton etwas Böses wollte?«

»Nein. Oder ... nein.«

»Sind Sie sicher?«

»Ja. Aber jetzt muss ich wirklich zurück an die Arbeit. Bitte entschuldigen Sie mich.«

Miss Webb hatte es so eilig, dass sie sogar den bestellten Tee vergaß.

»Finden Sie ihr Verhalten nicht ziemlich seltsam?«, fragte Ginger.

»Ja, allerdings. Man könnte meinen, sie hat vor irgendetwas Angst. Oder vor irgendwem.«

»Angela Ashton kann es nun nicht mehr sein.«

Reed nahm einen Schluck von seinem Tee. »Teufel

und Engel, unsere Miss Ashton. Kommt darauf an, mit wem man spricht.«

Der Tisch hinter ihnen war durch eine große Pflanze verdeckt. Deshalb hatte Ginger nicht bemerkt, dass dort jemand Platz genommen hatte. Jetzt erhob sich ein Mann in Uniform und trat zu ihnen. »Ich störe nur sehr ungern, aber ich habe zwangsläufig einiges mitgehört.«

Ginger konnte ihren Schock über das plötzliche Erscheinen von Captain Smithwick nicht verbergen. Geradezu turmhoch stand er nun direkt vor ihnen.

Er beugte sich zu ihnen herunter und flüsterte: »Muriel Webb ist eine Lügnerin. Sie hat Angela Ashton gehasst.«

16

Ginger und Reed starrten den Captain an.

»Wie lange haben Sie schon mitgehört?«, fragte Reed knapp.

»Lange genug.« Smithwick ließ sich auf dem Stuhl neben Ginger nieder. Unwillkürlich richteten sich die Härchen in ihrem Nacken auf, und sie rückte rasch von ihm ab.

»Ich habe Sie nicht dort sitzen sehen«, sagte sie. Dabei hatte sie sich gleich bei der Ankunft im Tearoom aufmerksam umgeschaut. Durch die unerwartete Begegnung mit Smithwick auf dem Ball waren ihre vor langer Zeit antrainierten Agenteninstinkte wieder hellwach. Vorhin war der Platz an dem Tisch hinter ihnen definitiv unbesetzt gewesen.

Smithwick zog leise lachend eine Zigarette aus der Tasche und zündete sie mit einem Feuerzeug aus Messing an. »Sie waren schon mal besser, Ginger. Als Sie hereingekommen sind, war ich auf der Herrentoilette. Ich habe Sie erkannt, Ihr modischer Hut ist kaum zu übersehen. Aber Sie hatten die Nase in der Speisekarte.« Er streckte die Beine von sich und stieß Zigarettenrauch aus. »Offen gesagt dachte ich, ich würde Sie beide beim Liebesgeflüster ertappen.«

Gingers Wangen brannten vor Verlegenheit. Am liebsten hätte sie den Captain wegen seiner Arroganz und seines vertrauten Gehabes getreten. Wie kam er dazu, sie beim Vornamen zu nennen, als stünden sie sich in irgendeiner Weise nahe?

»Jetzt, wo Ihre alberne Neugier befriedigt ist, können Sie ja gehen«, fauchte sie.

»Einen Augenblick noch, Lady Gold«, mischte sich Reed ein. »Ich möchte dem Captain ein paar Fragen stellen.«

Smithwick schnippte leise lachend Asche in den Aschenbecher, dann hob er die Zigarette zwischen seinen nikotingelben Fingern in die Luft. »Schießen Sie los.«

»Weshalb behaupten Sie, Miss Webb würde lügen?«

»Ich hatte die Gelegenheit, etwas Zeit mit ihrer Freundin Miss Gold zu verbringen.« Er grinste Ginger spöttisch an, und sie gab sich alle Mühe, sich ihren Zorn nicht anmerken zu lassen.

»Miss Webb war in dem Freundinnen-Trio die hässliche Dritte.«

»Du lieber Himmel, Captain Smithwick!« Ginger schüttelte den Kopf.

»Auch wenn das rüde klingt, es ist wahr. Muriel Webb kann ihre Eifersucht nur schwer verbergen. Angela war die Hübscheste, Felicia die Wohlhabendste der drei. Miss Webb konnte beide nicht ausstehen.« Smithwick zog an der Zigarette und stieß den Rauch seitlich wieder aus. »Wirklich, Lady Gold. Ich habe Ihre Beobachtungsgabe wohl überschätzt.«

»Captain Smithwick.« Reed lenkte die Aufmerksamkeit des Mannes wieder auf sich. »Besitzen Sie ein Gewehr mit einem Bajonett?«

Smithwick gluckste. »Wie Sie wohl wissen, gehören alle Schusswaffen, die auf dem Schlachtfeld im Einsatz waren, der britischen Armee.«

»Beantworten Sie bitte meine Frage.«

»Schön. Ja. So etwas besitze ich. Und ich habe gehört, wie Lady Gold Ihnen mein kleines Geheimnis verraten hat.« Er schnalzte missbilligend mit der Zunge und schüttelte den Kopf. Den Blick auf seine Zigarette gerichtet, fuhr er fort. »König und Vaterland glauben, das Gewehr sei in Frankreich verloren gegangen. Ich musste es natürlich bezahlen.« Er kicherte. »Glauben Sie mir, ich war nicht der Einzige, der in Frankreich etwas *verloren* hat. Aber was soll diese Frage?«

»Miss Ashton ist an einer Stichwunde gestorben.«

»Ah, verstehe. Haben Sie Mr Croft diese Frage auch schon gestellt?« Der Captain drückte seine Zigarette im Aschenbecher aus. »Er besitzt ebenfalls eine ansehnliche Sammlung *verlorener* Stücke aus dem Krieg. Lassen Sie sich von seiner Maske nicht täuschen. Der Mann ist ein Opportunist, selbst ohne Gesicht.«

Ginger schnaubte. »Er war bereit, eine Frau zu heiraten, die nichts mit in die Ehe bringt. Was soll daran opportunistisch sein?«

Smithwick lachte und erhob sich. »Jetzt muss er sie ja nicht mehr heiraten.«

Reed rief hinter ihm her. »Sie haben sicher nichts dagegen, wenn ich mir Ihre *verlorenen* Kriegsstücke einmal anschaue, Captain.«

Smithwick tippte an seinen Hut. »Tun Sie, was Sie nicht lassen können, alter Knabe.«

Ginger drückte ein Wasserglas gegen ihre brennenden Wangen.

Reed musterte sie mit fragendem Blick. »Dieser Mann geht Ihnen wirklich gegen den Strich.«

»Für mich ist es absolut unerträglich, dass er sich mit Felicia trifft. Schon bei dem Gedanken daran wird mir übel.«

»Glauben Sie, er hat Miss Ashton umgebracht?«

»Verdächtig ist er auf jeden Fall. Und getötet hat er auch schon.«

»Ich hoffe, Sie meinen auf dem Schlachtfeld.«

Nicht im eigentlichen Sinn. Doch darüber wollte Ginger jetzt nicht sprechen. »Ihm ist nicht zu trauen.«

Reed lehnte sich zurück und schaute sie nachdenklich an. »Ihre Wege haben sich offenbar schon öfter gekreuzt. Wollen Sie mir sagen, was vorgefallen ist?«

Ginger seufzte. »Eines Tages vielleicht.«

Reed beglich beim Hinausgehen die Rechnung. Er hielt Ginger die Beifahrertür des Austin auf, und sie stieg ein.

»Was steht nun als Nächstes auf dem Programm?«, fragte sie.

In seinen Blick trat Mitgefühl. »Ich glaube, es wird Zeit, mit Miss Gold zu sprechen.«

Die arme Felicia. Ginger hatte gehofft, sie könnte ihre Schwägerin aus der Sache heraushalten. Doch sie musste einsehen, dass das nicht möglich war. »Ich weiß, es ist unumgänglich. Aber bitte seien Sie behutsam. Sie hat viel durchgemacht.«

Ginger löste ihre Hutnadel und warf den Hut auf eine Bank in der Eingangshalle von Bray Manor. Wilson, der sie offenbar hatte kommen hören, fragte, ob er etwas für sie tun könne.

»Wo finden wir bitte Miss Gold?«, fragte Ginger.

Der Mann antwortete, ohne eine Miene zu verziehen. »Miss Gold ist vor etwa zehn Minuten ausgegangen.«

»Hat sie gesagt, wohin?«

»Nein, Madam. Nur, dass sie für den Rest des Tages unterwegs sein würde.«

Ginger hatte die geschlossenen Garagentüren bemerkt, und nahm an, dass der Humber dort an seinem Platz stand. Der Mechaniker musste erst noch kommen.

»Und wer begleitet sie?« Ginger beschlich das ungute Gefühl, die Antwort bereits zu kennen.

»Ein gewisser Captain Smithwick hat sie abgeholt, Madam.«

»Danke, Wilson.«

Sie führte Reed ins Wohnzimmer, wo sie sich jeweils an einem Ende des Sofas niederließen. »Dieser Unhold!«, schimpfte sie. »Er ist direkt hierhergeeilt, um Felicia wegzuholen. Ich weiß nicht, welches Spiel er spielt. Aber ich könnte ihn erdrosseln.«

»Weiß Felicia vielleicht etwas, was sie uns nicht sagen soll?«

»Zweifellos.«

»Sollen wir die beiden suchen?«

Boss sprang auf Gingers Schoß, und sie streichelte seinen kleinen schwarzen Kopf. »Das würde Felicia mir niemals verzeihen.«

»Meinen Sie, sie schwebt in Gefahr? Ich könnte die Polizisten der örtlichen Wache bitten, nach den beiden Ausschau zu halten.«

»Ich glaube nicht, dass sie in Gefahr ist.« Falls Smithwick allerdings Angela Ashton umgebracht hatte, war sie es vielleicht doch. »Aber, ja bitte, informieren Sie vorsichtshalber Ihre Kollegen.«

Mit Boss an den Fersen brachte Ginger Reed zum Telefonzimmer, eine Art Arbeitszimmer mit einer Ledercouch und passendem Sessel. Auf einem runden Beistelltisch stand das Telefon. Ginger vermutete, dass Felicia hier im Haus die Einzige war, die das moderne Gerät manchmal benutzte. Sie war froh, dass Daniel es hatte installieren lassen.

Rastlos wanderte sie zum Fenster. Draußen im Blumengarten gab Ambrosia Clement Anweisungen, der mit einer Gartenschere zugange war und die Beete für den Winter vorbereitete. Das wechselhafte Wetter spiegelte Gingers innere Unruhe wider. Die Wolken hingen tief, und Nebelfetzen wehten über den See. Doch noch regnete es nicht. Ihr fielen die Ruderboote im Bootshaus ein.

Als Reed den Anruf beendet hatte, drehte sie sich zu ihm. »Hätten Sie Lust, auf den See hinauszufahren?«

17

Die Anspannung in ihrer Brust machte Ginger das Atmen schwer. Sie fühlte sich auf Bray Manor gefangen. Die Wände schienen um sie zusammenzurücken. Die Wellen, die durch das Schilf liefen und gegen den Steg schwappten, riefen sie. Vielleicht bekam sie ja dort draußen wieder besser Luft.

Reeds blaugrüne Augen blickten überrascht. »Auf den See hinaus? Trotz des Wetters?«

»Es nieselt nur ein bisschen«, sagte Ginger. »Ich finde, der graue Himmel strahlt Ruhe aus, und vielleicht bekommen wir draußen einen klaren Kopf und können dieser schrecklichen Geschichte auf den Grund gehen.«

»Dann mal los.« Reed verschwand in der Eingangshalle, um ihre Mäntel und Schals zu holen. Auch zwei Schirme brachte er mit. »Die habe ich aus dem Schirmständer genommen. Für alle Fälle.«

Ginger zog eine Wolldecke von der Sofalehne und rief

ihren Hund. »Hey, Faulpelz! Wir gehen raus!« Der Boston Terrier rappelte sich hoch und folgte ihr und Reed durch die gläsernen Flügeltüren ins Freie. Auf der Terrasse stand ein verwaistes Paar Gummistiefel, und Ginger schlüpfte hinein. Für ihren Ausflug waren sie praktischer als die Riemchenschuhe.

Gemeinsam schoben sie und Reed ein Ruderboot aus dem Bootshaus. Reed zog es am Seil zum Steg, Ginger trug die Ruder.

Nebel waberte über ihren Köpfen, und Ginger atmete die kühle Luft tief ein – eine Mischung aus alter Erde, feuchten Bäumen und brackigem Wasser. Langsam löste sich die Spannung in ihrer Brust ein wenig. »Alle freuen sich immer über Sonnenschein«, sagte sie. »Aber ich mag diese verhangene Stimmung. Ein bisschen düster und so mysteriös.«

»Mysteriös ist sie wirklich.« Reed half ihr in das kleine Boot. »Man sieht kaum weiter als bis zur eigenen Nasenspitze.«

Boss sprang an Bord und direkt auf Gingers Schoß. Reed setzte sich auf die hintere Bank und stieß das Boot mit einem Ruder vom Steg ab. Still glitten sie durchs Wasser. Ginger fand die Geräusche der Natur sehr wohltuend. Sie besänftigten ihren inneren Tumult. Gänse flogen auf und glitten tief über dem See davon. Schnatternd machten sie ihrem Unmut über die Störung Luft. Boss bellte ein paarmal und trieb damit die Wasservögel weiter. Kleinere Vögel zwitscherten. Ihre hohen Töne schallten über den See.

»Hier nisten gerne Rohrammern.« Ginger zeigte auf

einige Schilfhalme, die eng beieinanderstehend aus dem Wasser ragten, und auf einen kleinen Vogel, der mit lauter, schöner Stimme sang.

Reed beobachtete die Ammer in ihrer natürlichen Umgebung erfreut. »Lake Livingston ist eher ein großer Teich, nicht wahr?«

Ginger grinste. »Lassen Sie das lieber nicht Ambrosia hören.«

Er ruderte mit langsamen, kräftigen Zügen, und sie lauschte dem Klang der hölzernen Ruderblätter, die durchs Wasser glitten. Die Anspannung, die ihre Rippen wie ein Schraubstock zusammengepresst hatte, war beinahe verflogen.

Im Moment machte sie nicht die Sorge um Felicia und auch nicht der rätselhafte Mordfall so beklommen. Ihr Trübsinn rührte von dem kleinen Friedhof, dessen marmorne Kreuze vom Boot aus zu sehen waren.

Reed folgte ihrem Blick. »Er fehlt ihnen«, stellte er mit ruhiger Stimme fest.

»Oh ja.« Ginger nickte. »Es ist fünf Jahre her, seit der Krieg ihn mir genommen hat. Aber manchmal fühlt es sich an, als wäre es erst gestern gewesen.«

»Sicher ist es schwer für Sie, hier im Haus seiner Familie zu sein.«

Ginger war versucht, es abzustreiten und sich gelassen zu geben. Doch Reeds Gesichtsausdruck wirkte ... verletzlich. Deshalb antwortete sie ehrlich. »Ja. In Boston konnte ich so tun, als wäre Daniel einfach gerade nicht da. Ich habe mit ihm, mit seinem Foto geredet, als würden wir telefonieren.« Sie wusste nicht, warum sie so offen über derart Persönliches sprach. Doch das Eingeständnis fühlte sich gut an. »Es war leicht, mich dieser Illusion hinzugeben. Nach London und vor allem hierher nach Bray Manor zu kommen, war dagegen schwer.«

Reed ruderte schweigend weiter. Mit ausholenden Bewegungen zog er die Ruderblätter durchs Wasser. Die von der Kälte gerötete Haut seiner Finger lenkte den Blick auf seinen goldenen Ehering.

Es war, als hätte sich im dichten Nebel eine Tür zwischen ihnen geöffnet, und Ginger wagte, noch einen Schritt weiter zu gehen. »Und Sie? Vermissen Sie Ihre Frau?«

In Reeds blaugrünen Augen flackerte Bedauern auf. »Ja. Jeden Tag.«

Er ließ die Ruder sinken, und das Boot schaukelte auf den Wellen. Stumm saßen sie da, und Ginger wusste nicht recht, was sie sagen sollte – oder ob sie überhaupt etwas sagen sollte. Schließlich brach Reed das Schweigen. »Ich habe beschlossen, Emelia zu geben, was sie will. Ich werde mich von ihr scheiden lassen.«

Einen kurzen Moment lang erlaubte sich Ginger, darüber nachzudenken, ob seine Entscheidung etwas mit ihr zu tun hatte.

»Das tut mir leid«, sagte sie.

Die Rechtslage erlaubte eine Scheidung nur aus einem einzigen Grund – Ehebruch. Um den Ruf der Frau zu schützen, gab meist der Mann an, die Indiskretion begangen zu haben. Selbst wenn sie es war, die sich den Fehltritt geleistet hatte. Ginger hatte nicht den geringsten

Zweifel, dass Reed die Verantwortung für das Scheitern seiner Ehe übernehmen würde.

Er tauchte die Ruder wieder ins Wasser. »Ja. Mir auch.«

Der Nebel umschloss sie wie ein Kokon, dicht und undurchdringlich. Er verstärkte das Gefühl intimer Nähe zwischen ihnen, aus dem sie nicht so leicht ausbrechen konnten. Mit einiger Verwunderung stellte Ginger fest, dass sie das auch gar nicht wollte. Diese Entrücktheit von der Welt ließ sie und Reed Gedanken laut aussprechen, die sie unter normalen Umständen sicher niemals in Worte gefasst hätten.

Reed nahm die Ruder aus dem Wasser und ließ den sanften Wind das Boot hintreiben, wo er wollte. Er rieb sich das Kinn, auf dem bereits wieder kurze Stoppeln sprießten, und räusperte sich.

»Was ich nicht verstehe«, sagte er, »ist, dass keiner Angela Ashton gesehen oder gar vermisst hat.«

Zurück zu ihrem Fall. Weg von allem Persönlichen. Ginger war, als tanzten Reed und sie einen immerwährenden Tanz. Sie kamen sich näher, dann entfernten sie sich wieder, gesteuert von der Musik einer unsichtbaren Band. Hände auf Schulter und Hüfte. Hände wieder weg.

»Die Türen zur Terrasse waren nicht abgeschlossen«, sagte sie. »Aber wegen der Kälte war draußen nicht viel los. Die wenigen, die dort frische Luft geschnappt haben, sind nicht lange geblieben.«

Reed ruderte nachdenklich weiter, dann hielt er wieder inne. »Es ist also spät, die Gäste gehen nach Hause, die Kapelle packt ihre Instrumente zusammen. Die Angestellten sammeln die Gläser und Teetassen ein und bringen die Sachen in die Küche. Miss Gold glaubt, Miss Ashton sei gemeinsam mit Miss Webb nach Hause gegangen. Miss Webb nimmt an, Miss Ashton wird von Croft nach Hause gebracht, und Croft denkt, seine Verlobte verbringt die Nacht auf Bray Manor.«

»Bleibt die Frage«, sagte Ginger, »weshalb Miss Ashton gelogen und behauptet hat, sie würde hier auf dem Anwesen schlafen. Felicia hatte niemanden eingeladen. Inzwischen frage ich mich allerdings, weshalb nicht.«

»Hatte Felicia für nach dem Ball vielleicht eine Verabredung mit Captain Smithwick?«

Bei dem Gedanken gefror Ginger das Blut in den Adern. »Falls dem so war, dann hat er sie versetzt.«

»Ah. Vielleicht hatte er auch doppelt geplant, hatte Miss Gold genau wie Miss Ashton versprochen, sich noch mit ihr zu treffen.«

»Das könnte der Grund für den Streit zwischen dem Captain und Miss Ashton gewesen sein.«

»Ihr Streit wird unterbrochen. Er sucht später nach ihr, findet sie draußen alleine und tötet sie.«

Gingers Herz setzte einen Schlag lang aus. »Wie grauenhaft! Jetzt mache ich mir wirklich Sorgen um Felicia.« Ließ sie ihre Schwägerin den Nachmittag mit einem Mörder verbringen? In ihrem Kopf flackerten die entsetzlichsten Bilder auf. Smithwicks Bajonett, die blutige Stichwunde in Angela Ashtons Rücken.

»Ich glaube, wir sollten zurück.« Ihre Stimme bebte.

Das Boot war ins Schilf gedriftet, und Reed musste sich mächtig in die Riemen legen, um es wieder freizubekommen. Boss bellte plötzlich und stellte die Pfoten auf den Bootsrand.

»Was ist denn, Bossy?« Ginger entdeckte ein leeres Vogelnest zwischen den Halmen, dann bemerkte sie etwas Schimmerndes an der Wasseroberfläche, so als würde dort eine große, farbige Perle treiben.

Sie griff ins Wasser, zog einen langen, dünnen hölzernen Gegenstand heraus und schnappte nach Luft. »Das ist Felicias verschwundene Stricknadel!« Sie hielt das Fundstück weit von sich weg. »Sehen Sie den Nagellack am Ende?«

»Geben Sie her.« Reed wickelte ein Taschentuch um seine Handfläche, bevor Ginger die Stricknadel hineinlegte. Jemand hatte die Nadel noch zusätzlich angespitzt. Reed nickte bedächtig. »Ich glaube, Sie haben gerade die Mordwaffe gefunden.«

18

Gerade eben hatte sich Ginger noch geängstigt, Felicia könnte mit einem Mörder unterwegs sein, und jetzt lag plötzlich dieses Beweisstück vor ihr. Ihr wurde fast schwindelig von den vielen Fragen, die ihr durch den Kopf schwirrten. Falls Angela Ashton mit einer Stricknadel erstochen worden war, wie hatte Smithwick sie in die Finger bekommen? Und wenn es sich wirklich um vorsätzlichen Mord handelte, warum dann ausgerechnet eine Stricknadel benutzen?

Das ergab einfach keinen Sinn.

Oder war etwa der Poltergeist der Mörder?

Reed ruderte zügig zum Steg. »Wir haben in die falsche Richtung ermittelt.«

»Wir haben in Miss Ashtons Umkreis nach dem Mörder gesucht. Dabei müssen wir uns die Teilnehmerinnen des Strickzirkels genauer ansehen.«

»So ist es.«

»Womöglich gibt es eine Verbindung zwischen dem Poltergeist und dem Mörder. Oder aber es war purer Zufall, dass der letzte entwendete Gegenstand zur Waffe geworden ist.«

Reed half Ginger aus dem Boot. Sobald sie wieder festen Boden unter den Füßen hatte, galt ihr einziger Gedanke Felicias Sicherheit. Sie eilte zum Haus. Boss rannte aufgeregt hinter ihr her. Über die Schulter rief sie Reed zu: »Machen Sie das Boot einfach am Steg fest. Ich schicke später jemanden herunter, der sich darum kümmert.«

Phyllis war gerade im Wohnzimmer mit Abstauben beschäftigt, als Ginger durch die Tür hastete. »Haben Sie Miss Gold gesehen? Ist sie wieder zurück?«

Phyllis schüttelte den Kopf. »Das weiß ich leider nicht, Madam.«

Ginger stöhnte frustriert auf. Reed hatte sie eingeholt und stand nun ebenfalls im Wohnzimmer. »Wir könnten nach Chesterton fahren. Vielleicht sehen wir sie ja.«

»Es wird schon dunkel. Bis wir dort ankommen, ist schwarze Nacht.« Die Gassen von Chesterton wurden noch immer nur notdürftig von ein paar wenigen Gaslaternen erhellt.

»Gibt es jemanden, den wir anrufen können?«, fragte Reed. »Wissen Sie, wo Smithwick wohnt?«

»In St. Albans. Er muss sich ein Zimmer im Chesterton Inn genommen haben. Es ist das einzige Hotel am Ort.«

Ginger sah sich im Spiegel in der Eingangshalle und blieb erschrocken stehen. Unter normalen Umständen hätte sie sich nie im Leben so gezeigt. Sie war vom Wind zerzaust und blass. Zu gerne hätte sie sich wenigstens Reed zuliebe ein wenig zurechtgemacht. Der arme Mann musste schließlich ihren Anblick ertragen.

»Stimmt etwas nicht, Madam?«

»Oh, Wilson.« Ginger hoffte, dass der Butler vielleicht mehr wusste. »Haben Sie Miss Gold gesehen? Ist sie wieder zurück?«

»Ich fürchte nein.«

Gerade als Reed die Hand auf den Türknauf legen wollte, wurde sie wie vom Wind aufgestoßen, und Felicia wirbelte herein.

Ginger und Reed starrten die verlorengeglaubte junge Frau an, und sie starrte verwirrt zurück.

»Was ist denn?« Sie musterte Ginger. »Geht es dir gut? Du siehst mitgenommen aus.«

»Mir fehlt nichts. Keine Sorge. Aber wir wollten gerade nach dir suchen.«

»Mich suchen? Aber warum denn? Ich bin erwachsen. Ich kann ganz gut selbst auf mich aufpassen.«

Ginger gab sich alle Mühe, ihr zerzaustes Haar zu glätten. »Ja, selbstverständlich.«

Felicia verdrehte die Augen und stapfte die Treppe hinauf. Ginger schaute ihr hinterher, und spürte, wie eine Welle der Erleichterung sie überrollte. Die Angst um ihre Schwägerin verebbte, und sie fühlte sich plötzlich schwach.

Vielleicht half ja ein starkes Getränk. Sie setzte ein Lächeln auf. »Würden Sie mir bei einer frühabendlichen Erfrischung Gesellschaft leisten, Chief Inspector?«

»Es wäre mir ein Vergnügen.«

»Könnten Sie eine Kleinigkeit zu essen auftreiben, Wilson?«

»Sicher, Madam.«

»Bitte entschuldigen Sie mich einen Moment, Basil. Ich möchte mich umziehen.«

Phyllis hatte nach Gingers Ankunft ihre Sachen für sie ausgepackt. War das tatsächlich erst am Freitag gewesen? Es fühlte sich viel länger an. Sie zog sich die feuchten Kleider aus und schlüpfte in eine orangefarbene Seidenbluse mit langen ausgestellten Ärmeln, einen weißen Faltenrock und saubere Strümpfe, die sie mit geübten Fingern an ihrem Strumpfhalter befestigte. Dann bürstete sie sich das Haar, drehte die Spitzen an ihren Wangen zurecht und legte frische Wimperntusche und frischen Lippenstift auf. Nicht zu viel. Sie wollte nicht aussehen, als würde sie sich krampfhaft bemühen.

Herrje, woher kam bloß dieser Gedanke?

Sie bemühte sich überhaupt nicht.

Ihr Blick fiel auf den Nachttisch, und sie blinzelte verwirrt, weil dort nicht wie gewohnt Daniels Foto stand. Sie hatte es vergessen.

Dabei hatte es sie bislang überallhin begleitet. *Immer.*

Sie tastete nach der langen Perlenkette, die sie um den Hals trug, und wickelte sie um einen Finger. Einen Moment lang stand sie da wie erstarrt, und versuchte, ihre Gedanken und ihre verhedderten Gefühle zu ordnen. Sie befand sich in *Daniels* Haus und unten wartete *Basil* auf sie.

Nein. Er wartete nicht auf *sie.*

Er wartete einfach nur. Ein Drink, bevor sie sich zurückzogen. Morgen lag ein weiterer langer Tag voller Ermittlungen vor ihnen.

Das war alles.

Ginger schüttelte den Kopf, als hätte sich zwischen ihren Ohren Staub gesammelt. Dann machte sie sich auf den Weg nach unten. Ruhig und gesammelt betrat sie das Wohnzimmer, wie es sich für eine Gastgeberin gehörte.

Reed griff nach der Karaffe mit dem Brandy und schenkte ihnen ein. Einen Moment lang hing sein Blick an Ginger, bevor ihm das Glas in seiner Hand wieder einfiel und er es ihr hinhielt.

»Danke.« Mit einer eleganten Bewegung setzte sie sich. »Was für ein Tag!« Sie trank einen Schluck.

»Allerdings.« Reed griff zum Schürhaken und schürte das Feuer im Kamin. »Wo trifft sich denn der Strickzirkel?«, fragte er nun wieder ganz geschäftsmäßig.

»Hier im Wohnzimmer.«

Er blickte überrascht auf. »Versammeln sich alle Clubs hier in diesem Raum?«

»Nein. Nur der Strickzirkel. Ambrosia ist selbst dabei, und sie legt Wert auf Bequemlichkeit.«

Reed setzte sich Ginger gegenüber in einen Sessel. »Können Sie mir die Damen bitte noch einmal aufzählen?«

»Gerne. Zum Stricken treffen sich hier meine Großmutter, Mrs Richards, Miss Smith, Miss Whitton und Honourable Mrs Croft.«

»Miss Gold gehört nicht dazu?«

»Sie hat sich nur an dem Abend dazugesetzt, an dem

Haley und ich mitgestrickt haben. Wir dachten, so würden wir vielleicht dem Poltergeist auf die Spur kommen. Und Felicia wollte uns Gesellschaft leisten.«

»Wann hat denn das letzte Stricktreffen stattgefunden?«

»Am Freitag. Es liegt erst so kurz zurück. Aber, du meine Güte, es fühlt sich an, als wäre es Ewigkeiten her.«

»Wem ist aufgefallen, dass eine Stricknadel fehlt?«

»Mir. Felicia hat ihren Strickkorb hier stehen lassen, und Haley war bei mir.«

»Können Sie mir erzählen, wie der Abend abgelaufen ist?«

Ginger grinste. »Wir haben gestrickt.«

Reed lächelte schief, dann hakte er nach. »Haben Sie sich unterhalten?«

»Ambrosia hat uns einander vorgestellt. Dann wurde ein bisschen getratscht, und schließlich ging es um den Poltergeist.«

»Erinnern Sie sich daran, wer davon angefangen hat?«

Ginger überlegte. »Das war Mrs Richards. Ich dachte, sie wollte einfach nur das Thema wechseln, weil Ambrosia eine sehr gefühllose Bemerkung gemacht hatte. Über die Soldaten, die ihrer Meinung nach wegen ihrer Kriegsverletzungen nicht allzu wählerisch sein könnten, mit wem sie tanzen. Aber vielleicht steckte ja mehr dahinter.« Ginger schüttelte den Kopf. »Dass eine dieser Frauen sich an Angela Ashton angeschlichen und sie erstochen hat, kann ich mir nicht vorstellen.«

Reed nahm einen Schluck von seinem Brandy und

starrte in die Ferne. »Zieht irgendwer einen Nutzen aus Miss Ashtons Tod?«

»Sie meinen finanziell?«

»Ja.«

Ginger dachte an das bescheidene Zuhause der Ashtons. »Schwer zu sagen.«

»Aber sie könnte ein Testament gemacht haben.«

»Schon möglich. Obwohl ich sie nicht als so vorausschauend eingeschätzt hätte. Wären Sie nicht informiert worden, wenn es ein Testament gäbe?«

»Nur, wenn es bei einem Anwalt oder einem Notar hinterlegt ist«, sagte Reed. »Aber es könnte auch irgendwo bei ihr zu Hause aufbewahrt sein.«

»Falls es wirklich eines gibt und Angela Ashton etwas zu vererben hatte, würde es wohl an ihre Mutter und ihre Schwester gehen.«

Reed leerte sein Glas und stellte es auf den Couchtisch. »Ich glaube, wir sollten morgen früh noch einmal bei Mrs Ashton und Mrs Dunsbury vorbeischauen.«

19

Beim Frühstück am nächsten Morgen empfand Ginger gegenüber Reed eine merkwürdige und für sie ganz und gar uncharakteristische Schüchternheit. Vielleicht eine Folge ihrer sehr persönlichen Momente auf dem Livingston Lake. Sie war dankbar, dass Felicia heute früher als sonst aufgestanden war und sich zu ihnen setzte.

Mrs Beasley brachte ihnen Eier mit Speck, dazu gebratenen Schellfisch und Tee.

Ginger lächelte Felicia an, die noch ziemlich missmutig dreinschaute. »Wem verdanken wir denn deine erfreuliche Anwesenheit um diese Uhrzeit?«

Felicias Züge heiterten sich ein wenig auf. »Francis fährt mit mir nach St. Albans. Er sagt, er möchte mich ein wenig ablenken. Eigentlich wollte ich ja lieber nach London, aber er meinte, so weit sollten wir uns nicht von hier entfernen, so lange … die Ermittlungen noch laufen.«

»Ja, das ist richtig«, sagte Reed. »Eigentlich sollten Sie Chesterton überhaupt nicht verlassen.«

Felicia schnappte nach Luft. »Sie wollen uns doch nicht etwa in diesem öden kleinen Ort einsperren? *Wir* haben schließlich nichts Falsches getan.«

»Es gibt neue Hinweise, Liebes«, sagte Ginger. »Aber sicher wird sich bald alles klären.«

»Neue Hinweise? Was denn für welche? Ist der Mörder etwa bereits gefunden?«

Reed schaute Ginger stirnrunzelnd an, und etwas verspätet wurde ihr bewusst, dass sie nichts hätte sagen sollen. Doch Felicia war so bedrückt, und ihr ein bisschen Hoffnung zu geben, konnte doch nicht verkehrt sein.

»Ich fürchte, bis zu einer Verhaftung wird es noch dauern«, sagte Reed. »Wie lange werden Sie und Captain Smithwick denn weg sein?«

»Schwer zu sagen. Ein paar Stunden? Wir wollten einen Einkaufsbummel machen.«

»Suchst du etwas Bestimmtes?«, fragte Ginger alarmiert. Ein Bild von Felicia und Smithwick blitzte vor ihr auf.

»Er möchte mir einen neuen Hut kaufen.« Felicia klang ein wenig trotzig. »Ist das ein Problem?«

Ginger setzte ein Lächeln auf. »Das wird sicher nett.«

Felicia schob ihren Stuhl zurück. »Ich weiß, du magst ihn nicht, Ginger. Aber du wirst dich daran gewöhnen müssen, ihn öfter zu sehen. Und vielleicht hat Francis ja auch nicht wirklich einen *Hut* gemeint.« Sie wackelte mit den Fingern ihrer linken Hand und nährte damit Gingers Befürchtungen. Dann stürmte sie davon.

Reed trank einen Schluck Tee. »Ihre Schwägerin ist recht empfindsam.«

»Was Sie nicht sagen.« Ginger lehnte sich zurück. Ihr Appetit war zusammen mit Felicia verschwunden. »Ich weiß nicht, was ich tun soll, falls sie verlobt nach Hause kommt. Der Mann ist schließlich ein Verdächtiger!«

»Darf ich Ihnen noch Tee nachschenken?«, fragte Reed. »Der wird Ihnen guttun.«

Ginger hielt ihm ihre geblümte Tasse hin. »Was steht denn heute auf dem Plan?«

»Nach dem zweiten Besuch bei Familie Ashton müssen wir uns mit den Damen vom Strickzirkel befassen.«

Ginger nahm die warme Tasse zwischen ihre Hände und trank einen Schluck. Dann stellte sie sie ab.

Reed zog ein Notizbuch aus der Anzugtasche. »Sie haben Mrs Richards erwähnt, eine Witwe. Miss Smith, die ehrenamtliche Bibliothekarin. Miss Whitton, die im *Croft Convalescent Home* arbeitet, und Honourable Mrs Croft.«

»Ja, das ist korrekt.«

»Der Name *Croft* taucht ziemlich häufig auf.« Er steckte das Notizbuch wieder weg.

Während sie ihren Tee austranken, kam Phyllis herein. »Darf ich Ihnen noch etwas bringen?«

»Ich glaube, wir sind fertig.« Ginger schaute Reed an, und er nickte.

»Ich möchte unser neues Beweisstück zur Wache bringen, damit es von dort zur Feststellung der Fingerabdrücke und für die Blutanalyse an Scotland Yard geschickt wird«, sagte er. »Dürfte ich zuvor noch das Telefon benutzen?«

Constable Ryan stand hinter dem Schreibtisch in dem kleinen verklinkerten Gebäude, von dem aus in Chesterton für die Einhaltung von Recht und Gesetz gesorgt wurde.

»Einen wunderschönen guten Morgen, Lady Gold und Chief Inspector Reed«, begrüßte er sie.

»Constable Ryan. Ist Sergeant Maskell zu sprechen?«, fragte Reed.

»Nein, Sir. Der Sergeant hat sich drei Tage freigenommen. Er hilft seinem Sohn bei der Kohlernte. Kann ich etwas für Sie tun?«

Reed schob die eingepackte Stricknadel über die Theke. »Würden Sie das hier bitte an Scotland Yard schicken? Ich habe dort bereits angerufen und Bescheid gegeben.«

»Eine Stricknadel?«

»Ja. Bitte nicht anfassen.«

Die dunklen Brauen des Mannes hoben sich. »Sagen Sie jetzt nicht, damit wurde Miss Ashton umgebracht.«

»Das ist sehr wahrscheinlich.«

Constable Ryan stieß einen Pfiff aus. »Hol's der Teufel.«

»Ob Sie es glauben oder nicht«, sagte Reed. »Aber ich habe schon seltsamere Dinge gesehen.« An Ginger gerichtet fügte er hinzu: »Wo die Ashtons und Honourable Mrs Croft anzutreffen sind, wissen wir, und Miss Whitton und Miss Smith sind vermutlich bei der Arbeit. Aber wo finden wir Mrs Richards?«

Ginger hob die Schultern. »Sie wurde mir auch erst vor ein paar Tagen vorgestellt.«

»Ah ja. Das sagten Sie.« Reed nickte. »Könnte ich mir wohl das Telefonbuch borgen?«

Constable Ryan reichte ihm das dünne Buch, und er suchte unter R.

»Mrs Doris Richards«, sagte Ginger, die ihm über die Schulter schaute.

»Die finden Sie unter der Adresse von Mr Thomas Richards. In der Church Road.« Der Constable schien glücklich, helfen zu können.

Reed machte sich eine Notiz und gab ihm das Telefonbuch zurück. »Könnten Sie uns vielleicht den Weg dorthin aufzeichnen?«

Constable Ryan krakelte ein paar Linien auf ein Blatt Notizpapier. »Das Haus ist kaum zu verfehlen. Es liegt gerade mal drei Meilen von einem alten Ahornbaum entfernt, den letztes Jahr der Blitz getroffen hat. Er ist kohlrabenschwarz und liegt mitten durchgebrochen quer über dem Straßengraben.«

»Danke, Constable«, sagte Reed.

Als Erstes fuhren sie noch einmal zu der Wohnsiedlung am Dorfrand, in der Angela Ashton gelebt hatte.

Schwere dunkle Wolken hingen über den Hügeln. Als sie ihre Last nicht mehr tragen konnten, ging ein sintflutartiger Regen über dem Dorf nieder. Die Scheibenwischer des Austin taten, was sie konnten, und schabten über die

Windschutzscheibe. Doch trotz aller Anstrengung sorgten sie nicht für klare Sicht.

Reed lenkte den Wagen zum Straßenrand und hielt an. »Am besten, wir warten, bis das Schlimmste vorbei ist.«

»Gute Idee«, sagte Ginger. »Ohne jede Sicht weiterzufahren, wäre nicht klug.«

Anders als der Humber hatte der Austin einen Rücksitz und Türen, die die Nässe tatsächlich draußen hielten. Trotz des großzügigen Innenraums fühlte Ginger deutlich, wie eng Reed und sie beieinandersaßen. Wieder einmal hüllte das Wetter sie ein. Sie konnte sein Aftershave mit der Moschusnote riechen und sein glattes, frisch rasiertes Gesicht studieren.

Das Schlucken fiel ihr plötzlich schwer, und sie zwang sich, aus dem Fenster auf der Beifahrerseite zu schauen. Leider war es inzwischen beschlagen.

Reed hielt den Blick direkt nach vorn gerichtet. Aller räumlichen Nähe zum Trotz wirkte er recht gelassen.

Nach ein paar Augenblicken brach Ginger das Schweigen. »Ob wir dieses Jahr wohl Schnee bekommen?«

»Dafür ist es noch ein bisschen früh.«

»Aber es liegt so eine Kälte in der Luft.«

Er nickte kurz. »Ja.«

»In Boston hat es oft im Oktober geschneit.«

»Es ist bald November.«

»Dann könnte es hier demnächst auch so weit sein.«

Zum Glück zog der Regen so schnell ab, wie er gekommen war. Die Sonne wagte sogar, ein paar lange Finger zwischen den Wolken hindurchzustrecken. Reed ließ den Austin an und fuhr weiter. Das Haus der Familie Ashton war nur zehn Minuten entfernt, das letzte kurze Stück fuhr er im Schritttempo.

Ein Hund bellte und Reed erstarrte. »Einen Hund gab es hier letztes Mal nicht.«

»Vielleicht ist er zusammen mit den Kindern hergebracht worden.« Ginger zeigte auf einen Ball und hölzerne Bauklötze neben der Haustür.

»Kinder?«

Sie legte den Kopf schief. »Sagen Sie jetzt nicht, vor Kindern fürchten Sie sich auch.«

»Vor Kindern habe ich keine Angst.«

»Nur vor Hunden.«

»Hunde sind unberechenbar.«

Ginger biss sich auf die Innenseite der Unterlippe, um nicht loszulachen. »Der hier ist sicher freundlich.« Sie stieg aus, und prompt bewies ihr der Hund das Gegenteil. Er fletschte die Zähne – weiß, scharf und bedrohlich –, stieß ein warnendes Knurren aus und bellte dann, als müsste er Alarm schlagen.

Ginger sprang zurück in das Automobil.

Reed grinste. »Vielleicht bin ich ja doch nicht so wunderlich, wie Sie dachten.«

»Ich habe mich wohl getäuscht.«

Die Haustür öffnete sich einen Spalt breit, Mrs Dunsbury entdeckte Ginger und Reed, die im Wagen festsaßen, und pfiff nach dem Hund. Das Tier zog sich gehorsam zurück.

»Guten Tag, Chief Inspector Reed, Lady Gold«, rief die

Frau. »Sie müssen keine Angst haben. Der bellt nur. Er beißt nicht.«

»Berühmte letzte Worte«, murmelte Reed.

Ginger stieg zögernd aus, er folgte.

»Ich möchte Ihnen noch ein paar Fragen stellen.« Reed durchquerte den Vorgarten. Den Hund an Mrs Dunsburys Seite behielt er dabei im Blick. »Wenn es Ihnen nichts ausmacht.«

»Natürlich nicht. Kommen Sie herein.« Angelas Schwester flüsterte beinahe. »Ich spreche nur so leise, weil meine Kinder oben schlafen.«

Reed nahm den Hut ab und betrat zusammen mit Ginger das Wohnzimmer, wo diesmal eine ältere Frau in einem Schaukelstuhl saß. Ihre langen dünnen Arme steckten in einem Strickpullover, dessen Ärmel nicht ganz bis zu ihren Handgelenken reichten. Eine ihrer faltigen Hände umklammerte ein Taschentuch. Grau meliertes Haar lockte sich weich um ein angenehmes Gesicht. Die Frau hatte Angelas Züge, hohe Wangenknochen und blaue Augen. Trotz der wettergegerbten Haut und der Falten – Spuren eines Lebens voller harter Arbeit – konnte Ginger sehen, wie schön sie einmal gewesen war.

»Sie müssen Mrs Ashton sein«, sagte sie. »Ich möchte Ihnen meine aufrichtige Anteilnahme aussprechen.«

»Danke, Lady Gold. Ich weiß, Sie mussten auch bereits um einen nahestehenden Menschen trauern und können es mir sicher nachfühlen.«

»Oh ja.«

Ginger und Reed setzen sich auf dieselben Plätze wie bei ihrem ersten Besuch. Mrs Dunsbury bot ihnen Tee an.

»Danke, nein«, lehnte Reed ab. »Wir sind in einer polizeilichen Angelegenheit hier. Bitte setzen Sie sich.«

Besorgnis trat in Mrs Dunsburys Blick. Sie ließ sich auf den letzten freien Stuhl nieder.

»Könnte es sein, dass Miss Ashton ein Testament hinterlassen hat?«

Mrs Dunsbury und Mrs Ashton tauschten einen kurzen Blick. Die ältere Frau nickte. »Sag es ihnen, Freda.«

»Ja, in der Tat, Chief Inspector«, sagte Mrs Dunsbury. »Das hat sie.«

Ginger hatte den Mund der Frau vergessen. Ihre Lippen zuckten, spitzten und entspannten sich, als hätten sie einen eigenen Pulsschlag.

»Und wer sind die Begünstigten?«, fragte Reed.

»Ich wüsste nicht, warum das von Bedeutung sein sollte«, sagte Mrs Dunsbury. »Das ist eine private Familienangelegenheit.«

»Nicht, wenn ein Mord geschehen ist«, antwortete Reed ernst. »Wir müssen uns für sämtliche Einzelheiten interessieren, auch dafür, wer finanziell von Miss Ashtons Tod profitieren könnte.«

Mrs Dunsbury wurde blass. »Sie glauben doch nicht etwa, *ich* hätte meine Schwester getötet?«

»Anschuldigungen liegen mir fern«, sagte Reed. »Ich interessiere mich nur für die Fakten. Würden Sie mir jetzt bitte sagen, was in dem Testament steht?«

Mrs Ashton meldete sich zu Wort. »Als Angela sich mit Mr Croft verlobt hat, hat mein Mann etwas Geld für sie angelegt.« Ginger fiel auf, wie ruhig die Frau war. Deutlich ruhiger als ihre ältere Tochter. »Als eine Art

Mitgift, wenn Sie so wollen. Mein Mann ist während des Kriegs gestorben, aber das Geld wurde nicht angerührt.«

»Zu welchen Bedingungen wurde die Anlage getätigt?«

»Angelas Vater hat einen kleinen Betrag …«

Mrs Dunsbury schnaubte. »Nicht klein für Leute wie uns, Mutter. Fünfzehn Pfund!«

»Ja, für uns war das eine beachtliche Summe. Besonders damals, 1914, nicht lange bevor die Rationierungen begannen. Auf Mr Crofts Vorschlag hin hat mein Mann das Geld in Aktien gesteckt. Die Papiere haben sich gut entwickelt, vor allem in den letzten fünf Jahren.«

»Wie gut?«, fragte Reed.

»Inzwischen sind sie dreihundert Pfund wert.«

Reed stieß einen Pfiff aus. »Das ist tatsächlich eine erkleckliche Summe. Ich nehme an, Sie sind die Begünstigte, Mrs Ashton?«

»Nein, Chief Inspector.« Mrs Dunsbury schaute ihm mit festem Blick ins Gesicht. Ihr Mund blieb diesmal still. »Das bin ich.«

Reed tat, als würde er seine Notizen studieren. »Ich habe heute Morgen bei der Bank angerufen, Mrs Dunsbury. Offenbar hat Ihr Mann einen Kredit aufgenommen. Auf Ihr Haus, nicht wahr? Aber Sie sind mit den Raten im Verzug, und es besteht die Gefahr, dass Sie das Dach über Ihrem Kopf verlieren. Liege ich richtig?«

»Wir haben das Haus vor dem Krieg gekauft. Und seither, nun ja, die Zeiten waren schwer. Doch wir schaffen das schon. Cecil arbeitet Tag und Nacht in der Metzgerei, und ich nähe. Sachen von mir liegen in einigen Geschäften in Chesterton aus.«

Reed fixierte Mrs Dunsbury ungnädig. »Ist es richtig, dass sich Ihr Mann bei der Arbeit am Rücken verletzt hat und zwei Wochen lang ausgefallen ist?«

Jetzt zuckten die Lippen der Frau völlig unkontrolliert. »Ja. Haben Sie irgendeine Vorstellung, wie schwer eine Schweinehälfte sein kann?«

Anstatt auf diese Frage einzugehen, stellte Reed eine weitere. »Mit dem Geld von Angelas Konto sind Sie Ihre Sorgen los, nicht wahr?«

»Ja! Das ist der einzige Lichtblick bei dieser furchtbaren Geschichte.«

»Mrs Dunsbury.« Ginger schaltete sich ein. »Sind Sie mit Mrs Thomas Richards oder Miss Mary Smith bekannt?« Ambrosia hatte ihnen den Vornamen der Bibliothekarin genannt, denn sicher gab es in der Gegend mehr als nur eine Miss Smith. »Oder mit Miss Whitton, die als Krankenschwester im *Croft Convalescent Home* arbeitet?« Falls Freda Dunsbury etwas mit dem Tod ihrer Schwester zu tun hatte, wie war sie dann mit dem Strickzirkel verbunden?

Mrs Dunsburys Blick huschte zu ihrer Mutter, die fast unmerklich das Kinn hob, und dann zurück zu Ginger. »Miss Whitton hat meinen Vater vor seinem Tod gepflegt. Ansonsten haben wir nichts miteinander zu tun. Wir sind uns seit Jahren nicht mehr begegnet.«

»Ich muss Sie das fragen, Mrs Dunsbury. Schon der Form halber«, erklärte Reed. »Wo waren Sie am Abend der Tanzveranstaltung nach zehn Uhr?«

»Ich war zu Hause bei meinen Kindern.«

»Kann das jemand bestätigen?«

»Nun ja, meine Kinder eben.«

»Wie alt sind sie denn?«

»Clive ist elf, die kleine Prudence sechs.«

»Haben die beiden um die Zeit nicht geschlafen?«

»Doch, aber ich würde sie nie allein zu Hause lassen. Nicht so spät.«

Auch nicht für dreihundert Pfund? Ginger fand diese Versuchung recht groß. Und sicher konnte ein elfjähriger Junge doch eine Weile auf seine kleine Schwester aufpassen.

»Und wo war Ihr Ehemann?«

»Er hat bis spätnachts gearbeitet.«

»Wenn ich es recht verstehe, Mrs Dunsbury«, sagte Reed, »haben Sie kein solides Alibi.«

Die Muskeln um Mrs Dunsburys Mund waren in ständiger Bewegung. »Ich habe meine Schwester nicht umgebracht, Chief Inspector«, sagte sie. »Das kann ich beschwören.«

20

»Freda Dunsbury ist eindeutig von der nervösen Sorte«, sagte Ginger, als sie wieder in den Austin stiegen.

Reed ließ den Motor an. »Sie hatte ein Motiv und die Gelegenheit. Zumindest wenn man in Betracht zieht, dass eine Frau ihre Kinder für eine Weile allein lässt, damit die Familie ihr Heim behalten kann und eine sichere Zukunft hat.«

»Durchaus denkbar.« Ginger nickte. »Und dass sie und Miss Whitton keine Verbindung mehr haben, hat sie beinahe zu sehr betont.«

»Das ist mir auch aufgefallen. Vielleicht hat Miss Whitton die Stricknadel entwendet und sie dann Mrs Dunsbury gegeben, die damit die Tat ausgeführt hat.«

»Ja, aber weshalb so viel Aufwand betreiben, um an eine Waffe zu kommen?«

»Um die Polizei in die Irre zu führen«, antwortete

Reed. »Um Spuren zu verwischen. Aber bislang sind das alles nur Vermutungen. Nichts davon hätte vor Gericht Bestand. Wir müssen echte Beweise für ihre Schuld finden.«

»Was eine weitere Frage aufwirft«, fügte Ginger hinzu. »Welches Motiv hätte Miss Whitton für ihre Mithilfe?«

»Das finde ich hoffentlich bald heraus. Aber lassen Sie uns zuerst zu Mrs Richards fahren.«

Ginger betrachtete Constable Ryans Zeichnung. »Wir müssen die Blythe Road nehmen und von dort auf den McMillan Way abbiegen.«

Nach einer Kurve kam ein dicker verkohlter Baumstamm in Sicht, den der Blitz offenbar in der Mitte gespalten hatte.

»Hier sind wir richtig.«

Der Austin knatterte die Einfahrt entlang und kündigte ihren Besuch an. Obwohl längst nicht so imposant wie Bray Manor oder Heather's End, war das dreigeschossige Haus der Richards doch von beeindruckender Größe.

Mrs Richards spähte hinter dicken Gardinen hervor. Ihre Mundwinkel bogen sich nach unten. Noch bevor Reed anklopfen konnte, öffnete sie die Tür.

»Lady Gold«, stammelte sie. »Hätte ich gewusst, dass Sie kommen, hätte ich Kuchen gebacken.«

»Sie müssen uns nichts anbieten, Mrs Richards«, sagte Ginger. »Wir sind in einer polizeilichen Angelegenheit hier.«

»Ach?« Die fleischigen Finger der Frau spielten mit dem Rüschenkragen ihrer Bluse.

»Ich bin Chief Inspector Reed von Scotland Yard.« Reed nahm den Hut ab. »Können wir Sie bitte kurz sprechen?«

»Scotland Yard? Du meine Güte. Den ganzen Weg von London? Bitte kommen Sie herein.« Mrs Richards winkte die Besucher ins Haus. »Sicher wundern Sie sich, dass ich selbst an die Tür komme, anstatt meinen Butler zu schicken. Ich habe ihm für heute frei gegeben. Ein familiärer Notfall. Gutes Personal zu finden, ist heutzutage wirklich schwer. Aber … oh, Vera!«

Das Hausmädchen eilte in die Eingangshalle und knickste höflich. »Ja, Madam?«

»Bringen Sie Tee in den Salon.«

Sie knickste noch einmal und machte eilig auf dem Absatz kehrt.

»Hat Ihr Besuch etwas mit Miss Angela Ashton zu tun?«, fragte Mrs Richards. Sie öffnete die Tür zum Salon, und Ginger und Reed folgten ihr hinein. »Ich habe ihrer armen Mutter bereits einen Besuch abgestattet. Wie furchtbar, das eigene Kind überleben zu müssen.«

Der große Raum war üppig ausgestattet. An den Wänden hingen teure Tapeten in kräftigen Farben. Neben langen Gardinen gab es jede Menge Zierrat und Kunstgegenstände. Vor dem offenen Kamin lag ein Hundebett. Ginger dachte an Boss, den sie schlafend auf dem Teppich vor dem Kamin in ihrem Schlafzimmer zurückgelassen hatte.

»Sie haben einen Hund, Mrs Richards?«, fragte sie.

Die Frau schob die Unterlippe vor. »*Hatte,* muss ich

leider sagen. Diese rücksichtslosen Automobilisten! Mein armer Liebling ist überfahren worden.«

»Oh, das tut mir sehr leid.« Ginger spürte einen mitleidigen Stich im Herzen. Sie wollte sich gar nicht ausmalen, wie es wäre, Boss zu verlieren. »Sie haben ein sehr schönes Haus«, fügte sie hinzu, um das Thema zu wechseln.

»Danke, Lady Gold. Ich habe mein ganzes Leben hier verbracht. Geboren in Chesterton und nie weg gewesen.«

Ginger betrachtete ein großes gerahmtes Gemälde an der Wand. Es zeigte einen Mann mittleren Alters. »Ist das Mr Richards?«

»Ja. Mein Mann ist bereits vor zehn Jahren gestorben, doch es fühlt sich an, als wäre es erst gestern gewesen.«

»Haben Sie Kinder?«

»Zwei Töchter. Die ältere hat einen Amerikaner geheiratet und ist mit ihm nach Minnesota gezogen. Ausgerechnet.« Die Frau verzog das Gesicht. »Ich sehe sie nur sehr selten. Meine andere Tochter lebt hier bei mir. Sie ist unverheiratet.«

Ginger fiel die gelbe Strickjacke ein, an der Mrs Richards arbeitete, um für Abhilfe zu sorgen.

»Ich habe auch Angehörige in den Staaten«, sagte Ginger. »Meine Schwester fehlt mir sehr.«

Das geteilte Leid schien Mrs Richards ein wenig aufzuheitern. »Es ist sehr bedauerlich, wenn Familien so auseinandergerissen leben müssen.«

Vera kam mit dem Teetablett, und Ginger war froh über die Erfrischung. Mrs Richards setzte sich in einen Ohrensessel, wie auch Ambrosia einen besaß. Ginger und

Reed ließen sich auf dem Sofa auf der anderen Seite des Couchtischs nieder.

»Weiß man schon, wann die Beisetzung stattfindet?«, fragte Mrs Richards.

»In den Tagen nach der gerichtlichen Untersuchung, nehme ich an«, antwortete Reed.

Mrs Richards nahm ihre Teetasse auf den Schoß. »Und wie kann ich Ihnen helfen?«

»Wir würden gerne mehr über den mutmaßlichen Poltergeist auf Bray Manor erfahren«, begann Reed.

In Mrs Richards kleinen Augen flackerte Belustigung auf. »Interessiert sich Scotland Yard jetzt für übernatürliche Phänomene?«

»Ein entwendeter Gegenstand ist im Zusammenhang mit unseren Mordermittlungen wieder aufgetaucht. Haben Sie irgendeine Ahnung, wer hinter den Streichen stecken könnte?«

»Soll das heißen, Sie glauben, auf Bray Manor nimmt jemand absichtlich Dinge an sich und legt sie woanders wieder ab? Ich hatte gedacht, die gute Dowager Lady Gold würde einfach langsam vergesslich.«

»Wir haben Grund zu der Annahme, dass Lady Golds Klagen über die rätselhaften Vorgänge berechtigt sind«, erklärte Reed.

»Sicher ist es schwer, sich das vorzustellen«, fügte Ginger hinzu. »Aber glauben Sie, jemand vom Strickzirkel könnte dahinterstecken?«

»Nun, ich möchte keine Behauptungen aufstellen.« Mrs Richards rückte ihre Brille zurecht. »Aber wenn ich raten müsste, würde ich Miss Smith verdächtigen.«

»Warum gerade Miss Smith?«, fragte Reed.

Mrs Richards wässrige Äuglein wurden noch kleiner. »Sie ist unverheiratet und weiß nichts mit sich anzufangen. Ja, schön, sie hilft in unserer kleinen Dorfbücherei aus. Aber seien wir ehrlich, kann man sich etwas Öderes vorstellen? Ich an ihrer Stelle würde vor Langeweile den Verstand verlieren.« Mrs Richards lachte leise. »Vielleicht wollte sie sich mit ein paar harmlosen Späßen unterhalten.«

Ginger verbarg ihre Empörung nicht. »Meine Großmutter findet das nicht lustig.«

»Ja, selbstverständlich.« Mrs Richards zog eine säuerliche Miene und tat, als würde sie einen Fussel von ihrem Wollrock wischen. »Ich entschuldige mich, Madam. Miss Smiths Treiben muss sofort gestoppt werden.«

21

Nachdem sie sich von Mrs Richards verabschiedet hatten, fuhren Ginger und Reed direkt zur Dorfbücherei, um mit Miss Mary Smith zu sprechen. Die Bücherei von Chesterton bestand aus einem einzigen großen Raum mit einer Kinderabteilung in einer Ecke. Direkt neben dem Empfangstisch lag ein kleines Büro. Miss Smith saß mit der Brille auf der Nase und einem Roman in der Hand am Empfang. Sie blinzelte den Chief Inspector und Ginger überrascht an. Dann öffnete sie hastig eine Schublade und ließ ihr Buch darin verschwinden.

»Lady Gold! Wie schön, Sie zu sehen.« Sie stand auf und machte eine ausholende Geste. »Sind Sie auf der Suche nach Lektüre? Was lesen Sie denn gerne?«

»Ich mag Detektivgeschichten«, antwortete Ginger.

»Dann mögen Sie sicher die Fälle von Sherlock Holmes, möchte ich wetten. Leider sind die gerade alle verliehen. Aber haben Sie schon einmal von Agatha Christie gehört? Sie schreibt noch nicht lange Kriminalromane, und ihre Bücher sind der letzte Schrei. Ihr neuestes haben wir im Augenblick im Regal stehen.«

Ginger nickte. »Ich habe alle ihre Bücher gelesen. Aber wir sind nicht auf der Suche nach Lesestoff.« Sie deutete auf Reed. »Das ist Chief Inspector Reed von Scotland Yard.«

»Oh …« Miss Smith zog das Wort in die Länge. »Von dem schrecklichen Vorfall nach dem Tanzabend habe ich gehört. Ich wollte es gar nicht glauben. Die arme Miss Ashton. Eine so nette junge Frau.«

Ginger war immer wieder überrascht, wo die Trennlinie zwischen Miss Ashtons Freunden und Feinden verlief.

Miss Smith fuhr fort. »Und wie furchtbar für Sie, Lady Gold! Einfach grauenhaft, dass diese Tragödie gerade auf Bray Manor geschehen musste.«

»Ja.« Ginger nickte. »Es ist wirklich schlimm.«

»Dürfte ich Ihnen ein paar Fragen stellen?«, fragte Reed.

Miss Smith' Blick flog zu der jungen Mutter, die gerade eingetreten war. Die Frau nickte ihr grüßend zu und schob ihre zwei kleinen Söhne zur Kinderecke. Miss Smith zeigte auf das Büro hinter ihr. »Hier herein, bitte. Da sind wir ungestört.«

Reed folgte Miss Smith, Ginger blieb zurück. Sie war neugierig, welches Buch die Bibliothekarin so schnell versteckt hatte, und zog verstohlen die Schreibtischschublade auf. Interessant. Offenbar forderte Mary ihren Intellekt nicht mit hoher Literatur heraus, sondern las einen Groschenroman aus dem neunzehnten Jahrhundert.

Unter dem Buch lagen vier zu einem T zusammengeschnürte Bleistifte. Eine Vorrichtung, mit der man Gummibänder oder kleine Stifte verschießen konnte. Gegenüber dem Schreibtisch hing ein Blatt Papier, auf das eine einfache Zielscheibe gemalt war. Mrs Richards hatte wohl recht, was Miss Smith' Langeweile betraf. Ginger hätte an ihrer Stelle sicher bereits ein paar tausend Gummibänder verschossen.

Auf dem Schreibtisch lag ein Notizblock mit Zeichnungen von Blumen, Vögeln und Naturszenen. Mary hatte Talent, und Ginger fragte sich, ob die vielen Stunden ehrenamtlicher Arbeit in der Bibliothek womöglich sinnlos vertane Zeit waren.

Reed blieb in der Bürotür stehen und räusperte sich. Ginger schloss rasch die Schublade und eilte zu ihm.

»Keine Sorge, Miss Smith«, sagte sie. »Wir versuchen nur, das Problem mit dem Poltergeist aus der Welt zu schaffen, bevor die Nerven meiner Großmutter völlig zerrüttet sind.«

Miss Smith schob ihre Brille auf dem Nasenrücken nach oben. »Ach, ich hoffe, das gelingt Ihnen, Lady Gold. Ich mag Ihre Großmutter wirklich sehr, und ihr solche Streiche zu spielen, ist nicht nett.«

Ginger dachte an Miss Smith' unterdrücktes Kichern am Strickabend, sagte aber nichts. Schließlich konnte man durchaus eine Situation spontan lustig finden und trotzdem niemandem etwas Böses wünschen. So wie wenn jemand ausrutschte und hinfiel, zum Beispiel. Vielleicht lachte man unvermittelt auf, machte sich aber zugleich aufrichtig Sorgen um den Gestürzten.

»Trauen Sie jemandem aus dem Strickzirkel zu, den Poltergeist zu spielen?«, fragte Ginger.

»Oh je.« Miss Smith ließ die Schultern hängen und kaute an ihrer Unterlippe. »Das ist ja, als sollte ich wie ein Schulmädchen eine Freundin verpetzen.«

Reed beugte sich vor. »Den Poltergeist zu kennen, könnte für unsere Mordermittlungen nützlich sein.«

Miss Smith machte große Augen, die durch ihre Brillengläser noch ein wenig größer wirkten. In diesem Moment erinnerte sie Ginger an *Felix der Kater* aus den Zeichentrickfilmen.

»Eigentlich hasse ich Tratsch«, sagte die Bibliothekarin. »Aber wenn es Ihnen weiterhilft, verrate ich Ihnen, dass Mrs Richards sehr unglücklich war, beim Sommerblütenfestival von der guten Dowager Lady Gold geschlagen zu werden. Mrs Richards meint, ihre Rosen wären bedeutend schöner gewesen, doch die Preisrichter hätten Lady Gold wegen ihres Titels bevorzugt. Und was die arme Miss Ashton angeht – ich glaube, Miss Richards konnte ihr nicht verzeihen, dass sie ihren Hund überfahren hat. Einen Mord würde sie deswegen aber sicher nicht begehen.«

Ginger und Reed tauschten einen kurzen Blick. Dass das Mordopfer etwas mit dem getöteten Hund zu tun hatte, hatte Mrs Richards mit keiner Silbe erwähnt.

Interessant war auch, dass Mrs Richards und Miss Smith sich gegenseitig verdächtigten. Gerade als Ginger die Bibliothekarin fragen wollte, wie es um ihre Freundschaft mit Mrs Richards bestellt wäre, fuhr sie fort.

»Und Honourable Mrs Croft gibt es ja auch noch. Ach, diese vornehmen Leute mit ihren hochtrabenden Titeln und Positionen – bitte nehmen Sie es mir nicht übel, Lady Gold –, aber unsere Dowager Lady Gold lässt Mrs Croft nur allzu gerne spüren, dass sie sich für etwas Besseres hält. Und das ohne ein einziges Wort zu sagen. Schon allein ihre Haltung und wie sie andere von oben herab behandelt, genügen. Unter anderen Umständen würde ich gar nichts sagen. Aber Honourable Mrs Croft macht sich große Sorgen um ihren Sohn. Miss Ashtons Verhalten war sicher oft demütigend für die arme Frau. Was für ein Unglück.«

»Über die Mitglieder des Strickzirkels sind Sie gut informiert«, stellte Reed fest.

Miss Smith errötete. »Hier in der Bibliothek erfährt man so das eine oder andere, Chief Inspector. Die Besucher sollen sich eigentlich still verhalten, aber natürlich wird dennoch geredet. Obwohl die meisten dabei flüstern, schnappe ich doch manches auf.«

»Was ist mit Miss Whitton?«, fragte Reed. »Hätte sie irgendwelche Gründe, Lady Gold Streiche zu spielen?«

»Hmm.« Miss Smith zog ein ratloses Gesicht. »Dass Miss Whitton so etwas tut, kann ich mir wirklich nicht vorstellen. Aber sie ist ganz vernarrt in ihren jüngeren Bruder. Er ist erst siebzehn, aber sehr gut aussehend. Frauen jeden Alters machen ihm schöne Augen. Auch Miss Ashton, die ja mindestens sieben Jahre älter war als er. Miss Whitton hat es nicht gefallen, dass Miss Ashton mit dem Jungen geflirtet hat.«

Falls Miss Whittons Beschützerinstinkt gegenüber ihrem Bruder genauso ausgeprägt war wie Gingers gegenüber Felicia, konnte Ginger sich durchaus vorstellen, wie groß der Drang war, den jungen Mann vor Schaden zu bewahren.

22

Miss Whitton hatte gerade Dienst im *Croft Convalescent Home.* Mit ernster Miene schob sie in ihrer weißen Tracht mit der weißen Schwesternhaube einen Soldaten in einem Rollstuhl durch den Flur.

»Miss Whitton?«, rief Ginger. Wie alle Damen aus dem Strickzirkel schien die Krankenschwester über ihren Besuch überrascht.

»Lady Gold?«

»Können wir Sie bitte kurz sprechen? Es ist wichtig.«

Der Soldat schaute von Ginger zu Reed und dann zu Miss Whitton. »Gehen Sie ruhig, Schwester«, sagte er. »Von hier aus schaffe ich es allein bis ins Spielezimmer.«

Der Mann packte die großen Räder des hölzernen Rollstuhls und machte sich auf den Weg. Das kleine dritte Rad hinten quietschte.

»Miss Whitton«, sagte Ginger, als er um die Ecke

gebogen war. »Das ist Chief Inspector Reed von Scotland Yard. Er ermittelt wegen des Todes von Miss Angela Ashton.«

Miss Whitton blinzelte. »Verstehe. Guten Tag.«

Auf der Station herrschte rege Betriebsamkeit. Krankenschwestern eilten durch den Flur, ehemalige Soldaten gingen umher, einige spielten Schach oder Karten. Andere saßen nur da und starrten aus den Fenstern in den Innenhof.

»Können wir uns irgendwo ungestört unterhalten?«, fragte Reed.

»Hier ist es gerade recht hektisch, wie Sie sehen«, sagte Miss Whitton. »Aber vielleicht ist eines der Besuchszimmer frei.« Sie öffnete die Tür zu einem kleinen Raum, in dem bequeme Stühle um einen Tisch standen.

»Möchten Sie einen Tee oder vielleicht Kaffee?«, bot sie an.

»Machen Sie sich keine Umstände«, sagte Reed. »Wir bleiben nicht lange.«

Die Krankenschwester setzte sich, Ginger und Reed nahmen ihr gegenüber Platz.

»Also dann«, sagte sie.

»Haben Sie vielleicht einen Verdacht, Miss Whitton, wer aus dem Strickzirkel hinter den Streichen des Poltergeists stecken könnte?«, fragte Reed.

Die Frau zögerte. »Das ist kein Verdacht. Ich weiß es.«

»Sie *wissen,* wer meiner Großmutter so zusetzt?«

»Ja, Lady Gold. Aber für mich war es schwierig einzuschreiten. Ich befinde mich sozusagen in einer Zwickmühle.«

»Soll das heißen, Mrs Croft steckt hinter den Streichen?«, fragte Ginger. Als Angestellte des *Croft Convalescent Home* konnte Miss Whitton tatsächlich nur schwerlich etwas unternehmen.

Die Krankenschwester zögerte. »Ich habe sie auf frischer Tat ertappt. Sie hat mich erschrocken angestarrt, und ich habe schnell sehr beschäftigt getan und vorgegeben, ich hätte nichts bemerkt. Wir haben nie darüber gesprochen, und ich habe angenommen, sie hätte bald genug von diesem Spiel und würde damit aufhören.«

Jemand von Mrs Crofts Größe und Statur konnte den schweren Mantelständer vermutlich tatsächlich allein verrücken.

»Wissen Sie, ob Mrs Croft am Ende des letzten Treffens etwas aus dem Wohnzimmer mitgenommen hat?«, fragte Reed.

Miss Whitton presste die Lippen zusammen, dann atmete sie scharf durch die Nase aus.

»Ich möchte Sie daran erinnern«, sagte er, »dass wir in einem Mordfall ermitteln.«

Miss Whitton seufzte. »Ich hoffe, ich schneide mir damit nicht ins eigene Fleisch. Aber, ja, Mrs Croft hat eine Stricknadel mitgenommen, die Miss Gold gehört.«

Wer hinter dem Poltergeist steckte, war somit geklärt, dachte Ginger. Aber war Mrs Croft deswegen auch eine Mörderin? Gut sah es jedenfalls nicht für sie aus.

»Soweit ich verstanden habe, waren Miss Ashton und Sie nicht befreundet«, sagte Reed.

»Weshalb sollten wir befreundet gewesen sein?« In

Miss Whittons Stimme schwang Verachtung. »Sie war jünger und hat sich in anderen Kreisen bewegt.«

»Wie ich höre, haben Sie einen Bruder«, fuhr Reed fort. »Mr James Whitton.«

Einen Moment lang blieb Miss Whitton der Mund offen stehen. Der plötzliche Themawechsel schien sie zu überraschen. »Das ist richtig. Aber ich verstehe nicht, was das zur Sache tut.«

»Angeblich fand Miss Ashton ihn recht anziehend.«

»Alle Frauen finden James anziehend, Chief Inspector.«

»Dann hat es Ihnen nichts ausgemacht, dass sich eine mehrere Jahre ältere, verlobte Frau für ihn interessierte?«

»Natürlich hat es mir etwas ausgemacht. Angela Ashton war ein Flittchen! Wenn Sie ihr vorgestellt worden wären, Chief Inspector, hätte sie ganz sicher auch bei Ihnen ihr Glück versucht. Diese Frau war unersättlich.«

Ginger war gespannt, wie Reed auf Miss Whittons kurzen Ausbruch reagieren würde. Sie bewunderte, wie professionell und unbeeindruckt er wirkte. Miss Whitton hatte immerhin den Anstand zu erröten.

»Mein Bruder sieht aus wie ein Mann, aber er ist noch immer ein Junge. Erst siebzehn. Ein unbedachtes Getändel mit einer leichtfertigen Frau könnte sein Leben ruinieren.« Stolz trat in ihren Blick. »Er studiert an der Universität.«

»Sie würden alles tun, um ihn zu schützen, nicht wahr?«, fragte Reed.

Die Krankenschwester fixierte ihn kühl. Die Antwort blieb sie ihm schuldig. »Ich habe ein Alibi. Ich war den ganzen Abend mit meinem Bruder zu Hause. Er wohnt bei mir und war am Wochenende da.«

»Kann das sonst noch jemand bestätigen?«, fragte Reed.

»Ist James' Wort denn nicht genug?«

Reed schwieg dazu.

»Schön. Vielleicht kann meine Nachbarin es bezeugen. Ich bin mir allerdings nicht sicher. Und es gibt noch etwas. Ich sage das wirklich sehr ungern, Lady Gold. Aber Sie sollten nicht ausschließen, dass Miss Felicia Gold in diesen Fall verwickelt ist. Trotz ihrer gesellschaftlichen Stellung und ihrer Verwandtschaft mit Ihnen.«

Ginger schluckte. Etwas am Verhalten ihrer Schwägerin beschäftigte sie unterschwellig schon eine ganze Weile. Doch sie hatte den Gedanken daran verbissen weggeschoben. »Wie soll ich das verstehen?«

»Sie haben Miss Golds Verehrer kennengelernt? Den charmanten Captain Smithwick?« In Miss Whittons Blick trat ein ungnädiger Schimmer. »Miss Gold ist recht besitzergreifend. Und mein Bruder war nicht der einzige Mann, der Miss Ashtons Interesse geweckt hat.«

23

Auf dem Weg zu Reeds Wagen entwickelte sich Gingers Ärger über Miss Whittons Andeutungen zu einem ausgewachsenen Zorn. Wie kam diese Frau dazu, den Verdacht auf Felicia zu lenken? Das konnte nur ein Zeichen von Verzweiflung sein. Ginger schlug die Tür des Austin ein wenig heftiger zu als nötig.

Sie fing sich einen schwer lesbaren Blick vom Inspector ein, setzte sich kerzengerade hin und schob die Lippen vor. »Ein Alibi unter Geschwistern ist nicht besonders solide.«

Reed stieß lediglich ein Summen aus und ließ den Motor an.

»Lassen Sie uns einen Augenblick lang annehmen, dass Miss Whitton die Täterin ist.« Er legte den Gang ein. »Sie will ihren Bruder unbedingt beschützen und würde alles für ihn tun. Das wäre ein Motiv. Wenn sie die Stricknadel genommen hat, hatte sie ein Mittel. Aber was ist mit der Gelegenheit? Hatte sie den Mord an Miss Ashton am Samstagabend geplant? Sie war nicht unter den Gästen, richtig?«

»Richtig. Aber sie kann draußen gewartet haben. Sie konnte davon ausgehen, dass Miss Ashton früher oder später ins Freie kommt.«

»Schon möglich«, sagte Reed. »Aber sicher hätte es doch einen günstigeren Zeitpunkt und eine günstigere Gelegenheit gegeben. Bei all dem Trubel war die Gefahr groß, dass jemand sie bemerkt.«

»Gleichzeitig bietet so eine Veranstaltung auch eine gute Deckung. Überlegen Sie doch nur, wie viele Verdächtige wir dadurch haben.«

Reed nickte. »Stimmt. Aber das bessere Motiv hat eindeutig Mrs Croft. Falls sie die Stricknadel tatsächlich an sich genommen hat, hatte sie auch die Mittel. Und sie war bei dem Tanzabend, was ihr die Gelegenheit gab.«

Ginger schüttelte den Kopf. »Es fällt mir schwer, mir das vorzustellen. Auf jemanden einzustechen, ist so vulgär. So etwas würde eher ein Mann tun als eine Frau aus der High Society.«

»Es gibt die unterschiedlichsten Arten von Mördern, Ginger. Sie sind alt, jung, reich oder arm. Da dürfen Sie mir vertrauen. Und es stechen durchaus auch Frauen zu.«

Gingers Mundwinkel kräuselten sich nach oben, in ihrer Brust breitete sich Wärme aus. Ihr wurde bewusst, dass sie ihm tatsächlich vertraute.

»Sollen wir zuerst zu den Crofts fahren?«, fragte Reed.

Ginger rutschte das Herz in die Hose. Sie ahnte, was er

mit »zuerst« meinte. Inzwischen stand auch Felicia auf der Liste der Verdächtigen. Sie nickte stumm.

Reed bog in die lange Auffahrt zum Anwesen der Crofts ein.

»Werden sie nicht überrascht sein, uns so schnell wiederzusehen?«, fragte Ginger.

»Oder aber sie erwarten uns geradezu«, hielt Reed dagegen.

Der wackere Butler öffnete auf ihr Klingeln hin die Haustür und wiederholte seinen Spruch. »Die Familie Croft empfängt keine Besucher.«

»Es handelt sich um eine polizeiliche Angelegenheit«, entgegnete Reed. »Bitte teilen Sie Honourable Mrs Croft mit, dass Chief Inspector Reed von Scotland Yard sie sprechen will.«

Wenige Augenblicke später brachte der Butler Ginger und Reed in den Salon. Mrs Croft saß angespannt in ihrem Ohrensessel, Patrick Croft mit übereinandergeschlagenen Beinen in einem Sessel am Feuer. Er paffte an seiner Pfeife. Heute war er förmlicher gekleidet, trug einen doppelreihigen Anzug und glänzende Lacklederschuhe mit schimmernden goldfarbenen Zehenkappen.

»Ein weiterer Besuch?«, begrüßte er sie. »Was verschafft uns diesmal die Ehre?«

»Wir haben nur noch ein paar Fragen an Mrs Croft«, sagte Ginger. Dann wandte sie sich an die Frau. »Es geht um den Strickzirkel.«

Mrs Crofts Finger umklammerten die glatten hölzernen Armlehnen. »Den Strickzirkel?«

»Wir versuchen, die Poltergeistaffäre aufzuklären.«

Mr Croft lachte. »Scotland Yard setzt seine Leute jetzt auf Gespenster an? Und was kommt als Nächstes?«

»Das war ich!«, platzte Mrs Croft heraus.

»Mutter!«

»Ich schäme mich so sehr, aber ich kann die Bürde meines Verbrechens nicht länger tragen.«

»Ihres Verbrechens?«, hakte Reed nach.

»Ja. Ja. Du lieber Himmel. Der Poltergeist bin ich!«

Miss Whitton hatte die Wahrheit gesagt. Ginger schüttelte den Kopf. »Aber warum denn nur, Mrs Croft? Ich verstehe das nicht.«

»Ach, ich weiß, es ist schändlich. Bitte richten Sie nicht zu ungnädig über mich, Lady Gold. Aber Ihre Großmutter kann einem wirklich zusetzen. Unsereins behandelt sie von oben herab und hat immer eine schneidende Bemerkung parat. Ich wollte sie nur ein kleinwenig von ihrem hohen Ross holen.«

Miss Smith lag mit ihrer Einschätzung des Verhältnisses zwischen der Dowager Lady Gold und Mrs Croft offenbar genau richtig.

»Haben Sie auch Miss Golds Stricknadel genommen?«, fragte Reed. »Mit rosafarbenem Ende?«

»Oh ja, leider. Ach, es ist mir so furchtbar peinlich. Ich habe die Nadel in meinen Strickkorb gesteckt und wollte sie auf dem Weg zur Haustür im Schirmständer verstecken. Meinen Korb habe ich auf die Bank in der Eingangshalle gestellt, um meinen Mantel zu holen. Und als ich zurückgekommen bin, war die Nadel weg. Ich dachte, sie wäre vielleicht herausgefallen, wollte aber nicht danach suchen. Ich habe gehofft, ein Hausmädchen würde sie finden und Miss Gold zurückbringen.«

Mit Tränen in den Augen blickte sie zu Ginger auf. »Ach, Lady Gold. Es tut mir so leid.«

»Vielleicht wird es Sie schockieren. Aber ich muss Ihnen sagen, dass diese Stricknadel zu der Waffe geworden ist, mit der Miss Ashton getötet wurde«, sagte Reed.

Mrs Croft schrie entsetzt auf, und ihr Sohn verschluckte sich an seinem Pfeifenrauch. »Sachte, Chief Inspector«, sagte er. »Das können Sie unmöglich ernst meinen.«

»Todernst sogar, wenn Sie mir das Wortspiel verzeihen mögen.«

Mrs Croft stöhnte auf. »Patrick, mein Lieber, ich glaube, ich werde ohnmächtig.«

»Ich hole das Riechsalz, Mummy. Bitte reg dich nicht auf.«

Mrs Croft drückte ein Spitzentaschentuch an ihre Nase und schnäuzte sich. »Was ich getan habe, war kindisch, aber mein Ärger ist mit mir durchgegangen. Ich hatte ja keine Ahnung, wozu das führen kann.« Sie schaute Reed flehentlich an. »Der jungen Frau habe ich nichts getan, das schwöre ich. Ich habe sie nicht gemocht, aber zu etwas so Grässlichem wäre ich niemals fähig.«

Ein Hausmädchen eilte mit dem Riechsalz ins Zimmer, doch Mrs Croft wedelte abwehrend mit der Hand. »Es geht schon wieder. Bitte lassen Sie uns allein.« Das Hausmädchen ging, Patrick Croft kam zurück.

»Sie werden doch sicherlich nicht glauben, dass

meine Mutter etwas mit dem Ableben von Miss Ashton zu tun hat!«

»Mr Croft«, begann Reed. »Wo waren Sie von Mitternacht bis ein Uhr morgens in der Nacht von Samstag auf Sonntag?«

»Er war bei mir«, antwortete Mrs Croft. »Wir waren auf dem Nachhauseweg. Sie können unseren Fahrer fragen.«

»Das werde ich tun. Doch für den Augenblick, Mrs Croft, muss ich den Tatvorwurf des groben Unfugs gegen Sie erheben.«

»Wie bitte? Sie können mich unmöglich ins Gefängnis stecken!« Ihr rundes Gesicht wurde rot wie eine Tomate. »Das würde ich nicht überleben!«

»Keine Bange, Mrs Croft. So weit wird es nicht kommen. Aber Sie müssen hier in Chesterton bleiben. Möglicherweise werden Sie zu einem Bußgeld verdonnert. Mehr nicht. Das kommt ganz darauf an, ob die Dowager Lady Anzeige erstattet oder nicht.«

Mrs Croft stöhnte noch einmal auf und rutschte in ihrem Sessel tiefer. »Patrick. Ich glaube, jetzt brauche ich das Riechsalz doch.«

24

»Meine Intuition sagt mir, dass Mrs Croft keine Mörderin ist. Aber ich bin empört über die dummen Streiche, die sie Ambrosia gespielt hat.«

Reed grinste. »Und wer *ist* Ihrer Intuition nach der Mörder?«

Ginger zog die Nase kraus. Ihr Instinkt ließ sie im Stich. Mal hielt sie alle Verdächtigen für schuldig, dann wieder keinen von ihnen. »Ich warte noch auf eine Eingebung«, sagte sie schließlich. »Und was denken *Sie?*«

»Auf meine Intuition kann ich leider nicht hören.« Reed trommelte mit den Daumen aufs Lenkrad. »Ich muss mich von Fakten leiten lassen.«

»Schön. Und was sagen Ihnen die *Fakten?*«

»Dass mit hoher Wahrscheinlichkeit Mr Croft der Mörder ist. Er gibt sich recht unbeteiligt, aber in Wahrheit ist er überaus unglücklichen Umständen entkommen.«

»Aber er hat auch die Mitgift verloren. Das Geld auf Miss Ashtons Treuhandkonto.«

»Ich glaube kaum, dass er auf dieses Geld angewiesen ist.«

»Sie wären überrascht, wie arm viele Reiche sind.«

Reed schlug eine Pause vor, und Ginger stimmte zu. So wie der Fall sich entwickelte, konnte sie ganz gut eine Stärkung vertragen.

»Das *White Stag* liegt ganz in der Nähe«, sagte sie. »Der Pub in der Rose Lane.«

»Den habe ich im Vorbeifahren schon einmal gesehen.«

Reed steuerte das Automobil durch den Ort, und Ginger musste sich mehrmals gut festhalten, wenn sie durch tiefe Schlaglöcher im Kopfsteinpflaster schlingerten. Chesterton war ein kleines, aber lebendiges Dorf mit Straßenhändlern, die die Herbsternte – Kürbisse, Karotten und Kartoffeln – feilboten. In den Gassen waren neben einigen Automobilen auch viele mit Heu und allerlei Waren beladene Pferdewagen unterwegs. Ein kleiner Junge jagte hinter einem Huhn her und rannte vor dem Austin auf die Straße. Reed trat kräftig auf die Bremse.

Ginger hielt erschrocken ihren Hut fest. »In dieses Dorf zurückzukehren, ist wie eine Reise mit einer Zeitmaschine. Manchmal glaube ich, die Leute hier salutieren noch immer Queen Victoria.«

Reed ermahnte den Jungen, dann fuhr er langsam weiter.

Ginger behielt vorsichtshalber die Fußgänger im

Blick. So sah sie gerade noch, wie Felicia Hand in Hand mit Captain Smithwick in einer Gasse verschwand.

»Da ist Felicia.« Sie zeigte aufgeregt mit dem Finger. »Fahren Sie hinterher.« Um ihren Kommandoton ein wenig abzumildern, fügte sie hinzu: »Wenn es Ihnen nichts ausmacht.«

Reed blinkte und bog rechts ab. Er näherte sich dem Paar im Schritttempo, und sie konnten mit ansehen, wie Felicia den Captain anschmachtete. Reed brachte den Austin zum Stehen und hupte kurz, um die beiden auf sich aufmerksam zu machen.

Ginger stieg aus, setzte ein Lächeln auf und ging auf ihre Schwägerin zu.

»Felicia, Liebes. Dachte ich mir doch, dass du das bist. Wolltet ihr heute nicht nach St. Albans?«

Felicia hielt sich an Smithwicks Arm fest. »Wir sind schon wieder zurück und gerade auf dem Weg zum Chesterton Inn. Das Restaurant ist so herrlich urig, findest du nicht, Ginger?«

»Ja, sehr.« Gingers Blick wanderte zu Felicias linker Hand. Sie trug Handschuhe, doch Ginger entdeckte keinerlei Erhebung, die auf einen neuen Ring hindeutete. Sie war nicht überrascht. Der Captain war kein Mann, der sich festlegte. Nicht einmal im Dienst für den König. Felicia bemerkte, wohin Ginger schaute, und nahm ihre Hand weg. Obwohl sie eisern weiterlächelte, spürte Ginger ihre Enttäuschung.

Sie fixierte Smithwick missbilligend, er hob triumphierend einen Mundwinkel.

Felicia sah den wortlosen Austausch mit an. »Was habt

ihr beiden denn bloß immer miteinander?«, fragte sie gereizt.

»Nichts, Liebes«, antwortete Ginger. »Schnee von gestern. Möchtest du mit uns nach Hause fahren? Dann muss Captain Smithwick sich nicht bemühen.«

Felicia schnaubte. »Ich will nicht nach Hause. Ich sagte doch, wir sind auf dem Weg zum Chesterton Inn. Francis lädt mich zum Abendessen ein. Ich würde dich und den Chief Inspector ja bitten, uns zu begleiten, aber es sollte ein romantischer Abend werden.«

Plötzlich ging alles sehr schnell. Der Riemen von Gingers Handtasche glitt von ihrer Schulter. Sie riss den Arm hoch, um die Tasche aufzufangen. Doch Captain Smithwick deutete die Bewegung falsch und glaubte, sie wollte ihn ohrfeigen. Er packte ihr Handgelenk und hielt sie fest.

»Lassen Sie mich los«, zischte Ginger.

Bevor Smithwick irgendetwas tun konnte, schnellte schon Reed vor und verpasste ihm einen harten rechten Haken.

Felicia schrie auf.

Smithwick strauchelte rückwärts, blieb aber auf den Beinen. »Sie haben gerade einen ranghöheren Offizier geschlagen, Lieutenant«, blaffte er.

Ginger fiel ein, dass Reed erzählt hatte, er und der Captain hätten für kurze Zeit im selben Regiment gedient.

»Der Krieg ist vorbei, *Captain*«, gab Reed zurück. »Im zivilen Leben stehe ich im Rang weit über Ihnen.«

Smithwick tat, als wollte er sich abwenden, fuhr dann aber überraschend herum und warf sich auf Reed. Er schlang die Arme um die Taille des Chief Inspectors und rammte ihn gegen eine Gaslaterne. Reed machte eine Drehung, sodass sie beide an die Außenmauer eines Friseursalons prallten. Die gut gekleidete Friseurin erschien nebst zwei Kundinnen, die sich gerade die Haare ondulieren ließen, am Fenster. Auch auf der Straße fanden sich bereits Zuschauer ein.

»... ungehörige Störung der öffentlichen Ordnung!«

»... sicher nicht von hier.«

»Wahrscheinlich nicht einmal aus England.«

Jemand rief nach einem Streifenpolizisten.

Reed fand sich mit dem Rücken zur Wand Smithwicks Fäusten ausgeliefert. Die ersten Schläge trafen ihn ins Gesicht, die nächsten in den Bauch. Er stieß einen Schmerzensschrei aus.

Dann hallte ein Schuss.

Die Männer erstarrten, eine Frau schrie.

»Ein Revolver!«

»Das müssen Amerikaner sein!«

»Ich hab's ja gesagt, das sind keine Engländer!«

Smithwick fuhr herum und starrte auf die Waffe, mit der Ginger in die Luft geschossen hatte und die sie nun auf ihn richtete.

»Nettes Stück«, sagte er. »Haben Sie die immer griffbereit?«

»Nur wenn ich damit rechne, auf Sie zu treffen. Und jetzt weg von Chief Inspector Reed.«

Smithwick hob langsam die Hände und machte ein paar Schritte zur Seite. »Haben Sie überhaupt eine Lizenz für das Ding?«

»Wird das noch wichtig sein, wenn Sie tot sind?«

Smithwick lachte.

»Im Krieg mag ich nicht mit Waffen gekämpft haben.« *Meistens.* »Aber ich bin in Amerika aufgewachsen, wo schon Kinder das Schießen lernen.«

»Offensichtlich«, antwortete Smithwick. »Vom Wilden Westen habe ich gehört.«

»Ginger«, sagte Felicia mit zitternder Stimme. »Steck die Waffe weg.«

Ginger ließ die kleine Remington Derringer sinken. Kaum hatte sie sie in der Handtasche verschwinden lassen, preschte Constable Ryan um die Ecke.

»Lady Gold?« Seine Verblüffung war ihm deutlich anzusehen.

»Hallo, Constable. Entschuldigen Sie bitte, wenn wir Sie aufgeschreckt haben.«

»Mir wurde ein Schuss gemeldet.«

Ginger schüttelte den Kopf und beugte sich so nahe zu dem Polizisten, dass nur er sie hören konnte. »Diese beiden Gentlemen haben eine Meinungsverschiedenheit ausgetragen. Ich fürchte, jemand hat die Fehlzündung eines Automobils gehört, und dann ist seine Fantasie mit ihm durchgegangen.«

Constable Ryan warf einen Blick in die Runde. Felicia war blass wie ein Leintuch, Captain Smithwick rückte seine Krawatte gerade, Reed lang zusammengekrümmt auf dem Boden.

»Chief Inspector!« Constable Ryan stürzte an seine Seite.

»Mir fehlt nichts, Ryan«, murmelte Reed verlegen. »Machen Sie weiter.«

Zögernd wich der Constable ein kleines Stück zurück. »Sind Sie sicher?«

»Ja. Schicken Sie die Leute weg.«

Der Polizist machte sich sofort an die Arbeit, und bald leerte sich die Gasse. Ginger und Felicia blieben mit Smithwick und Reed zurück.

Ginger ging neben Reed in die Hocke. »Basil?« Aus seiner Nase tropfte Blut, um seine Augen bildeten sich bereits dunkle Blutergüsse. »Können Sie aufstehen?«

»Kriegsverletzung«, presste er hervor. Dabei schlang er die Arme schützend um seinen Bauch.

Ginger drehte sich zu Felicia. »Liebes, du kannst jetzt entweder mit Smithwick gehen oder mir helfen, Chief Inspector Reed zurück nach Bray Manor zu bringen. Ganz wie du willst, aber der Captain geht jetzt.«

Das war ein Bluff, denn auf gar keinen Fall würde sie Felicia mit Smithwick davonziehen lassen. Doch sie kannte ihre Schwägerin und wusste, dass es besser war, sie selbst entscheiden zu lassen. Ihr Bluff zahlte sich aus.

Der kurze, harte Kampf hatte Felicia ganz offensichtlich sehr verstört. All ihr Hochmut war verflogen, und in ihrem Blick lag tiefe Enttäuschung. Mit der Romantik war es aus. »Sei mir nicht böse, Francis. Aber ich gehe jetzt nach Hause.«

Smithwick hob seinen Hut vom Boden auf, drückte ihn sich auf den Kopf und nickte Ginger zu. »Diese Runde geht an Sie, Lady Gold.« Er straffte die Schultern und marschierte, wie immer ganz Soldat, davon.

Ginger hätte am liebsten die Zähne gefletscht. Sie hoffte, diesen Unhold nie wiederzusehen, und wandte sich dem Inspector zu.

»Stützen Sie sich auf mich«, sagte sie. »Felicia, übernimm bitte seine andere Seite.«

Gemeinsam halfen sie ihm auf den Rücksitz seines Wagens. Der Schlüssel steckte noch im Zündschloss, und Ginger ließ den Austin an. »Ich bringe Sie zum Arzt«, sagte sie über ihre Schulter.

»Nein.« Reed lehnte sich erschöpft zurück. »Bringen Sie mich einfach nach Bray Manor. Ich ruhe mich ein wenig aus, dann geht es wieder.«

Wirklich wohl war Ginger nicht bei dem Gedanken, doch sie fügte sich. Gegen eine blutige Nase konnte ein Arzt sowieso nicht viel tun, aber die Bauchverletzung machte ihr Sorgen.

Auf der Fahrt wurde kaum gesprochen. Gingers Blick sprang immer wieder von der Straße zum Rückspiegel, in dem sie Reed sehen konnte, und zu Felicia, die düster aus dem Fenster auf der Beifahrerseite starrte.

»Alles in Ordnung, Liebes?«

Die junge Frau schaute sie an. »Francis hat gesagt, diese Runde ginge an dich. Wie hat er das gemeint?«

»Das ist alles lange her und mit den Kriegstoten begraben. Genügt es, wenn ich dir sage, dass er nicht ist, wofür du ihn hältst?«

Felicias Schultern begannen zu beben, und Ginger wagte es, eine Hand vom Lenkrad zu nehmen, um ein Taschentuch aus ihrer Handtasche zu kramen. Sie hielt es Felicia hin, die es annahm und leise schluchzend ans

Gesicht drückte. Als sie wieder sprechen konnte, klang ihre Stimme dünn und erstickt. »Ich habe gedacht, du wärest eifersüchtig auf mich. Kannst du dir das vorstellen? Dabei hat Francis mich nur benutzt. Ihm ging es nie um mich, sondern immer nur um dich.«

»Er will mich nicht. Zumindest nicht auf diese Weise.«

»Aber wie denn dann?«

Ginger seufzte. »Er möchte, dass ich etwas für ihn tue. Aber ich habe abgelehnt. Leider ist dieser grässliche Mann daran gewöhnt, seinen Willen durchzusetzen. Wenn ihm das einmal nicht gelingt, ist er sich auch für übelste Spielchen nicht zu schade.«

»Wenn das so ist, bin ich fertig mit ihm«, erklärte Felicia. Sie setzte sich aufrecht hin und verschränkte trotzig die Arme. »Selbst wenn ich als alte Jungfer sterbe – keiner benutzt Felicia Gold.«

Ginger warf ihr ein stolzes Lächeln zu. »Gut so, Liebes.«

25

Nachdem Ginger Felicia gebeten hatte, Wilson zu holen, drehte sie sich nach hinten zu Reed und musterte ihn. Ein blutiges Taschentuch an die Nase gedrückt, lehnte er mit dem Rücken am Heckfenster. Sie war versucht, tröstend nach seiner Hand zu greifen. Aus purem Mitgefühl für einen Freund, sagte sie sich.

Oder steckte mehr dahinter? Hektisch schob sie diesen Gedanken beiseite und behielt ihre Hände bei sich.

»Wie geht es Ihnen, Chief Inspector?«

Er holte durch den Mund Luft und verzog das Gesicht. »Ich glaube, das Nasenbluten hat aufgehört.«

»Ich sollte Ihnen böse sein«, sagte sie.

»Böse? Warum?«

»Weil Sie dem Captain einen Kinnhaken verpasst haben. Das war nicht nötig.«

»Aber er hatte Sie gepackt!«

Dass Reed sie hatte beschützen wollen, wärmte Gingers Herz.

»Er hat mir nicht wehgetan. Zudem kann ich ganz gut selbst auf mich aufpassen, und Smithwick weiß das. Sie haben ihm einen Vorwand für eine furchtbare Szene geliefert. Und jetzt schauen Sie sich an.«

Reed zog eine betretene Grimasse.

Ginger wusste, dass Smithwick in bedeutend kürzerer Zeit bedeutend mehr Schaden anrichten konnte. Offenbar hatte er sich zurückgehalten. Andernfalls wäre Reed jetzt tot. Entweder hatte der Captain sie daran erinnern wollen, wozu er fähig war, oder er wollte ihnen auf diese Art etwas sagen. Vielleicht auch beides.

»Trotzdem. Vielen Dank«, sagte Ginger. »Der Captain ist ein Widerling. Ich wünschte, *er* hätte jetzt an Ihrer Stelle zwei Veilchen im Gesicht.«

»Ich auch, Lady Gold«, murmelte Reed. Er öffnete die Tür, aber Ginger hielt ihn zurück.

»Der Butler ist gleich hier. Ich sehe ihn schon an der Haustür.«

»Schon gut. Ich schaffe das.« Reed stieg aus, machte einen Schritt und kam ins Wanken. Ginger war sofort an seiner Seite und fing ihn gerade noch rechtzeitig auf.

»Womöglich haben Sie eine Gehirnerschütterung. Sie sind ziemlich heftig mit dem Kopf gegen die Hauswand geprallt.«

Wilson bewegte sich wie ein Pinguin in Eile. Er machte sich klein, um Reed stützen zu können. »Wohin, Madam?«

»Ich glaube, die Treppe sparen wir uns. Vielleicht am besten auf die Couch im Telefonzimmer, bis er wieder bei Kräften ist.«

Es ging nur langsam voran. Aber wenigstens war die Ledercouch so lang, dass Reed sich darauf ausstrecken konnte.

»Felicia, sei ein Schatz und bring dem Chief Inspector ein Glas Wasser.« Ginger hätte das Hausmädchen rufen oder Wilson den Auftrag erteilen können, aber sie hatte das Gefühl, dass ihre Schwägerin etwas zu tun brauchte.

Der Butler verschwand, kam aber kurz darauf mit einem feuchten Lappen wieder zurück.

»Sie können uns jetzt allein lassen, Wilson. Ich kümmere mich um den Chief Inspector.«

Ginger zog ihren Mantel aus, legte Hut und Handschuhe ab und hängte alles über einen Sessel. Dann rückte sie die Ottomane zur Couch, ließ sich darauf nieder und wischte mit dem feuchten Lappen behutsam das Blut von Reeds Gesicht. Er hielt die Augen geschlossen, und obwohl er manchmal zusammenzuckte, hatte Ginger das Gefühl, dass er die Prozedur auch ein wenig genoss.

»Schade, dass Haley nicht hier ist«, sagte sie. »Sie wäre die bessere Krankenschwester.«

Einer von Reeds Mundwinkeln bog sich nach oben. »Ich bin recht zufrieden mit Ihnen«, raunte er und klang dabei so beglückt, dass Gingers Herz einen kleinen Sprung machte.

Reiß dich zusammen!, ermahnte sie sich.

Reeds Hand lag auf seinem Bauch. Dass er seine linke Seite schonte, hatte Ginger schon ein paarmal bemerkt.

»Welche Art Kriegsverletzung haben Sie denn davongetragen?«

»Ich wurde angeschossen, habe meine Milz verloren und beinahe auch mein Leben. Dass ich noch hier bin, ist ein Wunder.«

»Frankreich?«

»In der ersten Schlacht von Ypres. Und zwar schon ziemlich früh. Das Kriegshandwerk liegt mir offenbar nicht. Meine Vorgesetzten waren danach der Meinung, ich tauge nicht mehr für die Front und sollte mich lieber in der Heimat nützlich machen.«

Ginger summte. »Deshalb sind Sie zur Metropolitan Police Force gegangen?«

Er schaute sie aus seinen beinahe ganz zugeschwollenen Augen an. »Ja. Wenn ich meinem Land schon nicht auf dem Schlachtfeld in der Ferne dienen konnte, dann verdammt noch mal wenigstens zu Hause. Ich musste schließlich irgendwie meine Würde bewahren.«

»Waren Sie nicht versucht, nach dem Kriegsende den Dienst zu quittieren?« Sie wusste, dass er eigentlich nicht arbeiten musste, denn er stammte aus einer wohlhabenden Familie. Zugegeben hätte sie das natürlich nicht, aber als sich ihre Pfade zuletzt gekreuzt hatten, hatte sie ein paar Nachforschungen zu seiner Vergangenheit angestellt.

»Der Gedanke ist mir zwar gekommen«, antwortete er. »Aber die Arbeit gefällt mir. Sie gibt mir einen Grund, morgens aufzustehen, und abends gehe ich mit einem guten Gefühl ins Bett.«

»Ich nehme an, Ihre Frau war weniger begeistert.« Ginger wagte es, diese sehr persönliche Frage zu stellen, weil Reed das Thema Scheidung selbst bereits angeschnitten hatte.

»Polizeiarbeit ist anspruchsvoll. Sie verschlingt viel Zeit und lässt wenig Raum für Gefühle. In beiderlei Hinsicht wollte Emelia mehr, als ich ihr geben konnte. Und sie hat jemanden gefunden, der dazu in der Lage ist.«

Eine Affäre hatte Ginger bereits vermutet, denn andere Gründe ließen die Gerichte für eine Scheidung kaum gelten.

»Waren Sie früher glücklich miteinander?«, fragte sie, wohl wissend, dass sie eine Grenze überschritt. Solche Fragen stellte man Bekannten nicht. »Vor dem Krieg?«

Reed seufzte, und einen Augenblick lang fürchtete sie, er wollte nicht antworten. Schnell fügte sie hinzu: »Entschuldigen Sie bitte. Das war zu persönlich. Ich hätte nicht fragen sollen.«

»Schon in Ordnung, Ginger.« Er legte die Hand auf ihre.

Ein Kribbeln durchjagte sie, als stünde sie unter Strom, und um den Bann nicht zu brechen, blieb sie reglos sitzen.

»Ich *dachte,* wir wären glücklich. Aber jetzt bin ich mir nicht mehr so sicher.«

Das tat Ginger sehr leid für ihn. Sie selbst hatte tiefe Liebe und tiefes Glück erfahren dürfen, wenn auch nur für kurze Zeit.

Reed veränderte seine Position, nahm die Hand weg, hielt sich die Seite und verzog das Gesicht.

»Tut es sehr weh?«, fragte sie. »Möchten Sie vielleicht ein Aspirin?«

»Ja, gerne. Vielen Dank.«

Endlich kam Felicia mit dem Wasser, und Ginger schickte sie sofort wieder los, um Aspirin zu holen. Dann half sie Reed, den Kopf zu heben und einen Schluck zu trinken. Als das Telefon klingelte, schreckten sie beide zusammen. Reed verzog vor Schmerz das Gesicht, Ginger nahm schnell den Anruf an.

»Bray Manor, Lady Gold am Apparat.«

Sie reichte das Telefon an Reed weiter. »Es ist Scotland Yard.«

Reed drückte im Liegen den Hörer ans Ohr. »Reed hier.«

Nach einem kurzen Gespräch gab er ihr das Telefon zurück. In seinem Blick lag Bedauern. »Die Untersuchungsergebnisse liegen vor. Auf der Stricknadel wurden nur Felicias Fingerabdrücke gefunden. Und das Blut von Miss Ashton.« Er stützte sich auf die Ellbogen und drückte gegen den Schmerz die Augen zu.

Dann schaute er Ginger fest ins Gesicht. »Felicia hatte ein Motiv, die Mittel und die Gelegenheit. Es tut mir leid, ich muss sie festnehmen.«

26

Ginger starrte Reed fassungslos an. Sie fand nicht die kleinste Spur eines Lächelns in seinem Gesicht. »Das kann nicht Ihr Ernst sein. Die Stricknadel gehört Felicia. Selbstverständlich trägt sie ihre Fingerabdrücke!« Ginger wünschte, Mrs Crofts Fingerabdrücke wären ebenfalls darauf gefunden worden. Dann wäre die Beweislage zumindest unklar. Doch weil Handschuhe nun mal groß in Mode waren, war das von Anfang an unwahrscheinlich gewesen.

Reed setzte sich mühsam auf und stellte stöhnend die Füße auf den Boden. Mitleid hatte Ginger nun nicht mehr mit ihm, und sie machte keinerlei Anstalten, ihm hochzuhelfen. Mit den Fingern strich er sein geöltes Haar zurecht und wischte sich anschließend die Hand an seinem Taschentuch ab. Dann faltete er das quadratische Stück Baumwolle zusammen und steckte es zurück in seine Brusttasche.

»Nehmen Sie es bitte nicht persönlich, Ginger. Ich bedaure es wirklich sehr, aber ich muss meine Pflicht tun. Bitte rufen Sie sie her.«

Was für eine abstruse Bitte! Ginger funkelte ihn an. Als sie sich nicht rührte, humpelte Reed aus dem Telefonzimmer, um sich selbst auf die Suche nach Felicia zu machen.

Ginger heftete sich an seine Fersen. »Sie werden *nicht* nach oben gehen.«

Er hielt sich die Seite und fixierte sie aus geschwollenen Augen. »Soweit ich weiß, sind meine persönlichen Gegenstände dort oben.«

Die Hand fest am Geländer arbeitete er sich langsam die Stufen hinauf. Ginger marschierte hinterher. »Sie werden Felicias Zimmer nicht betreten.«

»Ginger. Ich muss sie für die Befragung mitnehmen.«

»Sie können sie hier befragen.«

»So arbeiten wir nicht bei der Met.«

»Wir sind nicht in London!«

Ginger kämpfte gegen den Gefühlstumult, der in ihr tobte. Wenn sie wollte, dass Reed sie an den Ermittlungen teilnehmen ließ, musste sie genau wie er allen Hinweisen und Beweisen nachgehen. Aber wenn sie zu Felicia führten? Ein mütterlicher Beschützerinstinkt packte sie mit überraschender Wucht.

Auf dem Treppenabsatz blieb Reed stehen. »Es tut mir leid, Ginger. Wirklich. Aber nach diesem Telefongespräch mit meinem Superintendent sind mir die Hände gebunden.«

Mit einem Stapel gefalteter Laken in den Armen ging Phyllis durch den Flur.

»Miss Howard!«

Das Hausmädchen blieb abrupt stehen und kam dann zögernd näher. »Kann ich Ihnen helfen, Chief Inspector?«

»Bitte schicken Sie Miss Gold zu mir.«

Ginger fixierte die junge Frau. »Lassen Sie das, Phyllis. Machen Sie einfach weiter Ihre Arbeit.«

Reed schüttelte den Kopf, dann drückte er beide Hände an die Schläfen. Ginger hoffte, dass es wehtat.

»Felicia ist keine Mörderin«, zischte sie durch die zusammengebissenen Zähne. »Wenn Sie sie festnehmen, kommt der wahre Mörder davon. Das ist eine Farce und pure Zeitverschwendung.«

Phyllis kam mit leeren Armen zurück. Sie riskierte einen kurzen, neugierigen Blick zu ihnen, dann schaute sie wieder zu Boden.

»Miss Howard«, begann Reed noch einmal.

Die schmalen Lippen des Hausmädchens bogen sich nach unten. Ihr Blick huschte nervös von Reed zu Ginger. Sie schien hin- und hergerissen zwischen ihrer Loyalität gegenüber der Familie Gold und der Autorität des Gesetzeshüters.

Reed seufzte. »Dies ist eine Mordermittlung. Miss Howard, bitte sagen Sie Miss Gold, ich möchte sie in der Eingangshalle sprechen.«

Ginger schnaubte. »Lassen Sie mich es ihr wenigstens schonend beibringen. Oder wollen Sie sie tatsächlich einfach so mitnehmen?«

Damit stürmte sie den Flur entlang zu Felicias Zimmer. Sie hielt kurz inne, dann klopfte sie an. Mit einem raschen Blick vergewisserte sie sich, dass der impertinente Chief Inspector ihr nicht gefolgt war. Er schaute ihr lediglich hinterher. Heiße Wut prickelte unter ihrer Haut. Das alles war absolut absurd! Skandalös! Bislang hatte sie sich nie Gedanken darüber gemacht, welche Konsequenzen es haben könnte, wenn der Familienname beschädigt wurde. Doch jetzt, wo sie wieder hier in England war, verstand sie sehr gut, dass ein ruinierter Ruf gleichbedeutend sein konnte mit einem ruinierten Leben.

»Felicia, Liebes, ich bin's.«

Felicia bat sie herein.

»Ist etwas passiert?« Sorge trat auf ihr jugendliches Gesicht. »Du siehst aus, als hättest du ein Gespenst gesehen.« Sie legte die Stirn in Falten. »Sag jetzt nicht, der Poltergeist hat noch einmal zugeschlagen.«

Felicia trug einen dreiviertellangen Morgenmantel mit verspielten Rüschen an den Flügelärmeln, am Kragen und an der Knopfleiste. Damit sah sie jünger aus als einundzwanzig, und Ginger musste an ihre erste Begegnung denken. Damals war Felicia eine aufgeweckte Elfjährige und ganz vernarrt in ihren Bruder gewesen. Auf keinen Fall hatte sie seine Zuneigung mit seiner Verlobten teilen wollen. Während Gingers ersten Besuchen auf Bray Manor hatte das eigenwillige Kind ihre Geduld auf eine harte Probe gestellt. Doch Ginger hatte selbst eine dickköpfige kleine Halbschwester, und Felicia hatte bald feststellen müssen, dass ihre Störmanöver ihre zukünftige Schwägerin nicht aus der Ruhe brachten.

Kindliche Wutanfälle konnten ihre Wirkung nun mal nur entfalten, wenn das Kind auch ein Publikum hatte. Deshalb hatte Ginger einfach entspannt gelächelt und so getan, als würde sie Felicia kaum bemerken. Mit Erfolg. Bald hatte Daniels kleine Schwester alles versucht, um ihre Aufmerksamkeit zu gewinnen. Und Ginger hatte dem mutterlosen Kind nur zu gerne die Zuneigung geschenkt, nach der es sich sehnte.

Felicias Zimmer, in dem sie noch Puppen und andere Erinnerungsstücke aus ihrer Kindheit verwahrte, zeigte, wie beschützt sie aufgewachsen war. Verluste und Trauer hatte auch sie erleben müssen, der Krieg hatte da niemanden verschont. Doch Armut und Entbehrungen waren ihr fremd. Zwar hatte sie sich als Landarbeiterin um Farmtiere gekümmert und harte körperliche Arbeit geleistet, aber das hatte nicht ihr Gemüt getrübt. Angst griff nach Gingers Herz. Dass Felicia nun Captain Smithwicks dunkle Seite erlebt hatte, war sicher ein schwerer Schlag für sie. Doch für das, was ihr jetzt bevorstand, war sie kaum gewappnet. Ginger schluckte gegen den dicken Kloß in ihrer Kehle an.

»Felicia, Liebes, ich habe leider schlechte Nachrichten.«

Felicia zog die Nase kraus. »Oh je. Was ist denn jetzt wieder?«

»Die Laboruntersuchungen der Stricknadel sind abgeschlossen. Das Blut daran stammt von Angela.«

»Gütiger Himmel!« Felicias Schultern fielen wie unter einem schweren Gewicht nach vorn. »Jemand hat sie mit *meiner* Stricknadel umgebracht?«

»Es wurden nur deine Fingerabdrücke darauf gefunden.«

»Aber das war doch zu erwarten.«

»Das habe ich auch gesagt.«

Felicias Blick bohrte sich in Gingers. »Ich habe das Gefühl, gleich kommt noch ein Aber.«

Ginger setzte sich neben sie aufs Bett und nahm ihre Hand. »Ich fürchte, Scotland Yard hat nun dich im Visier, Liebes. Aus deren Sicht hattest du die Mittel, die Gelegenheit und ein Motiv. Draußen im Flur wartet Chief Inspector Reed. Er will dich in Gewahrsam nehmen und befragen.«

Felicias Wimpern begannen zu flattern. »Wie bitte? Er glaubt doch nicht etwa, dass ich …«

»Natürlich nicht! Das glaubt keiner. Doch er muss sich an die Vorschriften halten. Ich besorge dir den besten Anwalt …«

»Ich werde verhaftet? Wegen *Mordes?*« Felicia brach in Tränen aus. »Oh Ginger!«

Die heißen Tränen ihrer Schwägerin schürten Gingers Zorn. Was für eine bodenlose Ungerechtigkeit! Sie konnte nicht fassen, dass dieser Chief Inspector Felicia aufgrund einer so dünnen Beweislage verhaften wollte. Das waren doch alles bestenfalls Indizien!

Ginger hatte geglaubt, sie und Basil wären Freunde. Aber das hier war ein schlimmer Verrat. Sie verwünschte Scotland Yard dafür, dass der Mann zu so etwas gezwungen war.

»Ich werde mich nie wieder in die Öffentlichkeit wagen können, Ginger. Mein Ruf ist für alle Zeiten ruiniert!« Plötzlich schien Felicia die schlimmste aller Möglichkeiten aufzugehen. »Sie könnten mich sogar hängen!«

»Niemand wird dich hängen«, sagte Ginger. *Nur über meine Leiche.* Sie legte die Arme um ihre schluchzende Schwägerin und rieb ihr den Rücken. »Es wird alles gut«, versicherte sie ihr. »Wisch dir die Tränen ab und dann hoch mit dem Kinn. Wir werden dieser schrecklichen Geschichte bald auf den Grund kommen. Alles wird gut. Das verspreche ich dir.«

27

Ginger half Felicia in ein braves Kostüm mit einem Faltenrock und einem langen Jackett. Dazu wählten sie eine goldfarbene Satinbluse. Ambrosia, die Ginger hatte rufen lassen, stieß völlig aufgelöst zu ihnen. In ihrem Nachthemd und der Schlafhaube in Safrangelb sah sie aus wie eine wandelnde große Melone.

»Ginger! Du musst diesem Treiben ein Ende setzen! Das ist unerhört! Absolut verwerflich! Der Name Gold wird sich nie davon erholen!«

Ihr breites Gesicht war dunkelrot angelaufen, und Ginger hatte Angst, die alte Dame könnte einen Herzanfall erleiden. »Ich fürchte, ich bin machtlos, Großmutter. Aber bitte beruhige dich.«

»Mich beruhigen? *Beruhigen?*«

Langley stand nervös an der Tür. »Bitte holen Sie Tee für Lady Gold«, sagte Ginger.

Boss, der die Aufregung spürte, verließ sein Bett in Gingers Zimmer und setzte sich mitten in Felicias Zimmer auf den Boden. Mit seinen großen braunen Augen beobachtete er die Szene.

»Soll ich eine Tasche packen?«, fragte Felicia, als wollte sie eine Freundin besuchen und müsste nicht die Nacht in einer Arrestzelle verbringen.

Gingers Mitgefühl wog schwer wie ein Felsbrocken. Ihre Liebe zu Felicia und ihre eigene Hilflosigkeit angesichts dieser schrecklichen Farce pressten ihr das Herz zusammen.

»Du brauchst keine Tasche, Liebes.«

Felicia nickte und starrte bedrückt zu Boden.

Ambrosia hatte sich auf einem der beiden rosafarbenen Satinhocker neben dem Bett niedergelassen, und Langley kam eilig mit dem Tee zurück.

»Lasst uns zusammen eine Tasse trinken, bevor wir gehen«, sagte Ginger. Ihr war es gleich, wie lange Reed warten musste.

Felicia setzte sich neben Ambrosia, Ginger nahm auf der Ottomane am Fußende des Betts Platz.

»Was wird nun bloß aus mir?«, fragte Felicia leise. Die Lebhaftigkeit, die sonst in ihrer Stimme lag, war verschwunden.

Boss winselte und tappte zu ihr. Felicia klopfte auf ihren Oberschenkel, und er sprang mühelos auf ihren Schoß. Der Boston Terrier war Ginger treu ergeben, doch dieser sensible kleine Kerl spürte immer, wer seinen Trost gerade am nötigsten hatte. Felicia vergrub das Gesicht in seinem seidigen Fell.

»Man wird ... dich einer Straftat beschuldigen«, antwortete Ginger bedächtig. »Und du wirst die Nacht in einer Zelle verbringen.«

»Gütiger Himmel!«, japste Ambrosia. »Was für ein lächerliches Theater! Wie sollen wir mit dieser Schande leben? Auf den Straßen von Chesterton kann ich mich nie wieder blicken lassen, geschweige denn in der Kirche. Und wie man über uns tratschen wird! Nicht auszudenken.«

»Großmutter«, sagte Ginger betont ruhig. »Dies ist nicht der richtige Augenblick, sich darüber zu sorgen, was andere Leute denken. Felicia ist in ernsthaften Schwierigkeiten.«

Ambrosias schwere Lider senkten sich, und sie stieß einen tiefen Seufzer aus. »Ja natürlich. Du hast recht.« Sie griff nach Felicias Hand. »Ich habe dich so sehr in mein Herz geschlossen, Kind, und kann einfach nicht ertragen, was dir widerfährt. Deshalb drücke ich mich so unglücklich aus.«

»Das verstehe ich, Großmama«, sagte Felicia. »Ich liebe dich auch.«

»Und ich verspreche euch beiden, dass ich alles tun werde, was in meiner Macht steht, um Felicias Namen reinzuwaschen und für eine baldige Entlassung zu sorgen«, sagte Ginger.

Eine Träne lief Felicia übers Gesicht. »Ginger, du bist die beste Schwester, die eine Frau sich nur wünschen kann.«

Gingers Herz wollte zerspringen. »Wir drei Gold-Frauen halten zusammen.«

Sie tranken ihren Tee aus, dann umarmte Ambrosia Felicia oben an der Treppe. »Diesen grässlichen Mann noch einmal anzuschauen, ertrage ich nicht.« Damit meinte sie Reed. Ginger ging es genauso, obwohl sie wusste, dass das eigentlich nicht fair war. *Chief Inspector* Reed tat einfach nur seine Pflicht.

Doch diese Tatsache linderte nicht den Schmerz in ihrem Herzen.

Felicia stieg hocherhobenen Hauptes die Treppe hinunter. Aber als sie Reed wartend in der Eingangshalle stehen sah, sank ihr der Mut und sie lehnte sich an Ginger.

»Alles wird gut, Liebes.« Ginger umarmte sie. »Alles wird gut.«

~

AM NÄCHSTEN TAG war Haley plötzlich da. Sie trug den üblichen Hosenanzug aus Tweed und hatte nur einen kleinen Koffer bei sich.

Ginger stiegen Tränen in die Augen. Ihre Freundin war gekommen. Ausgerechnet jetzt, wo sie sie so dringend brauchte. Dass ihre Gefühle sie fast überwältigten, irritierte Ginger. Normalerweise ertrug sie Gefahren, brenzlige Situationen und andere Schwierigkeiten nahezu stoisch. Doch Felicias Schicksal berührte sie auf ganz besondere Art. Dass sie sie verlieren könnte, fachte ihren Schmerz und ihre Trauer über Daniels Tod noch einmal aufs Neue an.

Haley musterte Ginger verwundert. »Was ist denn los, Liebes?«

»Hast du es gehört? Bist du deshalb hier?«

»Was denn gehört?« Haley stellte den Koffer ab, zog ihren Mantel und ihren Schal aus und gab die Sachen Wilson. Der Butler nahm sie und ließ die Freundinnen diskret allein.

»Dass Felicia festgenommen worden ist.«

Haley drehte sich auf dem flachen Absatz ihrer Oxfordschuhe um. »Wie bitte? Davon weiß ich nichts. Ich bin wegen der gerichtlichen Untersuchung morgen noch einmal hergekommen.«

Nach allem, was in den letzten vierundzwanzig Stunden geschehen war, hatte Ginger daran gar nicht mehr gedacht. Der Knoten in ihrem Magen zog sich noch fester. Wie dieser offizielle Termin morgen ausgehen würde, war völlig offen. Vielleicht wurde dabei der Verdacht gegen Felicia entkräftet, vielleicht fanden sich weitere Sargnägel. Gemeinsam gingen sie und Haley ins Wohnzimmer, wo Ginger sich in den nächstbesten Sessel fallen ließ.

»Es ist einfach grauenhaft.«

Haley setzte sich auf die Kante des Sessels neben ihr und beugte sich zu ihr. »Ich komme um vor Neugier. Was ist passiert?«

Ginger fasste die Ereignisse des Vortags zusammen, berichtete von den Befragungen, von der Auseinandersetzung zwischen Smithwick und Reed und davon, was die Laboruntersuchung der Stricknadel ergeben hatte.

»Felicia wie eine Verbrecherin auf der Polizeiwache

zurücklassen zu müssen, war einfach herzzerreißend«, sagte Ginger. Reed seinen Anteil daran zu verzeihen, fiel ihr schwer. Sein Angebot, sie nach Hause zu fahren, hatte sie jedenfalls abgelehnt. Stattdessen hatte sie Constable Ryan darum gebeten. »Die ganze Geschichte ist so fürchterlich.«

Haley schüttelte den Kopf. Dabei lösten sich ein paar dunkle Locken aus ihrem falschen Bob. »Unglaublich. Chief Inspector Reed hat Felicia doch kennengelernt. Er kann nicht ernsthaft glauben, dass sie eine derart abscheuliche Tat begehen würde.«

»Du sagst es!«

»Aber, der Fairness halber«, fügte Haley widerstrebend hinzu, »von ihrer besten Seite hat sich Felicia übers Wochenende nicht gerade gezeigt. Und ein Chief Inspector, der seine Aufgabe auch nur halbwegs ernst nimmt, muss seine persönlichen Gefühle aus dem Spiel lassen, wenn er einen Fall untersucht.«

Ginger schnaubte. Natürlich hatte ihre Freundin recht. Trotzdem war sie tief enttäuscht. Sie war sicher, dass Basil Reed Gefühle jenseits purer Höflichkeit für sie gezeigt hatte. Oder hatte sie seine Signale völlig falsch gedeutet? Schön, er konnte sehr wechselhaft sein. Sie allerdings auch. Unterschwellig wusste sie, in welches Muster sie und dieser Mann gefallen waren: in einen beständigen Wechsel aus Flirt und Zurückhaltung. Was das anging, taten sie einander nicht gut. Aber weshalb dachte sie überhaupt über diese undefinierbare Beziehung nach, wo ihr Herz doch noch immer einem anderen gehörte?

Für Reed mochte sein Beruf an erster Stelle stehen, für sie stand da ihre Familie.

»Mir wird ganz übel, wenn ich mir vorstelle, dass Felicia jetzt in einer Zelle sitzt«, sagte sie. Sie dachte an Daniel. Stumm bat sie ihn um Vergebung, weil sie nicht gut genug auf seine Schwester aufgepasst hatte.

Haley schenkte sich aus einer Thermoskanne auf der Anrichte einen Kaffee ein. Seit Gingers Ankunft wurde täglich welcher gekocht und ebenso regelmäßig wie der Tee nachgefüllt.

»Dabei dachte ich, der gute Chief Inspector und du, ihr würdet euch langsam näherkommen«, sagte sie.

Ginger stöhnte frustriert auf. »Haley, Teuerste, ich kann dir versichern, das wird *nie* geschehen.«

Die Hand, mit der Haley ihre Tasse zum Mund führte, blieb mitten in der Bewegung hängen. Einen Moment lang riss sie erstaunt die Augen auf. »Herrje. Du bist wirklich wütend.«

»Ich bin rasend vor Wut.«

»Wo ist der Chief Inspector überhaupt? Es muss doch schwierig sein, jetzt noch mit ihm unter einem Dach zu wohnen.«

»Er ist gegangen. Hat sich ein Zimmer im Chesterton Inn genommen.«

»Verstehe«, sagte Haley nach einem Schluck Kaffee. »Das ist wohl besser so.«

»Allerdings.«

28

Am nächsten Morgen gingen Ginger und Haley zur Polizeiwache, um nach Felicia zu sehen. Ginger schaute sich in der Wache um und hoffte gegen jede Wahrscheinlichkeit, dort nicht Basil Reeds Gesicht sehen zu müssen.

Haley knuffte sie in die Seite und flüsterte: »Er ist nicht hier.«

Ginger hielt sich am Arm ihrer Freundin fest. »Ich bin so froh, dass du bei mir bist«, flüsterte sie zurück.

»Ich auch, Liebes«, sagte Haley voller Wärme. Ginger fand ihren Bostoner Akzent sehr wohltuend. Wenn Haley sprach, klang das immer ruhig und entspannt, ganz ohne harte Ecken und Kanten, fast wie bei einem Schlaflied. Die schnellen, scharfen und manchmal schwer verständlichen Akzente hier in England dagegen stachen Ginger gelegentlich geradezu schmerzhaft in den Ohren. Vor allem in angespannten Situationen.

Constable Ryan schob Dienst am Empfang. Wenigstens er hatte den Anstand, verlegen dreinzublicken.

»Besuch für Miss Gold – Lady Gold und Miss Higgins«, erklärte Ginger knapp.

»Madam.« Der junge Constable trat von einem Fuß auf den anderen und seine runden Wangen glühten. »Eigentlich darf ich immer nur eine Person in die Zelle lassen. Es sei denn, die zweite ist ein Anwalt.«

Ginger fixierte ihn mit ihren grünen Augen. »Ich glaube, heute können Sie eine Ausnahme machen. Wir beabsichtigen nicht, ihr zur Flucht zu verhelfen.«

»Gut. Ähm. Na ja. Weil Sie es sind, kann ich das wohl verantworten.«

Der Constable zog einen großen eisernen Ring mit mehreren Schlüsseln aus der Schreibtischschublade und schloss die Arrestzelle auf.

Mit geröteten Augen und hektischen Flecken auf der sonst so makellosen Haut stand Felicia vor ihnen.

»Ginger!« Mit einem perfekt manikürten Fingernagel wischte sie sich eine einzelne Träne von der Wange.

Gingers Blick blieb eine Sekunde lang an ihrem rosafarbenen Nagellack hängen. Mit derselben Farbe waren die Enden von Felicias Stricknadeln verziert.

Ginger zog die Handschuhe aus und nahm Felicias Hände fest in ihre. Sie waren kalt und feucht. »Wie fühlst du dich?«

Felicia zitterte, straffte aber die Schultern. »Ganz ordentlich, wenn man die Umstände bedenkt.«

Sie ließ Gingers Hände los und griff nach Haleys. »Es

tut gut, Sie zu sehen, Miss Higgins. Vielen Dank, dass Sie gekommen sind.«

»Wir tun alles, was wir können, um Ihnen zu helfen.«

»Ich habe meinen Anwalt in London angerufen«, sagte Ginger. »Er hat mir den besten Strafverteidiger von ganz England empfohlen. Nach dem amtlichen Untersuchungstermin setze ich mich mit ihm in Verbindung.« Sie schaute Felicia fest in die Augen. »Der Verdacht gegen dich wird in kürzester Zeit ausgeräumt sein, und dann bist du frei.«

Felicia sank auf die harte Holzbank. »Ach, ich hoffe so sehr, dass du recht hast.«

Ginger setzte sich neben sie. »Bleib stark. Das alles ist nur ein kolossales Missverständnis.« Reed würde im Erdboden versinken wollen, wenn er seinen Fehler einsehen musste.

»War sonst noch jemand bei dir?«, fragte Ginger. Sie wollte den Namen Smithwick nicht aussprechen, doch Felicias Augen verrieten ihr, dass sie verstand, wer gemeint war.

»Nein. Niemand.«

»Wirst du gut behandelt?«

»Ich kann nicht klagen«, antwortete Felicia matt. »Das Essen ist genießbar.«

»Konntest du schlafen?«

»Nicht so recht.«

Felicias tiefe Niedergeschlagenheit machte Ginger Sorgen. Selbst ihre Stimme klang teilnahmslos. Normalerweise war sie so quirlig und temperamentvoll, aber der furchtbare Verdacht gegen sie riss ihr den Boden unter den Füßen weg. Ginger vermisste die kecke Unerschrockenheit ihrer Schwägerin schon jetzt schmerzlich. Dass Felicia so gebrochen wirkte, ängstigte sie.

»Wir müssen jetzt los und unsere Aussagen machen«, sagte sie betont ruhig. »Wir wollten nur kurz sehen, wie es dir geht.«

»Ich komme zurecht, Ginger. Bitte sorg dich nicht zu sehr um mich.«

Sie machte sich jede Menge Sorgen, aber untätig herumsitzen würde sie nicht. Bei der Untersuchung würde sich sicher einiges klären, und dann wäre dieser Albtraum vorbei.

Weil es in Chesterton kein Gerichtsgebäude gab, wurde die amtliche Untersuchung im Chesterton Inn abgehalten. Dass sie den Inspector dort sehen würde, hatte Ginger erwartet. Aber nicht, dass sie mit ihm zusammenstieß. Buchstäblich.

Sie und Haley wollten gerade den Versammlungssaal hinter der Gaststube betreten, als Reed ihn verließ. Einen kurzen, unangenehmen Moment lang standen sie Nase an Nase. Die Blutergüsse im Gesicht machten den Mann seltsamerweise noch attraktiver. Und der Geruch seines Rasierwassers …

»Lady Gold«, sagte er überrascht. »Verzeihen Sie bitte.«

Ginger wich rasch einen Schritt zurück. »Selbstverständlich.«

»Sie sehen gut aus.«

Trotz ihres Zorns auf ihn flatterte in seiner Gegenwart ihr Herz – eine unkontrollierbare Reaktion, die sie ärgerte. Was war bloß mit ihr los? Sie war kein junges, leicht beeindruckbares Mädchen mehr. Sie war eine erwachsene, vernünftige Frau. »Würden Sie wohl beiseitetreten, damit wir vorbeikönnen?«, antwortete sie kühl.

In Reeds Blick trat Bedauern. »Sie sind mir immer noch böse.«

Ginger fixierte ihn düster.

Die Antwort gab Haley ihm an ihrer Stelle. »Nur ein wenig.«

Reed tippte an seinen Hut. »Guten Tag, Miss Higgins.«

Damit ging er um die Freundinnen herum und verschwand im Flur. Ginger schaute ihm hinterher. Er hielt sich zwar aufrecht, hinkte aber leicht. Und er schonte seine linke Seite. Ginger stieß den Atem aus. Ja, sie war wütend, aber wenn sie ehrlich war, galt ihre Wut nicht länger Basil Reed. Sie galt den Regeln und Vorschriften, an die er gebunden war.

Haley nahm sie am Arm. »Das hätten wir hinter uns, lass uns reingehen.«

Der Versammlungsraum war mit dunklem Mahagoni getäfelt. Man hatte einen provisorischen Zeugenstand aufgebaut und einen Bereich für die Geschworenen. Davor standen in einem Halbkreis mehrere Stuhlreihen. Schon jetzt waren so viele Zuschauer da, dass es fast nur noch Stehplätze gab. Ginger fragte sich, ob sich ganz Chesterton eingefunden hatte, um nur ja die Show nicht zu verpassen. Vermutlich hatte es in diesem Dorf seit dem Krieg kein ähnlich aufregendes Ereignis gegeben.

Vorn waren Plätze für die Zeugen reserviert, und Ginger und Haley schoben sich durch die Menge zu zwei freien Stühlen. Ginger spürte die Blicke der Dorfbewohner und gestattete sich einen Moment der Eitelkeit. Sie war froh, dass sie sich für den weinroten Strohhut aus Paris mit den schnörkeligen Verzierungen entschieden hatte, die ganz oben angesetzt waren und elegant über die Krempe verliefen.

Leises Gemurmel drang an ihre Ohren.

»Das ist doch die Schwägerin der Mörderin.«

»Ich habe gehört, Miss Gold hat es getan.«

»Wenn das die Dowager Lady Gold nicht von ihrem hohen Ross holt …«

»Pompöser Hut.«

»Einfach weghören«, flüsterte Haley ihr zu.

Ganz am Anfang der Stuhlreihe saß ein missmutiger Dr. Guthrie. Das weiße Haar stand ihm vom Kopf ab, als stünde er unter Strom. Seine Augen waren geschlossen, sein spitzes Kinn lag auf seiner Brust, und er schnarchte leise. Als sich Ginger und Haley an seinen knochigen Knien vorbeischoben, schreckte er hoch und erwachte mit einem letzten lauten Grunzton.

»Guten Tag, Dr. Guthrie.« Haley setzte sich neben ihn.

»Ach, Sie sind es.«

Haley grinste. »Das mag ich so an Ihnen, Dr. Guthrie. Sie sind immer so gut aufgelegt.«

Die scherzhafte Bemerkung brachte ihr ein Schnauben ein.

Der Untersuchungsrichter, ein kleiner, rundlicher Mann, bat um Ruhe und begann die Sitzung.

»Bedenken Sie bitte, dass dies keine Gerichtsverhandlung ist. Bei unserer heutigen Untersuchung werden wir lediglich die Identität der Verstorbenen, Zeitpunkt und Ort des Todes sowie Art, auf die die Verstorbene zu Tode kam, feststellen.«

Den Geschworenen, unbescholtene Bürger aus der näheren Umgebung, wurden Polizeifotos der Toten und Aufnahmen aus der Rechtsmedizin vorgelegt.

Als erste Zeugin wurde Mrs Dunsbury, die Schwester des Opfers, gehört. Sie trug ein konservatives Tageskleid mit einem wadenlangen Faltenrock. Ihr Haar umrahmte in perfekten, frisch gelegten Wasserwellen ihr Gesicht. Obwohl sie gefasst und aufrecht dastand, verrieten die zuckenden Muskeln um ihren Mund, wie nervös sie war. Der Vorsitzende bat sie, die Identität der Toten zu bestätigen.

»Die Frau auf den Fotos ist meine Schwester«, sagte sie leise. Mit einem Baumwolltaschentuch tupfte sie sich die Tränen aus den Augen. »Ich habe sie auch im Leichenhaus identifiziert.«

Als Nächstes rief der Vorsitzende Clement, den Gärtner, der die Tote gefunden hatte, wohnhaft in Nummer 31, Racket Street in Chesterton, in den Zeugenstand.

»Ich hab' im Garten hinter Bray Manor gearbeitet. In der Nähe vom See. Der Nebel hat ganz tief gehangen, ist das Tal raufgekrochen, wie oft um diese Jahreszeit. Ich fege gerade trockene Blätter von der Veranda – da hat der Wind sie über Nacht hingeblasen. Da seh' ich aus dem

Augenwinkel etwas Dunkles im Gras am See. Erst denk' ich, dort hat jemand eine Decke oder einen Mantel verloren. Und dann seh' ich was Weißes, das aussieht wie Haut. Ich geh' also runter zum Wasser, und als ich begreif', dass da ein Mädchen liegt, lauf' ich zurück zum Haus und ruf' um Hilfe.«

»Und das war der Zeitpunkt, zu dem Lady Gold und ihr Gast, Miss Higgins, erschienen sind?«

»Ja, Sir. Ja, genau.«

»Haben Sie die Tote berührt, Mr Clement? Oder irgendetwas verändert?«

»Nein, Sir. Ich mag ja die Gartenarbeit, aber irgendwas Totes, was größer ist als ein Käfer, schlägt mir sofort auf den Magen.«

Der Vorsitzende entließ den Gärtner aus dem Zeugenstand und rief nun Ginger auf. Sie musste sich ein wenig umständlich an Dr. Guthries Knien vorbeischieben, schritt dann aber so würdevoll wie nur möglich nach vorn. Mit hocherhobenem Kopf und streitlustigem Blick. Im Zeugenstand angekommen, schaute sie trotzig in die Runde. Bei Reed verharrte sie einen Moment länger als nötig.

»Lady Gold«, begann der Vorsitzende. »Sie waren die zweite Person am Fundort der Leiche. Ist das korrekt?«

»Ja, Sir. Zusammen mit Miss Higgins, die auf Bray Manor mein Gast war.«

»Bitte beschreiben Sie uns, was Sie am Morgen des achtundzwanzigsten Oktober vorgefunden haben.«

»Miss Higgins und ich haben gerade im Frühstückszimmer gegessen, da begann mein Hund Boss zu bellen.

Er hatte draußen vor den Terrassentüren einen aufgeregten Mann bemerkt und es gemeldet.« Ginger lächelte die Geschworenen an. »Boss ist ein sehr kluger kleiner Kerl.«

»Danke, Lady Gold.« Den Vorsitzenden schien die Intelligenz ihres Haustiers nicht weiter zu interessieren. »Was ist dann passiert?«

»Mr Clement hat hinunter zu der Toten gezeigt, und ich bin hinausgerannt, um nachzusehen, wer da liegt.« Bei der Erinnerung an den kurzen Moment, in dem sie befürchtet hatte, Felicia läge dort im Gras, zog sich Gingers Herz zusammen.

»Haben Sie die Tote berührt, Lady Gold?«

»Sie lag mit dem Gesicht nach unten. Ich habe sie auf die Seite gedreht, weil ich wissen wollte, wer sie ist. Dann habe ich sie wieder in die Position zurückrollen lassen, in der ich sie aufgefunden habe.«

»Und wie ging es dann weiter?«

»Die Polizei wurde gerufen.«

»Wie lange dauerte es, bis die Beamten da waren?«

»Ich schätze, etwa zwanzig Minuten.«

»Und was haben Sie in der Zwischenzeit getan?«

»Getan? Nichts. Wir haben gewartet. Wir standen alle unter Schock.«

»Wie kam es zu der Entscheidung, einen Rechtsmediziner hinzuzuziehen?«

»Miss Higgins ist die Wunde auf Miss Ashtons Rücken aufgefallen«, erklärte Ginger stolz. »Sie studiert Medizin und wird Ärztin. Auf den ersten Blick hat die Stelle bloß wie ein Schlammspritzer ausgesehen.«

Als Nächstes wurde Haley aufgerufen, die Gingers Aussage bestätigte. »Als Krankenschwester«, sagte der Vorsitzende, »konnten Sie da erkennen, um welche Art Verletzung es sich handelte?«

»Nur, dass es eine kreisförmige Wunde war. Aufgrund der Größe dachte ich an eine Schussverletzung.«

Nun war Sergeant Maskell an der Reihe.

»Das Telefon hat geklingelt. Ein Anruf von Bray Manor, neun Minuten nach acht Uhr am Morgen des achtundzwanzigsten.« Er sprach direkt zu den Geschworenen. »Gleich neben dem Telefon hängt eine große Uhr an der Wand, eine neue elektrische, die immer richtig geht. Auf diese Uhr habe ich geschaut, als der Anruf eingegangen ist. Deshalb kenne ich die genaue Zeit.«

»Und wann sind Sie am Fundort der Toten angekommen?«

»Etwa zwanzig Minuten später. Die Straßen waren an diesem Morgen vom Regen aufgeweicht. Bei der Ankunft habe ich einen Blick auf meine Armbanduhr geworfen, deshalb weiß ich, dass es punkt halb neun war.«

»Und was haben Sie vorgefunden?«

»Der Butler ... Wie heißt er gleich?« Er zögerte. »Ah, ja, Wilson, hat uns, mich und Constable Ryan, zum Livingston Lake hinter dem Haus gebracht. Wir wussten bereits, dass dort eine Tote gefunden worden war. Das hatte man uns am Telefon gesagt. Ich habe schon von Weitem gesehen, dass unten am See jemand halb im Wasser liegt. Nicht weit von einem Steg entfernt.«

»Wer war sonst noch anwesend?«

»Außer mir und Constable Ryan noch Lady Gold, Miss Higgins und der Butler.«

»Wann haben Sie entschieden, den Rechtsmediziner rufen zu lassen?«

»Nun, zuerst habe ich gedacht, die junge Dame hätte bei dem Ball am Vorabend vielleicht zu tief ins Glas geschaut, wäre zum Steg spaziert, ins Wasser gefallen und ertrunken. Aber als Miss Higgins mich auf die Verletzung auf dem Rücken aufmerksam gemacht hat, musste ich vermuten, dass die arme Frau durch ein Verbrechen zu Tode gekommen ist.«

»War es Ihre Entscheidung, Scotland Yard um Unterstützung zu bitten?«

Sergeant Maskell schwieg so bedeutungsvoll, dass fast der Eindruck entstand, er wäre tatsächlich selbst auf diese Idee gekommen. Doch eine Falschaussage wollte er dann wohl doch nicht riskieren. »Nein, das möchte ich nicht behaupten.«

»Wessen Idee war es dann?«

»Lady Gold hat es vorgeschlagen, Sir.«

Ginger presste die Lippen zusammen. Jetzt tat es ihr leid, dass sie darum gebeten hatte, Chief Inspector Reed die Ermittlungen zu übertragen. Wobei das Ergebnis vermutlich dasselbe gewesen wäre, ganz gleich, wen Scotland Yard geschickt hätte. Und wahrscheinlich hatte Reed Felicia rücksichtsvoller behandelt, als ein anderer Chief Inspector es getan hätte.

Ach, diese Gefühle! Sie wollte Reed wirklich böse sein.

Als der Vorsitzende Dr. Guthrie aufrief, stieß Haley dem dösenden Mann in die Rippen.

»Bitte nennen Sie Ihren Namen und Ihre amtliche Funktion«, verlangte der Vorsitzende. Ginger fragte sich, ob er überprüfen wollte, ob der alte Herr geistig ganz auf der Höhe war.

Doch im Zeugenstand wurde Dr. Guthrie sehr lebendig und sprach mit der ganzen Autorität seines Amtes im County. »Dr. Peter Guthrie, Rechtsmediziner und Polizeiarzt für das Dorf Chesterton und die umgebenden Ländereien, unter anderem auch für das Anwesen, das unter dem Namen Bray Manor bekannt ist.«

»Bitte machen Sie Ihre Aussage.«

»Bei meiner Ankunft fand ich die Verstorbene hinter dem Bray Manor genannten Landsitz vor. Sie lag mit dem Gesicht nach unten auf dem Rasen am Ufer des Livingston Lake. Die untere Hälfte ihres Torsos wurde vom Wasser überspült. Nachdem ich mich vergewissert hatte, dass die Frau tatsächlich tot war, ließ ich die Leiche abtransportieren und habe unverzüglich eine Autopsie durchgeführt.«

»Bitte erläutern Sie die Ergebnisse Ihrer Untersuchung.«

»Das Fehlen von Wasser in der Lunge schließt einen Tod durch Ertrinken aus. Das Opfer muss also nach seinem Tod ins Wasser gefallen oder hineingeworfen worden sein.«

»Gab es Auffälligkeiten im Mageninhalt?«

»Champagner war in größeren Mengen vorhanden, aber keine Gifte irgendwelcher Art.«

»War es Ihnen möglich, den Todeszeitpunkt zu bestimmen?«

»Es gibt einige Faktoren, die erlauben, den Zeitraum einzuschränken. Normalerweise ziehen wir dazu die Körpertemperatur heran. Doch die Leiche wurde vom Wasser des Sees gekühlt, und die Umgebungstemperatur war sehr niedrig. Deshalb mussten wir nach anderen Hinweisen suchen. Laut Sergeant Maskell wurde das Opfer während der Tanzveranstaltung zum letzten Mal um Mitternacht lebend gesehen. Die Leichenstarre war noch voll ausgeprägt, Totenflecken hatten sich gebildet. Deshalb komme ich zu dem Schluss, der Tod muss zwischen Mitternacht und fünf Uhr morgens eingetreten sein.«

»Und die Todesursache?«

»Ein Fremdkörper hat das Herz durchbohrt.«

»Und welche Art Fremdkörper war das?«

»Das kann ich nicht mit letzter Sicherheit sagen.«

»Es war keine Kugel?«

»Nein. Es gab weder eine Austrittswunde, noch steckte eine Kugel im Inneren des Körpers.«

»Verstehe. Können Sie denn mit Sicherheit sagen, dass die Verletzung weder selbst herbeigeführt noch durch einen Unfall verursacht wurde?«

»Ja, das kann ich.«

»Das wäre alles, Dr. Guthrie.«

Der Vorsitzende schien zufrieden. Nach einer kurzen Ansprache an die Geschworenen verkündete er das Untersuchungsergebnis: vorsätzlicher Mord, begangen von einer oder mehreren unbekannten Personen.

29

Bei Gingers und Haleys Rückkehr war Ambrosia völlig außer sich. Kaum hatten sie das Haus betreten, schon fiel die alte Dame regelrecht über sie her und zerschnitt mit den fahrigen Gesten ihrer juwelengeschmückten Finger die Luft.

»Wie ist es ausgegangen? Lassen sie Felicia frei?«

»Es war keine Gerichtsverhandlung, Großmutter«, antwortete Ginger. »Sondern lediglich eine Untersuchung, um festzustellen, auf welche Art das Opfer zu Tode gekommen ist.«

»Waren viele Leute dort? Gütiger Himmel, alle werden sich die Mäuler zerreißen. Im Dorf kann ich mich nicht mehr zeigen. Meine Enkelin verhaftet, und jeder weiß davon. Und auch noch wegen Mordes!«

Andere mochten reden, aber Ginger biss sich auf die Zunge. Hinter Ambrosias Sorge darüber, was man über sie und ihre Familie dachte, verbarg sich ihre Angst um

Felicia. Zudem gehörte sie einer Ära an, in der das Ansehen einer Person in der besseren Gesellschaft über allem gestanden hatte.

»Bitte beruhige dich, Großmutter. Schon Felicia zuliebe. Wir werden dieses kolossale Missverständnis bald aus der Welt geschafft haben, dann kommt sie wieder nach Hause. Versprochen.«

»Der Schaden ist kaum wiedergutzumachen. Sie wird nie einen standesgemäßen Ehemann finden.«

Das hektische *Klick, klick, klick* ihres Gehstocks folgte Ambrosia aus dem Zimmer.

»Diese Frau ist eine Naturgewalt«, murmelte Haley.

Ginger nickte. »Allerdings.«

Sie beschlossen, sich umzuziehen und sich danach im Wohnzimmer zu treffen. Ginger war als Erste wieder unten. Sie nahm an, dass Haley einen Blick in eines ihrer medizinischen Lehrbücher geworfen und sich dann darin festgelesen hatte. Das kam öfter vor. Phyllis machte frischen Tee und Ginger schenkte sich eine Tasse ein. Mit dem Tee in der Hand ging sie zum Fenster und schaute hinunter zum See. Sie versuchte, sich Angela Ashtons letzte Minuten vorzustellen. Wie sie den Ballsaal verließ und ein wenig unbeholfen und beschwipst zum Steg hinuntertappte. *Warst du allein? War jemand bei dir?*

Falls Angela vom Steg gefallen war, dann nahe am Ufer. War das vor oder nach dem Stich passiert? Sicher danach, dachte Ginger, sonst wäre der Mörder doch wohl auch nass geworden. Zumindest so nass, dass es später jemandem aufgefallen wäre. Doch warum hatte Angela nur halb im Wasser gelegen? Bei einem Sturz von Steg, selbst in Ufernähe, wäre sie doch der Länge nach im Wasser gelandet. Der Livingston Lake hatte keine Brandung wie ein Ozean, das Wasser kräuselte sich bestenfalls einmal heftig. Eine Strömung gab es nicht, und selbst bei Sturm war der Wind hier nicht stark genug, um einen Körper aus dem Wasser halb aufs Gras zu schieben.

Hatte jemand sie herausgezogen? Aber weshalb das Risiko eingehen, erwischt zu werden?

Sie und Haley hatten versucht, das Verbrechen nachzustellen. Womöglich war Angela auch nur tödlich verwundet einen Schritt weit ins Wasser gestrauchelt und zusammengebrochen. Vielleicht würden sie es nie erfahren.

Etwas Schwarzes jagte über den Rasen, und Ginger lächelte. Wilson warf Stöckchen für Boss. Er war wohl doch nicht ganz so steif und förmlich, wie er immer erscheinen wollte. Sie grinste. Boss schnappte sich den Stock oft sogar direkt aus der Luft und rannte damit zurück, damit Wilson ihn noch einmal warf.

Als Haley sie ansprach, zuckte sie zusammen. Sie hatte sie nicht hereinkommen hören.

»Was gibt es denn dort draußen zu sehen?«

»Herrje, musst du dich so anschleichen?«

»Ich habe mich nicht angeschlichen.« Haley stellte sich neben sie ans Fenster.

»Boss und Wilson spielen Stöckchen werfen.« Ginger schaute zu, wie der Butler mal hoch, mal niedrig, mal gerade warf. Sie drehte sich zu ihrer Freundin. »Weißt du noch, welchen Winkel die Stichwunde hatte?«

»Das war nicht ganz einfach zu erkennen, weil sie zusammengefallen war.«

»Könnte man sie korrekt ausmessen?«

»Wenn man wollte, ja.«

Gingers Augen blitzten. »Ich glaube, wir müssen Dr. Guthrie einen Besuch abstatten.«

Zum Glück hatte Wilson inzwischen veranlasst, dass sich der Mechaniker um den Humber kümmerte, und das Automobil lief wieder tadellos. Haley stützte sich mit einer Hand am Armaturenbrett ab, mit der anderen hielt sie den Türgriff fest, als würde das den Wagen zusammenhalten, während Ginger um Pfützen und Schlaglöcher kurvte.

»Was, wenn er nicht in der Praxis ist?«, fragte Haley über den Motorenlärm hinweg. »Es ist schon nach vier.«

»Wo sollte er sonst sein?«

»Gute Frage. Erklär mir noch mal, warum wir Dr. Guthrie aufsuchen müssen.«

»Irgendetwas an seiner Zeugenaussage beschäftigt mich.«

»Das sagtest du bereits. Nur leider nicht, worum es sich dabei handelt.«

»Das liegt daran, dass ich es selbst nicht genau weiß. Aber mir spukt etwas im Hinterkopf herum.«

Den Weg kannte sie noch vom letzten Mal, als sie Haley nach der Autopsie abgeholt hatte. Die Praxis lag ganz in der Nähe des *Croft Convalescent Home*.

Am Empfang sagte man ihnen, Dr. Guthrie sei noch da. Gleich darauf standen Ginger und Haley vor dem Raum, in dem die Leiche untersucht worden war. Ginger klopfte an.

»Dr. Guthrie?«

Als niemand antwortete, drückte sie kurzerhand gegen die Tür, und sie schwang auf. Den Kopf im Nacken, den Mund leicht geöffnet saß der Doktor an seinem Schreibtisch.

Beim Anblick des roten Flecks auf seinem Hemd beschleunigte sich Gingers Puls. War der Mann Opfer eines Mordanschlags geworden? »Dr. Guthrie?«

Seinen Namen so laut zu rufen, hatte den gewünschten Effekt. Der Doktor wurde ins Leben zurückkatapultiert.

»Wa... Was? Gütiger Himmel!« Die Grimasse, die er schnitt, ließ die Furchen in seinem Gesicht noch tiefer scheinen. »Lady Gold. Miss Higgins. Was hat das zu bedeuten?«

»Entschuldigen Sie bitte, Dr. Guthrie«, sagte Ginger. »Ich wollte Sie nicht erschrecken. Als Sie nicht geantwortet haben und ich Ihr Hemd gesehen habe, habe ich das Schlimmste befürchtet.«

Der alte Herr betrachtete den roten Fleck auf seiner Brust und schnaubte. »Blut. Von dem Steak, das ich vorhin gegessen habe. Blutig mag ich es am liebsten. Und nein, wenn ich zu tun habe, gehe ich nicht zum Essen nach Hause. So, und jetzt sagen Sie mir, warum Sie hier sind.«

»Wir wollten Sie bitten, uns einen Blick auf die Tote

werfen zu lassen, Dr. Guthrie«, antwortete Haley. »Uns interessiert besonders der Winkel der Wunde.«

Dr. Guthrie kniff nachdenklich die Augen zusammen. Erst schnaubte er, dann nickte er.

Der Raum für die Autopsien war weiß gestrichen, hatte ein Porzellanwaschbecken und Tische und Ablageflächen aus Keramik.

Miss Ashtons Körper lag grau wie Asche unter einem weißen Tuch. Sie war zugedeckt bis zum Hals. Ginger seufzte. Was für ein Jammer. Angela war eine so schöne junge Frau gewesen, sie hatte ihr ganzes Leben noch vor sich gehabt.

Der Doktor drehte den Körper auf den Bauch. Die Verletzung links oben am Rücken war gereinigt worden und trocken. »Wir haben es mit einer waagerechten Stichführung zu tun.«

Er nahm einen Ordner mit Fotos von der Autopsie aus einer Schublade. »Hier sehen Sie, wo das Muskelgewebe durchbohrt wurde.«

Ginger verzog das Gesicht. Das Foto war vom Inneren der Brusthöhle aus aufgenommen, nachdem das Herz herausgenommen worden war.

Der Doktor suchte eine weitere Aufnahme heraus. Sie zeigte das Herz. »Eine saubere Eintrittswunde. Auch hier haben wir ganz klar einen Neunzig-Grad-Winkel.«

»Was hat das zu bedeuten?«, fragte Ginger. »Was können wir daraus schließen?«

Dr. Guthrie drehte ihr den Rücken zu. »Tun Sie, als wollten Sie auf mich einstechen.«

Ginger legte zögernd eine Hand an die Schulter des

Mannes und tat mit der anderen Hand so, als wollte sie zustechen. Vermutlich hatte der Täter es bei Angela Ashton so ähnlich gemacht.

»Wie halten Sie die Waffe?«

Ginger schloss die Hand zur Faust und hob sie.

»Das wäre wohl die übliche Art«, sagte Haley. »Man hebt den Arm so wie du und sticht mit Schwung in einem Bogen von oben nach unten zu.«

»Aber so kann es bei dem Eintrittswinkel nicht gewesen sein«, sagte Ginger. Sie versuchte es auf andere Weise. Diesmal hielt sie die unsichtbare Waffe waagerecht, aber dennoch hoch genug, um sein Herz zu erreichen. »Das fühlt sich seltsam an«, sagte sie. »Ich wüsste keinen Grund, weshalb jemand die Waffe so halten würde.«

»Versuch es bei mir«, sagte Haley. »Ich bin dem Opfer von der Größe her ähnlicher.«

Ginger wiederholte die Bewegungen und staunte, wie umständlich sich ein gerader Stich anfühlte. »Waagerecht zuzustechen ist ziemlich schwierig«, stellte sie fest. »Am naheliegendsten ist es doch, mit viel Kraft von oben nach unten zuzustoßen. Auch ein Stich von unten nach oben wäre denkbar.«

»Ich stimme ihren Schlussfolgerungen voll und ganz zu«, sagte Dr. Guthrie.

»Aber wie ist es in unserem Fall vor sich gegangen?« Ginger legte die Stirn in Falten. »War die Stricknadel vielleicht doch nicht die Tatwaffe?« Es hatte nur wenig Blut daran gehaftet.

Der Doktor machte eine kleine Seitwärtsbewegung mit dem Kopf. »Das denke ich doch, Lady Gold.«

Ginger versuchte, sich den Angriff noch einmal mit einer waagerechten Stichführung vorzustellen. Dann weiteten sich ihre Augen. »Ich glaube, ich weiß, was passiert ist.«

30

Ginger raste durch Chesterton, so schnell es mit dem uralten Humber ging. Dass lediglich zwei andere Automobilisten hupten, fand sie recht zufriedenstellend.

Haley hingegen schrie mehrmals auf. »Wenn du uns umbringst, werden wir diesen Mordfall nicht lösen!«

Dicht gefolgt von Haley eilte Ginger schließlich in die Polizeiwache. Die Fransen ihres handbemalten schottischen Schals flatterten hinter ihr her wie im Fahrtwind.

Constable Ryan sprang auf und nahm Haltung an. »Lady Gold?«

Sie setzte ihren breitkrempigen Hut zurecht. »Ich muss Chief Inspector Reed sprechen. Es ist dringend!«

Der Constable zog das Kinn ein. »Ich fürchte, er ist abgereist.«

»Was soll das heißen, *abgereist?*«

»Er ist nach London zurückgefahren.«

Ginger erstarrte. Bei dem Gedanken daran, was das zu bedeuten hatte, zog sich ihr Herz schmerzhaft zusammen. Reed hatte Felicia bereits aufgegeben. Er war gegangen, ohne sich zu verabschieden. Er hatte *sie* aufgegeben.

Sie schluckte. »Wie lange ist er schon weg?«

»Die Wache ...« Constable Ryans Blick flog zu der Uhr an der Wand. »... hat er vor fünfundzwanzig Minuten verlassen.«

Vor fünfundzwanzig Minuten. Er konnte noch im Chesterton Inn sein.

Ginger sprintete geradezu zur Tür. Über die Schulter rief sie Haley zu: »Wir müssen ihn unbedingt noch erwischen.«

»Was ist mit Felicia?«

Damit brachte sie Ginger abrupt zum Stehen. Felicia wartete hier in der Zelle darauf, dass sie von der amtlichen Untersuchung des Falls zurückkamen. Und die war bereits vor über zwei Stunden zu Ende gewesen. Ginger schaute ihre Freundin an. »Könntest du ...?«

Haley wedelte mit der Hand. »Selbstverständlich. Los, verschwinde!«

Auf dem Parkplatz vor dem Chesterton Inn standen nur ein paar wenige Automobile. Die Pferdekutschen waren eindeutig in der Überzahl. Hektisch schaute sich Ginger nach einem tannengrünen Austin 7 um.

Das Herz sank ihr zwischen die Knie. Der Austin war nirgends zu sehen. Falls Reed tatsächlich bereits unterwegs nach London war, konnte es zwei oder mehr Stunden dauern, bis sie ihn ans Telefon bekam.

In der Zwischenzeit konnte der Mörder noch einmal zuschlagen.

Zum ersten Mal war Ginger froh, dass Felicia in einer Zelle saß. Dort war sie wenigstens sicher.

Als sie den Humber wendete, entdeckte sie Reeds Austin auf der anderen Straßenseite. Sie parkte direkt hinter ihm und hastete ins Hotel.

»Ist Chief Inspector Reed noch hier?«, fragte sie den Angestellten am Empfang.

Der Mann warf einen Blick in sein Verzeichnis. »Meine Schicht hat gerade erst begonnen, Madam. Lassen Sie mich nachsehen.«

Seine Bewegungen waren bedächtig und systematisch, und Ginger war versucht, ihm das Buch wegzureißen und selbst nachzuschauen.

»Ah, da haben wir ihn ja«, sagte er endlich. »Offenbar ist der Chief Inspector bereits abgereist.«

»Aber sein Wagen steht draußen an der Straße.«

»Vielleicht ist er noch zu Fuß irgendwohin gegangen.«

Ja, offenbar. Sie eilte hinaus und überlegte fieberhaft, wo Reed stecken konnte. Da entdeckte sie ihn. Mit verschränkten Armen lehnte er an seinem Austin und schaute sie an.

Ginger ging langsamer. Ihr Mund wurde trocken. Sie schätzte es, wenn Männer gut angezogen waren. Aber Basil Reed war mehr als das. Er wirkte selbstbewusst und sicher. Nur seine Augen verrieten eine kleine Schwäche. In seinem Blick lag eine Spur Sorge und, ja, auch Verlangen nach ihr, fand Ginger. Dass es zwischen ihnen eine Verbindung gab, die weit über das rein Kollegiale hinausging, ließ sich nicht verleugnen. Doch offenbar waren sie beide nicht zu einem solchen Drahtseilakt bereit. Er jedenfalls wäre ohne ein weiteres Wort einfach abgefahren.

»Suchen Sie mich?«, fragte er, als sie näher kam.

Normalerweise hätte sie ihm eine schlagfertige Antwort gegeben oder sich auf ein harmloses kleines Wortgeplänkel eingelassen. Aber jetzt stand zu viel auf dem Spiel.

»Ich weiß, wer Miss Ashton umgebracht hat.«

Reed war ebenfalls dafür, unverzüglich den Strickzirkel zusammenzurufen. Alle wurden benachrichtigt und saßen nach gerade einmal zwei Stunden im Wohnzimmer von Bray Manor. Ginger bat Wilson, an der Tür Wache zu halten, und Boss setzte sich ihm zu Füßen, als wäre ihm der Ernst der Lage bewusst und er wollte helfen.

In dem Sessel neben Ambrosia ließ sich Mrs Richards nieder. Sie trug eine dicke Strickjacke – zweifellos eine ihrer eigenen Kreationen. Im nächsten Sessel hockte Honourable Mrs Croft. Wegen ihres langen Torsos sah sie größer aus, als sie es in Wahrheit war. Offenbar versuchte sie, das auszugleichen, indem sie so tief wie möglich rutschte, die Schultern hängen ließ und das Kinn einzog.

Miss Smith setzte sich direkt ans Feuer. Ihre geräumige Handtasche, in die sie leicht mehrere Bücher packen konnte, stellte sie neben sich auf den Boden. Genau wie Haley trug sie vernünftige flache Schuhe. Auf dem Sofa ließ sich Miss Whitton in ihrer Schwesterntracht nieder. Sogar das Namensschild, auf dem *Schwester Whitton* stand, trug sie noch. Haley setzte sich neben sie.

»Ich verstehe nicht, was das hier soll«, schimpfte Mrs Richards. »Ich verpasse meinen Bridge Club.«

Honourable Mrs Croft sah verängstigt aus. Völlig anders als sonst hielt sie den Kopf gesenkt und starrte zu Boden. Miss Smith dagegen saß da wie ein aufgekratzter Schoßhund und schien völlig unbekümmert. Ihr war offenbar jede Art von Aufregung lieber als keine.

Miss Whitton lehnte sich zurück und gähnte hinter vorgehaltener Hand. »Ich habe eine anstrengende Schicht hinter mir. Ich hoffe, das hier dauert nicht zu lange.«

Im flackernden Licht des prasselnden Feuers konnte man die Blutergüsse in Reeds Gesicht beinahe übersehen. Doch Miss Whittons scharfem Blick waren sie nicht entgangen. »Was ist denn mit Ihnen passiert, Chief Inspector?«

»Nur ein kleiner Unfall«, antwortete er schnell. »Nicht der Rede wert. Allerdings schmerzt mein Kiefer. Deshalb hoffe ich, die Damen haben keine Einwände, dass Lady Gold heute an meiner Stelle das Reden übernimmt.«

Ginger schaute ihn an, und er nickte ihr zu.

»Sicher fragen Sie sich, weshalb wir Sie zusammengerufen haben. Und ich möchte es Ihnen gleich verraten. Miss Ashton wurde mit Miss Golds Stricknadel erstochen. Mit der, die beim letzten Treffen des Strickzirkels verschwunden ist. Ich freue mich, Ihnen mitteilen zu können, dass Miss Gold die Arrestzelle verlassen durfte und keine Vorwürfe mehr gegen sie erhoben werden. Sie ruht sich gerade aus.«

Die Frauen schnappten hörbar nach Luft, dann redeten sie durcheinander.

Miss Whitton: »So etwas in der Art hatte ich mir schon gedacht.«

Mrs Richards: »Aber Sie verdächtigen doch wohl niemanden von uns?«

Miss Smith: »Die Nadel könnte jeder genommen haben. Jemand vom Personal vielleicht, oder sogar ein Gast, der beim Tanzabend war.«

Ambrosia: »Das war der Poltergeist! Es heißt doch, die werden mit der Zeit immer bösartiger.«

»Meine Damen!« Ginger klatschte in die Hände. »Bitte beruhigen Sie sich.«

Das Stimmengewirr verstummte, und Ginger fuhr fort. »Lassen Sie uns zuerst über den Poltergeist sprechen.«

»Sie glauben doch nicht ernsthaft, dass ein Geist Angela umgebracht hat?«, fragte Miss Whitton spöttisch.

»Nein, definitiv nicht. Und was den Poltergeist betrifft, haben wir auch bereits ein Geständnis. Die Sache ist beigelegt, und wir müssen nicht mehr darüber sprechen.« Ginger wollte Honourable Mrs Croft eine weitere Demütigung ersparen. Doch die Frau selbst fühlte sich offenbar verpflichtet, ihre Vergehen zu beichten, und brach in Tränen aus.

»Es tut mir wirklich furchtbar leid, beste Lady Gold! Ich weiß nicht, was in mich gefahren ist.«

Ambrosia sah aus, als hätte sie eine Fischgräte

verschluckt. Ihre Wangen röteten sich erst vor Ärger, dann aus Verlegenheit, weil sie an einen Geist geglaubt hatte. »*Mrs Croft!*«

»Ich weiß. Ich weiß. Bitte vergeben Sie mir.« Mrs Crofts Stimme klang, als wäre sie am Rande der Hysterie. »Ich kann auf keinen Fall ins Gefängnis gehen!«

Ambrosia schüttelte den Kopf. »Nun seien Sie nicht albern. Wegen ein paar dummer Streiche wird doch niemand in eine Zelle geworfen.«

Aber man würde die Frau behandeln wie eine Aussätzige, dachte Ginger, wenn sich die Sache herumsprach. »Lassen Sie uns geloben, über Mrs Crofts Geständnis Stillschweigen zu bewahren«, sagte sie. »Ein Strickzirkelgeheimnis.«

Ambrosias Augen weiteten sich. Offenbar war ihr ein Gedanke gekommen. »Es sei denn ...«

»Nein!«, japste Mrs Croft. »Ich habe Miss Ashton nicht umgebracht.« Verzweifelt schaute sie in die Runde. »Ich war es nicht!«

»Bitte beruhigen sie sich, Mrs Croft«, sagte Ginger. »Wir wissen, dass Sie Miss Ashton nicht getötet haben.«

»Wirklich?« Ihre Wimpern flatterten, und die Erleichterung war ihr deutlich anzusehen. »Aber wer war es dann?«

Ginger stand auf. »Jemand, der wusste, dass Sie der Poltergeist waren, und gesehen hat, wie Sie Miss Golds Stricknadel an sich genommen haben. Damit ergab sich eine Gelegenheit. Genau genommen waren es sogar zwei. Die erste kam, als Mrs Croft ihrem Strickkorb den Rücken zugewandt hat, sodass jemand anderer die

Nadel nehmen konnte. Die zweite war der Tanzabend, denn der Mörder wusste, dass das Opfer dort sein würde.«

Nacheinander schaute Ginger in jedes aufmerksame Gesicht.

»Außer mir, Miss Higgins, dem Chief Inspector, der Dowager Lady und Wilson hatten alle hier im Raum ein Motiv. Ihres, Mrs Croft, liegt auf der Hand. Sie wollten nicht, dass Ihr Sohn sein Versprechen wahrmacht und Miss Ashton heiratet. Das war allgemein bekannt.«

»Aber Sie haben doch gerade selbst gesagt …«

Ginger hob eine Hand. »Miss Whitton, praktisch jeder in Chesterton wusste, dass Miss Ashton ein unschickliches Interesse an Ihrem jüngeren Bruder James zeigte. Und Sie sind sehr um seinen Ruf und um seine Zukunft besorgt. Auf dem Ball hat Sie niemand gesehen. Doch Sie könnten ohne Weiteres draußen gewartet haben.«

Die Krankenschwester presste einen Moment lang die Lippen zusammen. »Ich war zu Hause. Mit meinem Bruder«, zischte sie dann aufgebracht.

»Ja, richtig«, sagte Ginger.

»Mrs Richards hat durch Miss Ashtons Fahrlässigkeit ihren geliebten vierbeinigen Gefährten verloren.«

»Ja. Und das konnte ich ihr nicht verzeihen«, sagte Mrs Richards kläglich. Dabei rückte sie ihre dicke Brille zurecht. »Aber ich kann kaum genug sehen, um zu stricken. Dass ich mich im Dunkeln an jemanden anschleiche, ist völlig ausgeschlossen.«

»Das stimmt wohl. Aber zu diesem Angriff musste sich niemand anschleichen, und auch körperliche Kraft war nicht nötig. Denn die Stricknadel wurde mit einer Art Katapult abgeschossen.«

Ambrosia zog verwirrt die Brauen zusammen. »Was willst du damit sagen?«

Ginger schaute der Bibliothekarin fest in die Augen. »Ich glaube, Sie wissen es, Miss Smith.«

Mary Smiths Miene versteinerte. »Ich glaube nicht.«

»Waren Sie nicht diejenige, die beim letzten Strickabend von den Bogenschützen gesprochen hat, die ein neues Übungsgelände suchen?«

»Ich erinnere mich nicht.«

»Spielen Sie nicht gelegentlich mit selbstgemachten kleinen Schussvorrichtungen, um der Langeweile in der Ortsbücherei von Chesterton zu entkommen?«

Miss Smith verschränkte die Arme vor der Brust. »Ja, und? Was ist schon dabei?«

»Als der Chief Inspector und ich Sie dort aufgesucht haben, haben Sie ein Buch in die Schreibtischschublade gesteckt. Und ich gestehe, ich habe hineingeschaut. Erst wusste ich nicht, was ich da vor mir habe. Auf den ersten Blick sah es nur aus, als hätte jemand mit Bleistiften und Gummibändern gespielt.«

»Sie haben es ja eben selbst gesagt«, erklärte Miss Smith steif. »Damit vertreibe ich mir die Zeit.«

»Sie sind eine gute Bogenschützin, nicht wahr, Miss Smith?«, beharrte Ginger. »Sogar Mitglied des Vereins, glaube ich. Ihnen war es ein Leichtes, anstatt eines Pfeils eine angespitzte Stricknadel zu benutzen. Sie haben Miss Ashton getötet.«

31

Blitzartig riss Miss Smith ein Stück Holz aus dem Feuer, das an einem Ende wie eine Fackel brannte. Sie schwang es wie ein Höhlenmensch, der angreifende Löwen vertreiben wollte. Die Spiegelungen der Flammen in ihren Brillengläsern ließen sie aussehen wie eine Besessene.

»Bleiben Sie weg!« Miss Smiths Stimme hob sich um eine Oktave. Ihre Worte klangen wie Fingernägel, die über eine Schultafel kratzten.

Die Härchen in Gingers Nacken richteten sich auf. »Beruhigen Sie sich, Miss Smith«, sagte sie eindringlich. »Niemand möchte Ihnen etwas tun.«

»Sie lügen!« Flammen tanzten durch die Luft. »Sie wollen, dass ich hänge!«

»Das ist nicht wahr«, sagte Ginger. »Wir wollen Ihnen helfen.«

»Sie sind alle Lügner und Mörder! Durch Ihr Schweigen.« Tränen rannen über die Wangen der Frau, und als ihr die Fackel beinahe entglitt, schnappten die anderen im Raum hörbar nach Luft.

Miss Smith starrte ihnen nacheinander ins Gesicht. »Alle hier in Chesterton sind schuldig.« Ihre Stimme klang jetzt fast unheimlich ruhig. »Meine Schwester ist gestorben und hat nie Gerechtigkeit erfahren.«

Langsam fügten sich die Teile des Puzzles zu einem schlüssigen Bild. »Jean Smith war Ihre Schwester?« Jean war die vierte junge Frau gewesen, mit der Felicia während des Kriegs auf der Farm gearbeitet hatte.

Jetzt liefen Mary Smith ganze Tränenbäche übers Gesicht. »Meine einzige Schwester. Sie war zehn Jahre jünger als ich. Wie mein eigenes Kind habe ich sie aufgezogen, als unsere Mutter gestorben war. Jean hat mir alles bedeutet.«

Sie schluchzte auf, und Ginger empfand tiefes Mitleid mit ihr.

Anklagend zeigte Miss Smith nun auf Mrs Richards. »Ihr Mann war einer der Geschworenen.«

»Sie ... Er war nur einer von zwölf«, stotterte Mrs Richards. »Er war nicht der einzige.«

»Aber die Entscheidung war einstimmig. Sie haben die Landarbeitermädchen für unschuldig erklärt!«

»Es tut mir wirklich sehr leid, Miss Smith«, sagte Miss Whitton in einem beschwichtigenden Krankenschwesternton. »Ihre Schwester hat Selbstmord begangen.«

»Sie wurde in den Tod getrieben!«, kreischte die Bibliothekarin. »Sie war zu unscheinbar und unbedeutend für die anderen. Sie haben ihr das Leben zur Hölle gemacht! Am schlimmsten war Angela Ashton. Hat sie immer herabgesetzt, hat Jean, meiner bezaubernden, sanften Schwester, eingeredet, sie wäre nutzlos und hässlich. Und keiner hat Jean geholfen. *Sie* haben meine Schwester umgebracht.«

»Mary …«, begann Ginger.

»Nein!« Mary Smiths freie Hand schnellte vor, wie um Ginger aufzuhalten. »Angela hatte es verdient zu sterben. Sie war durch und durch böse. Hat mit anderen Menschen gespielt und sie fallenlassen, wenn es ihr gerade passte. Sie war eine Frau ohne jede Moral und wäre bald auch noch Baroness geworden. Ein Leben voller Privilegien hatte sie einfach nicht verdient.«

Mary fixierte Ginger mit einem stechenden Blick. »Felicia und Muriel Webb wären die Nächsten gewesen. Dass Sie mich davon abhalten, werde ich Ihnen nie verzeihen.«

Damit schwang sie das brennende Holzscheit in einer weiten Acht und streifte dabei absichtlich die Spitzenvorhänge.

»Miss Smith!«, bellte Reed, aber es war zu spät. Die Gardinen fingen Feuer, die Flammen breiteten sich in Windeseile aus. Haley stürzte zu dem Wasserkrug auf der Anrichte, doch das wenige Wasser half nichts.

Miss Whitton schlug mit einer Wolldecke auf die Flammen ein, fachte sie damit aber nur noch weiter an. Am Ende brannte sogar die Decke.

»Schnell! Alle hinaus!«, schrie Ginger. Miss Smith hatte bereits ihre Handtasche geschnappt und flüchtete durch die Flügeltüren ins Freie. Ginger raffte ihren Rock und sprintete hinter ihr her.

»Mary!«

Die Bibliothekarin war flink. Im fahlen Licht des Halbmonds in dieser wolkenlosen, Herbstnacht sah Ginger sie das brennende Scheit ins Gras werfen. Sie verlor wertvolle Zeit damit, die Flammen auszutreten. Mary lief weiter durch den Garten, kannte die Örtlichkeiten aber nicht so gut wie Ginger. Sie rannte um die Rosenbüsche, durch die Begonien und hinter die Platane. Ginger jagte ihr nach. Dornen zerkratzten dabei ihre Haut, trockene Äste peitschten ihr ins Gesicht. Doch das Adrenalin in ihren Adern trieb sie voran.

Miss Smith versuchte, sie abzuschütteln, indem sie einen Bogen schlug, saß aber bald zwischen dem See und dem Bootshaus in der Falle.

»Gehen Sie weg!«, fauchte sie.

Heftig nach Atem ringend bewegte Ginger sich langsam weiter auf sie zu. Als sie aufblickte, sah sie den Pfeil, den Miss Smith auf ihr Herz richtete. Sie spannte bereits die Sehne des Bogens. Die Waffe war klein wie ein Kinderspielzeug, genau richtig für die zierliche Frau. Jetzt wusste Ginger, was Mary in der riesigen Handtasche mit sich herumschleppte.

Mit einem Sprung suchte sie Deckung hinter dem dicken Stamm eines Ahornbaums. Das Geräusch, mit dem sich der erste Pfeil in die Rinde bohrte, ließ sie zusammenzucken.

»Ich habe ein Dutzend Pfeile, Lady Gold. Und wie Sie

wissen, bin ich eine gute Schützin. Es wäre klug, mich gehen zu lassen.«

»Das ist unmöglich, Mary. Sie haben eine Frau getötet.«

»Und dafür soll ich jetzt bezahlen? Glauben Sie, das habe ich nicht längst? Mein Herz ist gebrochen ...« Mary versagte die Stimme, dicke Tränen rannen ihr übers Gesicht. »Jean war nicht hübsch wie die anderen. Sie war auch nicht reich und vielleicht nicht so klug. Aber sie war lieb und nett und hätte nie jemandem etwas zuleide getan.«

Ginger seufzte. So viel Schmerz und Leid in dieser Welt.

»Ich bedaure sehr, dass Sie sie verloren haben«, sagte sie. »Von ganzem Herzen. Ich weiß, wie es sich anfühlt, einen geliebten Menschen hergeben zu müssen.«

Marys Blick wurde kalt, der Augenblick der Schwäche war vorbei. »Das ist nicht dasselbe, Lady Gold. Lord Gold ist durch die Hand des Feindes gestorben. Jean hat ihr Leben wegen ihrer sogenannten *Freundinnen* verloren.«

Beißender Rauchgestank lag bereits schwer in der Luft. Beim Anblick des gewaltigen Feuers, das in den dunklen Abendhimmel loderte, flog Gingers Hand zu ihrer Brust. Bray Manor stand in Flammen. In der Ferne heulten Sirenen.

Mary hatte den kurzen Moment der Ablenkung genutzt, um ins Boot zu springen. Sie griff bereits nach den Rudern.

Ginger trat hinter dem Baumstamm hervor. »Mary!«

Sofort riss die Bibliothekarin den Bogen hoch und richtete einen weiteren Pfeil auf sie. »Gehen Sie weg!«

Ginger duckte sich wieder hinter den Baum. Sie schob die Hand unter ihren Rocksaum und zog die Remington aus ihrem Strumpfhalter. Dass sie in letzter Zeit so oft zur Waffe greifen musste, war ihr zuwider.

Sie trat nur so weit aus der Deckung heraus, dass sie zielen konnte. »Runter mit dem Pfeil.«

Mary schoss. Ginger gelang es, gerade noch rechtzeitig auszuweichen. Der Pfeil zischte an ihrem Gesicht vorbei. Entschlossen ging sie in Position und zielte mit dem Revolver. Schon spannte Mary die Sehne des Bogens erneut.

»Lassen Sie das. Ich schieße, bevor sie überhaupt nachgeladen haben.«

Mary funkelte sie tränenüberströmt an. »Na los doch! Töten Sie mich.«

»Ich werde Sie nicht erschießen«, gab Ginger zurück. »Aber es wird sehr wehtun.«

Die Bibliothekarin sackte in sich zusammen und ließ den kleinen Bogen ins Boot fallen.

»Ginger?«

Auch beim Klang von Reeds Stimme ließ Ginger die Augen nicht von der Frau. Für den Fall, dass sie auf neue dumme Ideen kam, hielt Ginger die Pistole weiter auf sie gerichtet.

»Hier drüben!«

Der Chief Inspector brach aus dem Gebüsch. Sein Blick flog von Ginger zu der Pistole und dann zu der Frau im Boot. Obwohl er ein wenig hinkte, strahlte er Autorität aus, als er mit entschlossenen Schritten zum Ufer marschierte.

»Miss Smith. Ich verhafte Sie wegen des Verdachts, Angela Ashton getötet zu haben.« Er half ihr aus dem Boot auf den Steg und fesselte ihr mit Handschellen die Hände auf den Rücken. »Sie haben das Recht zu schweigen. Alles, was Sie sagen, kann gegen Sie verwendet werden.«

Ginger ließ die Waffe sinken. Die Remington war nicht einmal geladen. Ihre letzte Kugel hatte sie abgeschossen, um die Auseinandersetzung zwischen Reed und dem Captain zu beenden.

»Wie sieht es oben am Haus aus?«

Bedauern trat in Reeds Blick. »Alle Personen sind in Sicherheit, aber ich fürchte …«

Das Ende des Satzes wartete Ginger nicht ab. Sie rannte bereits durch die Dunkelheit.

32

Sobald im Herbst die Blätter fielen, gab es immer viele freie Zimmer im Chesterton Inn. Erst um die Weihnachtszeit füllte es sich wieder. Fürs Erste fanden die Frauen der Familie Gold und Haley dort Unterschlupf.

Das Feuer auf Bray Manor hatte gewaltige Schäden angerichtet. Das Wohnzimmer war komplett ausgebrannt, viele andere Räume hatte der dicke Rauch unbewohnbar gemacht. Das uralte Gebäude hätte längst von Grund auf renoviert werden müssen. Es jetzt noch einmal instand zu setzen, würde vermutlich mehr Geld verschlingen, als man je durch einen Verkauf erzielen konnte.

Bray Manor aufgeben zu müssen, brach allen das Herz, und viele Tränen wurden vergossen. Die Angestellten hatten das Haus, das ihnen ein Auskommen sicherte, buchstäblich in Rauch aufgehen sehen und kehrten tief betrübt zu ihren Familien zurück.

Haley drängte Ginger, Felicia und Ambrosia, im Restaurant des Chesterton Inn einen Happen zu Abend zu essen. »Wir wollen doch nicht noch zusätzlich einen Schwächeanfall riskieren.«

Ginger bezahlte einen guten Bonus dafür, das Restaurant für den Rest des Abends als geschlossene Gesellschaft nutzen zu können. Sie brauchten Zeit, um zur Ruhe zu kommen. Beim Ausbruch des Feuers war Boss die Treppe hinaufgerannt und hatte Felicia gewarnt. Ginger bestellte dem kleinen Helden zum Dank ein eigenes Stück Rindfleisch.

Trotz aller Trauer um Bray Manor gab es doch einen Grund zum Feiern. Felicia war freigekommen, alle Vorwürfe gegen sie hatte man fallenlassen.

»Lasst uns essen und dankbar sein für das, was wir haben. Familie!«, sagte Ginger. Sie drückte Haleys Hand. »Und Freunde!«

Felicia wischte sich über die Augen. So ganz ohne jedes Make-up hatte Ginger sie selten gesehen. Ungeschminkt sah ihre Schwägerin noch jünger und verletzlicher aus.

»Danke, dass du an mich geglaubt hast«, sagte Felicia zu ihr. »Von jetzt an wird Freiheit für mich immer etwas sehr Kostbares sein.«

»Ich habe *immer* an dich geglaubt.« Ginger vergoss dankbare Tränen, weil sich die Kluft zwischen ihnen wieder geschlossen hatte.

Ambrosia fächelte sich mit der Speisekarte Luft zu. Ihre vollen Wangen waren gerötet. »Ich kann gar nicht glauben, dass mein geliebtes Bray Manor nun nicht mehr ist!«, lamentierte sie.

»Das ist meine Schuld«, murmelte Felicia grimmig. »Ich habe die Fremden ins Haus geholt.«

»Unsinn«, widersprach Ginger. »Das war eine sehr fortschrittliche Idee, und sie hätte sehr erfolgreich sein können. Für Miss Smiths Taten kannst du nichts.«

Neue Tränen traten in Felicias Augen. »Aber ich habe miterlebt, wie niederträchtig Angela die arme Jean behandelt hat, und sie nicht davon abgehalten.«

Ginger nahm Felicias Hand und streichelte sie zärtlich. »Du warst damals noch ein Kind. Ohne die Klugheit und das Wissen, das man oft erst hinterher hat. Vielleicht hättest du versuchen können, Einfluss auf Angela zu nehmen. Aber womöglich hätte sie dann ihr Gift gegen dich gerichtet. Was mit Jean Smith passiert ist, ist tragisch. Aber es ist nicht deine Schuld.«

Felicia schluchzte auf und schnäuzte sich dann wenig damenhaft in die Stoffserviette. »Entschuldigt bitte. Aber es ist alles so fürchterlich.«

»Kind«, sagte Ambrosia streng. »Nimm dich zusammen.«

Die zitternden Lippen der alten Dame verrieten, dass diese Ermahnung nicht nur ihrer Enkelin, sondern auch ihr selbst galt.

Felicia schluchzte noch einmal leise auf, dann versteckte sie die Serviette unter dem Tisch. »Ja, Großmama.«

»Ich sehe das genau wie Ginger«, sagte Haley. »Dr. Guthrie hat gesagt, dass Miss Jean Smith bekanntermaßen mentale Probleme hatte. Hätte sie die nötige Hilfe bekommen, hätte sie Angela vielleicht etwas entgegenzusetzen gehabt.«

Ob Mary Smith ebenfalls mentale Probleme hatte, musste erst noch untersucht werden. Vielleicht, dachte Ginger, würden die Geschworenen Gnade walten lassen, und Mary musste kein Todesurteil fürchten.

»Danke, Miss Higgins«, sagte Felicia. »Das tröstet mich ein wenig.«

Haley legte den Kopf schief und lächelte. »Könnten Sie sich vorstellen, mich Haley zu nennen? Ich weiß, ich stamme aus einem anderen Land ...« Ihr Blick ging zu Ginger und drückte aus, was ihre Worte nicht sagten. *Und aus bürgerlichen Verhältnissen.*

»Oh ja, sehr gerne.« Felicia sah nun ein kleines bisschen glücklicher aus. »Und Sie müssen mich Felicia nennen.«

Ambrosia schaute ungläubig von einer jungen Frau zu anderen. »Ich bevorzuge es, weiterhin als Lady Gold angesprochen zu werden, wenn es Ihnen nichts ausmacht.«

»Selbstverständlich, Madam.« Haley biss sich auf die Innenseite der Lippen, um ernst bleiben zu können.

Ambrosia wandte sich wieder ihren Sorgen zu. »Was sollen wir denn jetzt bloß machen? Wir können doch nicht für alle Zeiten im Gasthaus wohnen.«

»Nicht für alle Zeiten, Großmama.« Felicia seufzte tief. Seit ihrem Bruch mit Captain Smithwick und den langen Stunden in der Zelle hatte sie viel von ihrer Lebhaftigkeit verloren. Ginger hoffte, dass die Zeit ihrer Schwägerin über alle Wunden, Peinlichkeiten und das Zerplatzen ihrer Illusionen hinweghelfen würde. Captain Smithwick war aus Chesterton verschwunden, und Ginger konnte nur hoffen, dass sie ihn nie wiedersehen musste.

»Aber wie soll es weitergehen?« Ambrosia blieb hartnäckig. »Der Nordflügel steht zwar noch, aber die Feuerwehr sagt, der Rauch hätte auch dort schwere Schäden angerichtet.« Sie verdrehte ihre runden Augen. »Himmel hilf. Ich glaube, ich werde ohnmächtig.«

»Trink einen Schluck.« Ginger schob ihr ein Glas Wasser hin. »Ich bestelle dir einen starken Tee.«

Ambrosia hob das Glas an die Lippen, setzte es aber gleich wieder ab. »Und meine armen Bediensteten. Ihre Anstellungen sind ein Raub der Flammen geworden.«

Felicia tätschelte die Hand ihrer Großmutter. »Es gibt sicher eine Lösung«, murmelte sie düster. »Gib mir ein bisschen Zeit. Mir fällt schon irgendetwas ein.«

Ginger und Haley tauschten ein angespanntes Lächeln. Sie hatten bereits über eine andere Möglichkeit gesprochen, und jetzt fällte Ginger eine Entscheidung. »Großmutter, Felicia. Ihr müsst zu mir ins Hartigan House ziehen.«

Einen Moment lang schien die Zeit stillzustehen. Felicia und Ambrosia saßen da wie erstarrt. Dann kreischte Felicia auf. »Ist das dein Ernst, Ginger? Wirklich?«

»Wirklich.« Ginger lächelte. »Auf Hartigan House ist genügend Platz für uns alle.«

Ambrosia verzog keine Miene. »Aber mein Personal! Ich kann diese Leute nicht einfach sich selbst überlassen.«

Ginger zuckte mit den Schultern. »Bring sie mit. Im

Augenblick fehlen mir sowieso noch ein paar Bedienstete.«

Aber einen Butler hatte sie. Pips war absolut unersetzlich.

Ambrosia schien ihre Gedanken zu lesen. »Wilson wollte sich in Kürze zur Ruhe setzen. Und Phyllis heiratet im Frühjahr. Mrs Beasley und Langley könnten wohl mitkommen. Und Clement. Der Himmel weiß, wie dringend Hartigan House einen fähigen Gärtner braucht.«

»Fabelhaft! Dann ist es also abgemacht.«

Die Tür des Restaurants ging auf und eine vertraute Stimme sagte warm: »Ich weiß, das ist eine geschlossene Gesellschaft. Aber ich hoffe, ich darf ein paar Worte sagen, bevor ich gehe.«

Ginger nickte Reed zu. »Selbstverständlich. Kommen Sie herein.«

Mit dem Hut in der Hand trat er an den Tisch und schaute Felicia an. »Ich möchte mich für die Unannehmlichkeiten entschuldigen, die ich Ihnen bereitet habe, Miss Gold.«

Felicias Lippen zitterten, doch sie brachte ein kleines Lächeln zustande. »Ich weiß, Sie mussten Ihre Pflicht tun, Chief Inspector.«

Ginger konnte ein Schnauben nicht unterdrücken. Sie hatte ihm gesagt, dass er einen Fehler machte, als er Felicia festgenommen hatte. Ihre Schwägerin derart in Angst und Schrecken zu versetzen, war absolut unnötig gewesen.

Reed schien zu ahnen, was in ihr vorging. »Ich hoffe,

Sie können mir verzeihen, Lady Gold, dass ich mich nicht auf Ihr Wort verlassen habe.«

Das stimmte Ginger etwas gnädiger. Dass ein Mann öffentlich einen Fehler zugab, passierte selten. Und sie war nicht nachtragend. Sie seufzte. »Wie Felicia bereits sagte, Sie haben nur Ihre Pflicht getan.«

Reed nickte und setzte seinen Hut wieder auf. »Ich lasse Sie jetzt wieder allein.« Er schaute Ginger in die Augen. »Bitte geben Sie Bescheid, wenn ich etwas für Sie tun kann.«

Die Frauen warteten stumm, bis Reed gegangen war.

Dann beugte sich Haley zu Ginger. »Du bist wirklich sehr streng mit ihm.«

Ginger stöhnte innerlich. Sie war vor allem streng mit sich selbst. Aber es war besser so. Der Chief Inspector und sie waren keine Freunde. Die Umstände hatten dafür gesorgt, dass sie gelegentlich eng zusammenarbeiteten. Das war alles. Hier und da hatte räumliche Nähe eine gewisse Vertrautheit zwischen ihnen aufkommen lassen. Aber die war nicht echt. Darüber hinaus hatte er zwar in die Scheidung eingewilligt, doch Ginger wusste, dass er seine Frau noch immer liebte.

Und auch sie liebte noch immer einen anderen.

33

Nach einigen sehr geschäftigen Tagen war alles vorbereitet. Ginger würde Ambrosia im Humber nach London chauffieren. Haley und Felicia sollten die Eisenbahn nehmen, begleitet von Clement, Evelyn Langley und Mrs Beasley, den drei Angestellten, die gerne mit nach London umzogen. Was an Besitztümern gerettet werden konnte, würde später nachgeschickt werden.

Ginger hielt den Humber vor der Ruine von Bray Manor an. Absperrbänder sollten Plünderer und Neugierige fernhalten. Die rußgeschwärzten Wände des noch immer imposanten Anwesens ragten düster in den grauen Himmel.

Sie stieg aus und ging um die verkohlten Mauern herum hinunter zum See. Auf der Rückseite des Gebäudes waren die Verwüstungen noch deutlicher sichtbar. Überall schwarze Ziegel und Scherben von den Fenstern, die durch die Hitze des Feuers zersprungen waren. Das Dach war abgesunken und an einigen Stellen eingebrochen. Ginger schluckte und kämpfte gegen die Gefühle an, die seit dem Morgen immer stärker wurden. Sie wusste, was sie zu tun hatte.

Am See stieg sie in eines der beiden Ruderboote, setzte sich vorsichtig auf die hintere hölzerne Bank und schob sich den Rock ihres Kleides aus schwarzem Crêpe de Chine unter die Beine. Dann senkte sie die Ruder bedächtig ins Wasser und machte sich auf den Weg.

Ruhig glitt das Boot durch die flachen Wellen. Mit jedem kräftigen Ruderschlag rückte auch ihre Trauer dichter heran. Doch erst, als sie den kleinen Friedhof erreichte und das Grab fand, überfiel das Gefühl sie mit voller Wucht. Das Grab war leicht zu erkennen. Der Grabstein war noch neu, unbemoost und größer als die anderen, das Blumenbeet davor sorgfältig gepflegt.

Felicias Liebesdienst für ihren Bruder.

In filigranen Buchstaben war in den Stein gemeißelt:

DANIEL, Lord Gold
7. April 1891 – 2. Oktober 1918
Geliebter Sohn, Enkel,
Bruder und Ehemann

GINGER SANK auf die Knie und ließ ihren Tränen freien Lauf. Es war niemand da, der über sie den Kopf schütteln konnte. Niemand, der sich zwischen sie und ihre Gefühle stellte.

Bis heute, bis zu diesem Moment hatte sie so tun können, als wäre Daniel einfach nur gerade nicht da und würde eines Tages wiederkommen. Jetzt musste sie den Tatsachen ins Auge sehen. Ihr Daniel war tot. Er würde nie nach Hause zurückkehren.

Dabei hörte sie im Kopf noch immer seine Stimme, warm wie Honig und sanft wie ein plätschernder Bach. *Eines Tages, Ginger, wird dieser Krieg vorbei sein und wir können leben. In Boston oder London, ganz wie du willst. Und vielleicht kommen dann ja auch Kinder.*

»Ich habe London gewählt, Liebster«, flüsterte sie. Kinder würde es nicht geben. Damit hatte sie sich längst abgefunden. Schon vor Daniels Tod.

Weiter unten auf dem Grabstein standen tröstliche Worte:

Und Gott wird abwischen alle Tränen von ihren Augen, und der Tod wird nicht mehr sein, keine Trauer, keine Klage, keine Mühsal. Denn was früher war, ist vergangen. Offb 21,4

Hinter sich hörte sie das Geräusch eines Wagens, der am Eingang des kleinen Friedhofs hielt. Sie hob den Kopf und runzelte die Stirn. Ein Taxi? Wer um alles in der Welt …? Dann erkannte sie die brünetten Locken, den Hosenanzug aus Tweed und die flachen Oxfordschuhe. Ginger wischte sich die Tränen von den Wangen, während Haley dicht gefolgt von Boss auf sie zuschlenderte.

Wortlos legte Haley ihr einen Arm um die Schultern.

Boss winselte leise. Erst jetzt spürte Ginger die Kälte. Sie nahm ihren treuen, kleinen Begleiter auf den Arm, drückte ihn an sich und lehnte sich an ihre Freundin. Stumm standen sie da.

»Er war ein so guter Mann«, sagte Ginger schließlich.

»Hm-hm.« Haley nickte. »Ich hätte ihn sehr gerne kennengelernt.«

Ginger setzte Boss auf den Boden und schaute zu, wie er völlig unbekümmert einem Eichhörnchen nachjagte. Oh, wie sie ihn um seine Unwissenheit beneidete. Sie verschränkte die Arme vor der Brust, als könnte sie damit die Flutwelle von Gefühlen aufhalten, die alle Dämme durchbrechen wollte.

»Ich bin so zerrissen, Haley. Ich habe ihn so sehr geliebt. Liebe ihn noch immer. Aber ich habe das Gefühl …«

»Dass es vielleicht Zeit ist, Lebewohl zu sagen?«

»Wäre das verwerflich?«

Ginger fiel das normalerweise perfekt frisierte Haar über ein Auge, und Haley schob es ihr behutsam hinters Ohr.

»Oh, Liebes. Das ist nicht verwerflich. Daniel würde wollen, dass du nach vorn blickst. Er würde wollen, dass du glücklich bist. Ja, du schuldest es ihm, glücklich zu sein.«

»Weil ich überlebt habe?«

»Weil du überlebt hast.«

Eine Graugans glitt am Südufer des Livingston Lake übers Wasser und landete auf der schiefergrauen Oberfläche. Eine zweite Gans kam hinzu, und die beiden schwammen freundlich schnatternd über den See, als würden sie bei einer Tasse Tee ein paar Neuigkeiten austauschen.

Ginger dachte an Basil Reed. Vielleicht wurde es wirklich Zeit, Daniel gehen zu lassen.

»Du bist so furchtbar still«, sagte Haley. »Geht es dir gut?«

Ginger lächelte sanft. »Ja. Ich glaube schon.«

WENN DIR *MORD auf Bray Manor* gefallen hat, bitte weitersagen!

Empfehlen: Damit andere das Buch auch finden können, empfiehl es Freunden, Lesezirkeln, Buchclubs und deiner Bücherei vor Ort.

Rezensieren: Schreibe eine Rezension auf leestrauss books.com oder Amazon und/oder Lovely Books und teile anderen Lesern mit, was dir an dem Buch gefallen hat.

Aber pssst! Bitte keine Spoiler.

~

Weiter ist MORD IM FEATHERS & FLAIR

Spionage, Intrigen ... Mord

Wir schreiben das Jahr 1924, und »Feathers & Flair«, das neue Modegeschäft der Kriegswitwe Ginger Gold in der Regent Street, ist *das* Gesprächsthema des Londoner Modeviertels. Aristokratinnen aus Paris, Berlin und Moskau gehören zu den Kundinnen.

Als der Freund ihrer Schwägerin, ein Bühnenschauspieler, vermisst wird, erhält Ginger ihren ersten Auftrag als Privatdetektivin. Obwohl sie mit ihrem Modegeschäft alle Hände voll zu tun hat, nimmt sie den Fall an.

Doch als eine russische Großherzogin bei der offiziellen Eröffnungsfeier des Ladens stirbt, widmet Ginger ihre ganze Energie der Jagd auf den Mörder. Eine Entscheidung, die sie bald bereut ...

Lesen Sie weiter für Kapitel Eins

ÜBER DIE AUTORIN

Die USA-Today-Bestsellerautorin Lee Strauss hat bereits mehrere Reihen historischer Cosy-Krimis veröffentlicht, darunter auch die viel gepriesene Krimireihe um Ginger Gold. Wenn sie nicht gerade schreibt oder liest, fährt Lee am liebsten Rad oder wandert und schaut hinaus aufs Meer. Sie trinkt gerne Caffè Latte und Rotwein an außergewöhnlichen Orten, dunkle Schokolade mag sie überall. Lee lebt mit ihrem Mann, dem Autor und Musiker Norm Strauss, in Kanada.

Weitere Informationen zu den Büchern von Lee Strauss sowie Links zu ihren Social-Media-Accounts findest du unter leestraussbooks.com. Wenn du die nächste Neuerscheinung nicht verpassen willst, trag dich in den Newsletter ein! https://www.leestraussbooks.com/deutsch/

leestraussbooks@gmail.com
Facebook ~ Ein Fall für Ginger Gold
Instagram ~ Lee Strauss Autorin

MORD IM FEATHERS & FLAIR

Kapitel 1

»Sie sind ein Dieb!«

Der Dieb trat vor und antwortete: »In der Tat. Und Sie, Madam? Die Herrin des Hauses, nehme ich an. Oder am Ende etwa auch eine Diebin?«

Im schummrigen Licht des Abbott Theatre, einem der älteren Schauspielhäuser an der Shaftsbury Avenue, hielt Ginger Gold das Programm in ihrer weiß behandschuhten Hand.

Den Dieb spielte Angus Green, ein gut aussehender, hochgewachsener Mann, dessen Selbstsicherheit geradezu von der Bühne strahlte. Ginger nahm an, dass diese Souveränität nicht nur Teil seiner Rolle war. Er war jung und strotzte vor Elan. Vermutlich stand er noch nicht lange auf der Bühne. Seinen Namen hatte sie jedenfalls bislang nie gehört.

Der Einakter, geschrieben von einem gewissen Stuart Walker, trug den Titel *Sham* und handelte von Täuschungen. Die weibliche Hauptrolle, eine Figur namens Clara, spielte Gingers Schwägerin Felicia.

»Was haben Sie gestohlen?« Felicia artikulierte laut und mit der gebotenen Empörung. »Her damit! Auf der Stelle! Wie können Sie es wagen?« Sie deutete auf den Schauspieler neben ihr. »Charles. Nehmen Sie es ihm weg.«

Neben Ginger saß Haley Higgins, ihre amerikanische Freundin und Hausgenossin. »Felicia hat Schneid«, flüsterte sie in ihrem Bostoner Akzent.

Ginger nickte. Auf der Bühne wie im richtigen Leben.

Laut Programmheft wurde Charles von Geordie Atkins gespielt. Er war blond, etwas kleiner und kräftiger als der attraktive Dieb und seinem zurückweichenden Haaransatz nach auch um einiges älter.

»Ich muss doch sehr bitten, alter Knabe!« Geordie Atkins wirkte etwas unsicher, aber auch ein wenig amüsiert. »Sie verschwinden besser schleunigst.«

Mit in der Loge auf dem Balkon saß Ambrosia, die Großmutter von Gingers verstorbenem Mann und ihrer Schwägerin Felicia. Die verwitwete Baronin war wenig begeistert von der Theaterleidenschaft ihrer Enkelin. »Alles simple Gemüter, die ihren Pflichten entfliehen«, hatte sie erklärt. Doch jetzt bemerkte Ginger so etwas wie ein Lächeln im Gesicht der alten Dame, und das Schimmern in ihren Augen konnte man beinahe als Stolz deuten.

Das Stück kam mit lediglich vier Rollen aus. Die vierte

spielte ein Mann Anfang dreißig, ausstaffiert mit einem Oberlippenbart und einer Brille. Seinen Auftritt als Reporter hatte er erst kurz vor Schluss. Er trug einen Hut, und der Mantel hing ihm nachlässig von den gebeugten Schultern. Laut Programm hieß er Matthew Haines. Seit Felicia zum Ensemble gehörte, erzählte sie oft von den anderen Mitgliedern, und Ginger freute sich, den Namen nun auch Gesichter zuordnen zu können.

Am Ende überlistete Felicias Figur den Schurken des Stücks. Als der Vorhang fiel, sprang Ginger auf und applaudierte.

»Bravo! Bravo!«

Die Schauspieler warteten in der Lobby, um die Zuschauer zu begrüßen. Viel zu wenige waren gekommen, dachte Ginger bedrückt. Viel zu viele Plätze waren frei geblieben. Bei einer derart charmanten Vorstellung ein echter Jammer.

»Felicia, Liebes!« Ginger umarmte ihre Schwägerin. »Du warst absolut fabelhaft!«

Jetzt trug Felicia ein Abendkleid aus Chiffon von Jean Patou, das sie in Gingers Modesalon *Feathers & Flair* entdeckt hatte. Drei Lagen Stoff schimmerten in drei verschiedenen Rosatönen. Die Schärpe tief an der Hüfte war einem Kummerbund nachempfunden. Auf Felicias perfekt gelegten dunklen Wasserwellen saß ein funkelnder Kopfschmuck. Das Rosa auf ihren in Clara-Bow-Manier geschminkten Lippen nahm die Farbe ihres Kleides noch einmal auf. Ginger fand, sie konnte es leicht mit jedem Filmstar aufnehmen.

Felicia strahlte. »Danke! Ich freue mich so, dass du gekommen bist.«

Aus Gingers Bob löste sich eine vorwitzige rote Strähne. Sie schob sie sich hinters Ohr. Dabei blitzten ihre mit Smaragden und Brillanten besetzten Cartier-Ohrgehänge aus Paris auf. »Diesen Genuss hätte ich mir um keinen Preis entgehen lassen«, beteuerte sie.

Ambrosia erduldete eine schnelle Umarmung von Felicia. »Es war besser, als ich erwartet habe, Kind«, gab sie widerstrebend zu. »Ich hoffe, du schlägst dir diesen Unsinn jetzt aus dem Kopf.«

Felicias Lächeln ließ die ganze Lobby erstrahlen. »Ach, Großmama! Ich schwebe auf Wolken. Nicht einmal du kannst mir heute diese Freude verderben.«

Haley drückte ihr fest die Hand. »Gut gemacht, Felicia. Wirklich.«

Felicia stellte ihnen die anderen Schauspieler vor. Mr Geordie Atkins und Mr Matthew Haines. Doch ihr Blick und ihr Lächeln hingen an dem Mann, der den Dieb spielte. »Und das ist Mr Angus Green.«

Angus begrüßte die Damen, überschüttete Ambrosia mit Charme und Ginger mit bewundernden Worten. »Was für eine Ehre, Sie zu treffen, Lady Gold. Felicia hat mir so viel Gutes über Sie erzählt.«

Ginger zog eine Braue hoch. »Ach tatsächlich, Mr Green?«

»Oh ja. Wie ich höre, haben Sie ein eigenes Geschäft eröffnet! Sehr beeindruckend. Und man munkelt von einer glanzvollen Gala.«

Ginger lachte. »Sie haben richtig gehört. Dürfen wir mit Ihrer Anwesenheit rechnen?«

Angus Green richtete seine dunklen Augen auf Felicia. »Wenn ich eingeladen bin.«

Felicia flocht ihre Finger zwischen seine. »Das habe ich doch bereits getan, du alberner Kerl.« Die beiden lachten, und Ginger und Haley tauschten einen Blick. Felicia war sichtlich hingerissen von ihrem Kollegen.

Mit strenger Miene, die Augen angesichts dieser öffentlichen Zurschaustellung von Gefühlen missbilligend zusammengekniffen, klopfte Ambrosia mit der Spitze ihres Gehstocks auf den weinroten Teppich. Felicia war klug genug, ihre Hand aus der von Mr Green zu ziehen.

»Lass uns ein Stück zur Seite treten, Großmutter«, sagte Ginger, um die Situation zu entschärfen. »Hinter uns wartet schon eine ganze Schlange weiterer Bewunderer.«

* * *

Am nächsten Tag fuhr Gingers Chauffeur Clement, ein stiller, unkomplizierter Mann mittleren Alters, der aus Yorkshire stammte, sie zu ihrem Modesalon in der Regent Street. Ihr alter Daimler TE 30, Baujahr 1913, war in den letzten zehn Jahren wenig gefahren worden und in erstklassigem Zustand.

Zwar saß Ginger lieber selbst am Steuer, doch so musste sie nicht umständlich nach einem Parkplatz suchen oder auf dem Fußweg zu ihrem Geschäft den Pfützen ausweichen. Auch für Boss, ihren schwarz-weißen

Boston Terrier, war das angenehm. Während der Fahrt saß er auf ihrem Schoß, und sie konnten direkt vor dem Eingang des *Feathers & Flair* aus dem Wagen springen.

»Danke, Clement.« Ginger öffnete die Tür zum Gehsteig.

»Gern geschehen, Madam. Wann soll ich Sie wieder abholen?«

»Das weiß ich noch nicht. Wenn ich hier fertig bin, rufe ich zu Hause an.«

»Sehr wohl.«

Der Daimler tuckerte davon. Mit Boss unter dem Arm eilte Ginger die wenigen Schritte zum Eingang. Mit der freien Hand drückte sie sich den Hut auf den Kopf, damit der Wind ihn nicht fortriss.

Vor dem Eingang ihres Modesalons hatte sich eine kleine Warteschlange gebildet.

»Entschuldigen Sie bitte«, sagte sie. »Bitte lassen Sie mich durch. Ich bin die Inhaberin.«

»Oh! Lady Gold!«, rief eine Dame. »Wie aufregend, Ihren Salon besuchen zu können. Im ganzen Modeviertel redet man von nichts anderem!«

»Vielen Dank. Sehr freundlich!«

Ginger schob sich an der kleinen Gruppe vorbei und schaffte Platz für ein paar Kundinnen, die das Geschäft verlassen wollten. Erfreut registrierte sie das Lächeln auf den Gesichtern der Frauen und ihre prallgefüllten Einkaufstaschen. Die Damen, die draußen geduldig gewartet hatten, beeilten sich, aus der Kälte ins Innere zu kommen.

Sofort eilte Madame Roux, Gingers rechte Hand, an ihre Seite. Die Französin trug ein praktisches, aber modisches Kostüm aus lavendelfarbener Kunstseide. Ihre dunklen Augen mit den tiefen Krähenfüßen blitzten. »*Incroyable!* Die Nachricht von der Gala verbreitet sich wie Federn aus einem zerrissenen Kopfkissen!«

»Um dieses Problem sind wir zu beneiden, Madame Roux«, antwortete Ginger.

Seit Kurzem gehörte neben dem Erdgeschoss auch der erste Stock des Gebäudes zum *Feathers & Flair*. Der Schuhmacher, der oben seine Geschäftsräume gehabt hatte, hatte sich zur Ruhe gesetzt. Beide Stockwerke hatten hohe, cremeweiße Decken mit goldfarbenen Stuckverzierungen. Die Böden aus poliertem weißem Marmor reflektierten das strahlende Licht der elektrischen Kristallleuchter. Unten verschloss ein Samtvorhang in tiefem Weinrot den Türbogen zwischen dem Verkaufsraum vorn und dem hinteren Bereich.

Bevor Ginger Boss auf den Boden setzte, wischte sie seine Pfoten mit dem Tuch ab, das sie eigens zu diesem Zweck bei sich hatte. »In dein Körbchen, Bossy.« Sofort sauste der Terrier zu dem Samtvorhang, schob die Nase zwischen den Bahnen hindurch und verschwand.

Ginger gab Madame Roux ihren Mantel und ihre Handtasche und stieg die hölzerne Treppe hinauf. Die handverlesene Fabrikware im oberen Geschoss inspizierte sie immer genau, und die neueste Lieferung für die Gala verlangte besondere Aufmerksamkeit. Etliche jüngere Kundinnen bewunderten gerade das Sortiment und waren mit Anproben beschäftigt.

»Einfach famos, nicht erst lange auf ein Kleid von der Schneiderin warten zu müssen«, seufzte eine von ihnen.

Ihre Begleiterin nickte. »Und der Preis treibt unsereins nicht gleich in den Ruin.«

Dorothy West, die junge Verkäuferin, eilte mit schnellen Schritten umher. Die Lippen hatte sie zu einer schmalen Linie zusammengekniffen.

»Dorothy«, flüsterte Ginger. »Das Lächeln nicht vergessen.«

Der Kopf der jungen Frau fuhr zu ihr herum wie bei einem nervösen Vogel. Die Muskeln um Dorothys kleinen Mund zuckten, bevor er sich zu einem bemühten Lächeln formte. »Ja, Lady Gold. Ich bin nur ein bisschen aufgeregt. Die meisten Damen aus der High Society, die ich kenne, sind nicht so freundlich wie Sie, Madam.«

Auch Ginger hatte ihre Probleme mit dem Hochmut der Frauen aus der sogenannten besseren Gesellschaft. »Keine Sorge. Nach dem ersten Glas Champagner werden alle recht gelöst sein. Davon gehe ich zumindest aus.«

Dorothys Züge entspannten sich. »Danke, Madam.«

Im Erdgeschoss, wo die Haute Couture präsentiert wurde, hingen die neuesten Stücke aus den namhaftesten Modehäusern Europas und der Vereinigten Staaten. Ginger bewunderte ein eben erst eingetroffenes Kleid. Hauchzartes, transparentes goldfarbenes Gewebe floss über ein blickdichtes goldenes Unterkleid. Die durchsichtige Stofflage war mit glitzernden Pailletten bestickt und von schimmernden Fäden in ägyptisch inspirierten Mustern durchzogen. Sie war eine Handbreit länger als das Unterkleid und reichte etwa bis zur Wadenmitte. Seit

Howard Carter im Jahr 1922 das Grab des legendären Königs Tutanchamun entdeckt hatte, waren ägyptische Anklänge groß in Mode. Auch Ginger faszinierten sie sehr.

Emma Miller, eine aufstrebende junge Modeschöpferin, die zu Gingers Belegschaft gehörte, brachte weitere erlesene Stücke aus dem Hinterzimmer, um die Modepuppen neu anzukleiden. Sie lächelte viel und gerne und schien ihre Arbeit wirklich zu lieben.

»Ich sitze gerade an neuen Entwürfen«, sagte sie, als sie Ginger sah. »Die Zeichnungen stehen hinten auf der Staffelei.«

»Die muss ich mir anschauen.« Der Elan der jungen Frau freute Ginger, sie sah viel Potenzial in ihren Ideen. Eines Tages würde Emma Miller vielleicht groß herauskommen, und zu ihrem Erfolg beitragen zu können, machte Ginger glücklich.

Eine elegante Dame in einem Cape aus feinster Schurwolle begutachtete gerade die neuen Kleider aus New York.

»Lady Whitmore.« Ginger hatte sie erkannt. »Willkommen im *Feathers & Flair*.«

»Danke, Lady Gold. Ich bin nicht zum ersten Mal hier, wie Sie vielleicht wissen.« Die Frau beugte sich verschwörerisch näher. »Stimmt es, dass Mr Edward Molyneux zu Ihrer Eröffnungsgala kommt?«

Ginger lächelte strahlend. Als sie den berühmten, aus London stammenden Modeschöpfer eingeladen hatte, hätte sie sich nie träumen lassen, dass er tatsächlich aus seinem Salon in Paris anreisen würde. Aber er hatte zugesagt, und damit nicht genug. Er hatte versprochen, bei ihrer Gala Teile seiner neuen, noch unbekannten Kollektion zu zeigen.

»Oh ja. Ich freue mich schon sehr darauf.«

»Die Gesellschaftsseiten in den Zeitungen sind voll davon. Auch wenn es ein wenig verwunderlich ist, dass eine solche Veranstaltung in einer Schneiderei stattfindet.«

»Wir sind keine Schneiderei, Lady Whitmore«, entgegnete Ginger. »Wir sind ein Modesalon mit dem Besten, was die Modewelt zu bieten hat. Eine solche Gala passt wirklich sehr gut hierher.«

»Oh ja. Ganz meine Meinung. Ich habe nur wiederholt, was man so hört.«

Ginger lächelte bemüht. Für Tratsch hatte sie wenig übrig.

Lady Whitmore tätschelte ihr den Arm. »Es heißt, Hoheiten aus ganz Europa kämen nach London, um hier ihre Frühjahrsgarderobe zu vervollständigen, aber auch ganz speziell, um Ihren Salon zu besuchen. Also verschwenden Sie keine Minute mit irgendeinem Gedanken an Ihre Neider. Ihr Sortiment ist übrigens großartig. Sie wissen schon, dass die Eigner der anderen Salons völlig außer sich sind? Mit Ihrem *Feathers & Flair* haben Sie sich in kürzester Zeit zu ihrer größten Konkurrentin gemausert. Seien Sie also nicht überrascht, wenn einige Ihrer Kundinnen in Wahrheit Spione sind. Schließlich können Ihre Konkurrenten schlecht persönlich hier erscheinen. Nicht auszudenken, was dann geredet würde.«

Ginger ließ Lady Whitmore weiter stöbern, und bald fand die redselige Dame eine andere, die ihre Begeisterung für Klatsch und Tratsch teilte.

Madame Roux brachte eine Kundin zu Ginger. Den beigebraunen Wollmantel der Frau erkannte Ginger sofort als typisches Stück aus der Kollektion von Jean Lanvin aus Paris. Obwohl für eine Frau sehr hochgewachsen, stand die Dame doch in der perfekt aufrechten Haltung vor ihr, wie sie in Schulen für höhere Töchter vermittelt wurde. Und das trotz ihres üppigen Busens, der sie mit seinem Gewicht sicherlich nach vorn ziehen musste. Ihr ausladendes Hinterteil sorgte für einen leicht watschelnden Gang. Als Schönheit konnte man sie nicht bezeichnen, aber Ginger kam sie mit der geraden Nase, dem kleinen Kinn, den grauen, dramatisch mit viel blauem Lidschatten und Wimperntusche geschminkten Augen und den glänzend roten Lippen bekannt vor.

Madame Roux stellte ihr die Frau als die rumänische Gräfin Andreea Balcescu vor. An die Gräfin gewandt fügte sie hinzu: »Und das ist Lady Gold, die Besitzerin des *Feathers & Flair*.«

Ginger streckte ihre behandschuhte Hand aus. »Wie reizend, Sie kennenzulernen, Gräfin Balcescu. Herzlich willkommen!«

Das Lächeln der Adeligen wirkte bemüht. Die meisten Aristokraten aus dem Osten litten sehr unter den Nachwirkungen des Krieges. Viele waren vor Revolutionen geflohen, hatten von einem Tag auf den anderen Heimat, Erbe und Titel verloren.

»Ich habe viel Gutes über Ihren Salon gehört.« Die Stimme der Frau war leicht heiser, ihr rumänischer Akzent kaum wahrnehmbar. »Ich habe große Teile meines Besitzes zurücklassen müssen und hoffe, hier in London meine Frühjahrsgarderobe ergänzen zu können.«

»Dabei helfen wir Ihnen sehr gerne. Wir führen brandneue Stücke aus Paris und New York und haben eine eigene exzellente Modeschöpferin im Haus. Wir können Ihnen jederzeit maßgeschneiderte Kleider ganz nach Ihren Wünschen anbieten.«

»Wirklich beeindruckend.«

Ginger zeigte ihr ein Abendkleid in Türkis und Silber mit aufwendigen silbernen Verzierungen am Oberteil und leichten angeschnittenen Ärmeln aus Chiffon. Sie schaute zu, wie Gräfin Balcescu die Fingerspitzen über das Kleid gleiten ließ. Ihre Hände in den Handschuhen waren groß, berührten den Stoff aber sehr behutsam.

Fast im selben Augenblick krachte hinter ihnen ein Ständer voller Accessoires zu Boden. Kundinnen und Belegschaft schreckten heftig zusammen.

»Mon Dieu«, japste Madame Roux. Dorothy und Emma beeilten sich, den Ständer wieder aufzurichten und die Handtaschen und Schals darauf zu platzieren.

»Wie ist denn das passiert?«, fragte Ginger.

»Ich habe keine Ahnung«, antwortete Madame Roux. »Heute ist so ungeheuer viel los. Irgendwer muss den Ständer aus Versehen umgestoßen haben.«

Oder mit Absicht. Ginger dachte daran, was Lady

Whitmore über die Betreiber der anderen Salons und ihre Spione gesagt hatte. Würde irgendwer ihre Bemühungen mit Absicht sabotieren?

Unsinn. Dass der Ständer umgefallen war, war sicher nur ein kleiner Unfall gewesen.

Die Gräfin schien nicht erbaut. »Vielleicht komme ich lieber ein andermal wieder, wenn es hier weniger ... hektisch zugeht.«

Ginger seufzte. Eine potenzielle Kundin verließ ihr Geschäft und würde vermutlich bei der Konkurrenz kaufen. Das war leider nicht zu ändern. So etwas passierte nun einmal.

Immer wieder klingelte das Telefon, und Madame Roux nahm die Gespräche an. Diesmal winkte sie Ginger zu sich.

»Für Sie, Lady Gold. Miss Gold möchte Sie sprechen.«

Ginger nahm den Hörer. Anders als bei dem altmodischen Gerät auf Hartigan House waren bei diesem modernen Apparat Hörer und Sprechmuschel in einem Stück verbaut. Wenn das Telefon nicht in Benutzung war, lag es waagerecht über dem kastenförmigen Korpus mit der Wählscheibe.

»Felicia?«

»Oh, Ginger. Ich glaube, es ist etwas Schlimmes passiert.«

Gingers Herz setzte einen Moment lang aus. Bei ihr zu Hause? Ging es Ambrosia gut? Die Dowager Lady war zwar zäh, wurde aber nicht jünger. »Was ist denn?«

»Angus Green ist verschwunden!«

Ginger blinzelte verwirrt. Mit Nachrichten aus dem

Theater hatte sie nicht gerechnet. Angus Green? Der gut aussehende junge Schauspieler, für den Felicia schwärmte? »Was soll das heißen, *verschwunden?*«

»Er ist heute Nachmittag nicht zur Probe gekommen. Und Geordie Atkins sagt, er sei die ganze Nacht nicht zu Hause gewesen. Die beiden teilen sich eine Wohnung.«

»Vielleicht ist ihm die Lust aufs Theaterspielen vergangen, und er möchte etwas Neues ausprobieren.«

»Das glaube ich nicht. Wir spielen das Stück noch an zwei Abenden. Uns einfach im Stich zu lassen, sieht ihm nicht ähnlich. Außerdem wollten wir nach der letzten Vorstellung zusammen feiern.«

Felicias Stimme stockte, und eine Welle von Mitgefühl erfasste Ginger. »Gibt es irgendwelche Hinweise auf ein Verbrechen?«

»Geordie sagt, Angus' Zimmer sei durchwühlt worden. Offenbar ist Angus sonst sehr ordentlich. Und wenn ich es mir genau überlege, hat er in den letzten Tagen recht angespannt gewirkt. So als würde ihn etwas beschäftigen.«

»Habt ihr die Polizei verständigt?«

»Ja. Aber dort nimmt man uns nicht ernst. Sie glauben, Mr Green wäre einfach nur ein unsteter junger Kerl, der seine eigenen Wege geht. Ginger, du musst ihn finden.«

»Ich?«

»Mr Haines ist recht wohlhabend. Er möchte dich dafür bezahlen.«

Ginger verschluckte sich beinahe. »Wie bitte? Ich bin keine Privatdetektivin, Felicia.«

»Doch! Das bist du! Seit du aus den Staaten nach England gekommen bist, hast du schon viele verzwickte Fälle gelöst. Bitte, Ginger, nimm diesen Fall an.«

Das Ansinnen ihrer Schwägerin machte Ginger sprachlos.

Du liebe Güte.

Shoppen Sie bei leestraussbooks.com

MEHR VON LEE STRAUSS

Shoppen Sie bei leestraussbooks.com

Ein Fall für Ginger Gold (Ein 1920er-jahre cosy-krimi)

Mord auf der SS Rosa

Mord auf Hartigan House

Mord auf Bray Manor

Mord auf Feathers & Flair

GEFÄHRLICHE ZETTEL:

Vom Jungen zum Mann im Dritten Reich

AUF ENGLISCH

Ginger Gold Mystery series (cozy 1920s historical)

Cozy. Charming. Filled with Bright Young Things. This Jazz Age murder mystery will entertain and delight you with its 1920s flair and pizzazz!

Murder on the SS Rosa

Murder at Hartigan House

Murder at Bray Manor

Murder at Feathers & Flair

Murder at the Mortuary

Murder at Kensington Gardens

Murder at St. George's Church

The Wedding of Ginger & Basil

Murder Aboard the Flying Scotsman

Murder at the Boat Club

Murder on Eaton Square

Murder by Plum Pudding

Murder on Fleet Street

Murder at Brighton Beach

Murder in Hyde Park

Murder at the Royal Albert Hall

Murder in Belgravia

Murder on Mallowan Court

Murder at the Savoy

Murder at the Circus

LADY GOLD INVESTIGATES (Ginger Gold companion short stories)

Volume 1

Volume 2

Volume 3

Volume 4

HIGGINS & HAWKE MYSTERY SERIES (cozy 1930s historical)

The 1930s meets Rizzoli & Isles in this friendship depression era cozy mystery series.

Death at the Tavern

Death on the Tower

Death on Hanover

Death by Dancing

THE ROSA REED MYSTERIES

(1950s cozy historical)

Murder at High Tide

Murder on the Boardwalk

Murder at the Bomb Shelter

Murder on Location

Murder and Rock 'n Roll

Murder at the Races

Murder at the Dude Ranch

Murder in London

Murder at the Fiesta

Murder at the Weddings

A NURSERY RHYME MYSTERY SERIES(mystery/sci fi)

Marlow finds himself teamed up with intelligent and savvy Sage Farrell, a girl so far out of his league he feels blinded in her presence - literally - damned glasses! Together they work to find the identity of @gingerbreadman. Can they stop the killer before he strikes again?

Gingerbread Man

Life Is but a Dream

Hickory Dickory Dock

Twinkle Little Star

LIGHT & LOVE (sweet romance)

Set in the dazzling charm of Europe, follow Katja, Gabriella, Eva, Anna and Belle as they find strength, hope and love.

Love Song

Your Love is Sweet

In Light of Us

Lying in Starlight

PLAYING WITH MATCHES (WW2 history/romance)

A sobering but hopeful journey about how one young German boy copes with the war and propaganda. Based on true events.

A Piece of Blue String (companion short story)

THE CLOCKWISE COLLECTION (YA time travel romance)

Casey Donovan has issues: hair, height and uncontrollable trips to the 19th century! And now this ~ she's accidentally taken Nate Mackenzie, the cutest boy in the school, back in time. Awkward.

Clockwise

Clockwiser

Like Clockwork

Counter Clockwise

Clockwork Crazy

Clocked (companion novella)

<u>Standalones</u>

Seaweed

Love, Tink

DANKSAGUNG

Vielen Dank an meine Lektorinnen Angelika Offenwanger und Robbi Brandt sowie an Heather Belleguelle, die mir geholfen haben, die Epoche und die britische Kultur authentisch wiederzugeben.

Ich danke Ushe Pilz für die Übersetzung ins Deutsche und Judith Zimmer für das Lektorat, sodass die Abenteuer von Ginger Gold auch auf Deutsch gelesen werden können.

Wie immer gilt meine Liebe meiner Familie, insbesondere meinem Mann Norm Strauss, der mir in vielerlei Hinsicht zur Seite steht, und meinem Sohn Joel, der unermüdlich als mein Assistent arbeitet.

www.ingramcontent.com/pod-product-compliance
Lightning Source LLC
LaVergne TN
LVHW091114080826
845145LV00008B/1917